J.R. WARD

Inesquecível

São Paulo
2014

UNIVERSO DOS LIVROS

An Irresistible Bachelor
An Ivy Book
Published by The Random House Publishing Group

Diretor editorial
Luis Matos

Editora-chefe
Marcia Batista

Assistentes editoriais
Aline Graça
Rodolfo Santana

Tradução
Isadora Prospero

Revisão
Geisa Oliveira
Jonathan Busato

Arte
Francine C. Silva
Valdinei Gomes

Capa
Osmani Garcia Filho

Dados Internacionais de Catalogação na Publicação (CIP)
Angélica Ilacqua CRB-8/7057

B517i

Ward, J.R.
Inesquecível / J.R. Ward; tradução de Isadora Prospero.
– São Paulo : Universo dos Livros, 2014.

304 p.

ISBN: 978-85-7930-756-0
Título original: An irresistible bachelor

1. Literatura americana 2. Ficção I. Título II. Ward, J.R. III. Prospero, Isadora

14-0740 CDD 813

Dedicatória

Para minha família Bluegrass, com amor.

Capítulo 1

A mulher surgiu das sombras, e ele a reconheceu pelo cabelo ruivo. Ela se movia devagar e deliberadamente em sua direção, e ele soltou o ar, satisfeito. Queria perguntar aonde ela foi, pois sentira sua falta.

Mas quanto mais perto ela chegava, menos ele tinha vontade de falar.

Quando ela parou à sua frente, ele estendeu uma mão e passou um dedo por seu rosto. Ela era insuportavelmente linda, em especial os olhos. Eram de um azul espetacular, um tom que complementava os cachos acaju que caíam para baixo dos ombros. Ele a queria. Não, *precisava* dela.

O sorriso dela aumentou, como se soubesse em que ele estava pensando, e ela inclinou a cabeça para trás. Ao olhar para aqueles lábios entreabertos em um meio sorriso, uma onda de urgência o atingiu. Entregando-se ao desejo, ele colocou as mãos nos ombros dela e a puxou para perto, querendo rapidamente tomar o que ela oferecia, antes que ela desaparecesse outra vez.

Curvando-se para ela, ele sentiu ansiedade e algo mais, algo que fez seu coração bater mais do que com mero desejo.

Os olhos de Jack Walker se abriram de súbito. Envolvido como estava com o desejo incontrolável, ele não tinha certeza se de fato acordara. Ou onde estava. Sabia que a cama não era a dele, mas nada mais.

Ele olhou ao redor para as formas negras no quarto. Depois que respirou fundo algumas vezes, as silhuetas começaram a fazer sentido. Ele estava no Hotel Plaza em Nova York, na suíte em que sempre ficava quando ia para a cidade.

E a mulher que ele ainda queria tanto tinha evaporado. De novo.

Ele olhou para as decorações do teto, frustrado. Não tinha dormido bem as duas últimas noites e precisaria de um sono decente em breve. Ele não era uma pessoa paciente, para começo de conversa, e a falta de sono certamente não estava ajudando.

Aquele sonho o estava deixando louco.

Toda vez era igual. Logo antes de beijá-la, antes de saber qual seria o gosto dela, ele acordava, molhado de suor e com um humor terrível.

Jack passou uma mão pelo cabelo. Sem um alvo adequado para sua frustração, ele fervilhou de raiva na escuridão.

Ele só tinha visto aquela mulher uma vez e não tinha imaginado que ela deixaria uma impressão tão forte nele.

Inquieto, soltou-se dos lençóis emaranhados ao redor do seu corpo nu. Quando finalmente livre, foi até as janelas e olhou para fora. Era uma vista característica de Nova York. Arranha-céus se erguendo para as nuvens, faróis piscando em um labirinto de asfalto lá embaixo. Já era tarde, mas a cidade ainda se movia.

Alguns dias antes, ele tinha saído de Boston esperando encontrar seu colega da faculdade, que era agora um consultor político de alto nível, e comprar de volta uma pintura que fora da família. Adquirir uma obsessão sexual subconsciente por uma estranha com certeza não estava no programa.

Pelo menos a reunião tinha ido bem. E ele tinha conseguido o retrato.

Na noite anterior, ele vencera o leilão no baile de gala da Hall Foundation. A pintura era uma representação magistral feita por John Singleton Copley e representava Nathaniel Walker, um herói da Guerra de Independência e proeminente ancestral de Jack. A obra custou quase cinco milhões de dólares, mas Jack teria subido ainda mais o lance. Ela jamais deveria ter deixado sua família e Jack era o único que tinha condições de resgatá-la.

O que seria uma surpresa para qualquer pessoa exceto seus parentes mais próximos.

Desde o dia em que o pai discretamente entrara em falência, Jack começara a empregar seu dinheiro arduamente ganho para proteger e fortalecer o legado da família. Para manter a herança orgulhosa e o estilo de vida luxuoso dos Walkers, um volumoso e incessante rio de dinheiro era requerido. Entre a família, no entanto, pessoas que ganhavam dinheiro estavam em falta, enquanto havia uma infinidade das que o torravam. Jack estava no primeiro grupo.

A má administração do pai e as dificuldades financeiras de manter o Parque Temático Walker garantiram que Jack não se tornasse outro aristocrata inútil. Em vez disso, ele era um filho da puta insensível e competitivo que tinha uma reputação de vencer a qualquer custo. Tinha sido uma evolução que seu pai, Nathaniel James Walker VI, nunca tinha aprovado – mas, claro, as opiniões e escolhas do pai sempre foram equivocadas, na opinião de Jack. Nathaniel VI, como fora conhecido, era a síntese do filantropo da velha guarda. Pensava que só havia uma coisa a se fazer com dinheiro: distribuí-lo. Um cavalheiro não sujava as mãos fazendo as coisas pessoalmente.

Era um jeito presumido de encarar a vida, e que fizera seu pai ser muito querido pelas universidades, bibliotecas e museus beneficiários de sua generosidade. Infelizmente, toda essa filantropia o levara à falência quando Jack tinha 25 anos. A pintura fora uma das primeiras posses vendidas para manter a farsa de uma fortuna ilimitada.

Embora estivesse morto há quase cinco anos, Jack podia claramente imaginar os sentimentos conflitantes que seu pai teria com o retorno do primeiro Nathaniel. O retrato do patriarca estava de volta à família, contudo apenas graças às mãos sujas de Jack.

Que ironia, ele pensou, apertando os lábios.

Tentando esquecer o passado, Jack pensou que não deveria estar tão satisfeito consigo mesmo. Ele conseguira a pintura, sim. E também o maldito sonho.

Ele fora ver a peça na Hall Foundation antes do leilão, esperando verificar rapidamente se seu estado era razoável e, então, ir embora. Vira o quadro, mas no processo tinha encontrado a restauradora de arte que, desde então, lhe tirara o sono.

Ele a vira pela primeira vez quando ela saía de um escritório. Ela se voltou, o cabelo vermelho voando sobre os ombros, e seus olhos se encontraram. Ele ficara intrigado, como qualquer homem ficaria, mas ela ainda não o tinha arrebatado com seu charme.

Eles foram apresentados por uma velha amiga, Grace Woodward Hall, presidente da Fundação. A mulher, Callie Burke, era uma restauradora de arte, e por mero capricho, Jack a convidara para ir com eles ver a pintura. Ele ficara impressionado com os comentários detalhados que ela fazia sobre a condição da pintura e sua avaliação do que seria necessário para cuidar dela adequadamente. Jack gostou também do jeito como ela olhou para o retrato. Os olhos de Callie Burke tinham se fixado no rosto de seu ancestral, como se ela estivesse extasiada. Quando perguntou se ela teria interesse em restaurar o quadro, no entanto, ela não demonstrou muito interesse, e cada um foi para um lado. Pelo menos até ele colocar a cabeça no travesseiro àquela noite.

A princípio, ele tinha rido do sonho, contente ao ver que, aos 38 anos, sua libido ainda estava forte como sempre. A cada noite passada, porém, perdia o senso de humor. Por fim, pensara que eventualmente se esqueceria da mulher, pois eles nunca se reencontrariam.

Entretanto, na noite anterior, após o lance vencedor no leilão, sua amiga Grace mencionou a mulher outra vez. Grace insistira para que ele chamasse a tal Callie Burke para a restauração do quadro, quase chegando ao ponto de pedir aquilo como um favor pessoal. Evidentemente, ela confiava na srta. Burke para o trabalho, e o incentivou a pesquisar o trabalho da restauradora para saber se ela era talentosa. Ao final da noite, ele concordara com o pedido, embora ainda não tivesse ideia de por que aquilo era tão importante para sua amiga.

Olhando para a cidade, Jack decidiu que no dia seguinte investigaria o trabalho da restauradora e que, então, tentaria encontrá-la e faria o pedido outra vez. Ele não era do tipo que dava segundas chances às pessoas, mas talvez fosse uma boa oportunidade para começar. Tinha de admitir que ficara tocado com o apoio ardente de Grace.

E os sonhos? Ele não se preocuparia com eles. Afinal, nem gostava de ruivas.

– Jack?

Ele se virou para a cama e olhou a silhueta escura de Blair Stanford. Sua noiva.

– Não queria acordá-la – ele disse, quando ela se sentou.

– Está tudo bem?

– Sim. Tudo certo.

Ela estendeu uma mão para ele.

– Vem pra cama.

Jack entrou embaixo dos lençóis e sentiu Blair colocar os braços ao seu redor.

– Você está tenso – ela disse suavemente, acariciando seu peito.

Ele entrelaçou seus dedos com os dela.

– Durma.

– Tem algo errado? – ela murmurou. – Esteve tão agitado nas últimas noites.

– Não há nada errado, não se preocupe.

Ele acariciou o braço dela, tentando fazê-la relaxar, mas ela ergueu a cabeça e a apoiou na outra mão.

– Jack, a gente se conhece bem demais pra manter segredos.

– Verdade. Mas quem disse que estou escondendo alguma coisa?

Ele sorriu ao ver o cabelo loiro dela espetado para todos os lados. Estendeu uma mão e o alisou, pensando que ela não teria aprovado aquela desordem se pudesse ver-se. Mesmo no meio da noite.

Blair o encarou por um longo tempo.

– Você está repensando o noivado?

– Por que diz isso?

Ela hesitou.

– Fiquei surpresa quando me pediu em casamento, e não falamos muito sobre isso desde então...

– Ambos estivemos ocupados. Não quer dizer que estou mudando de ideia.

O que Jack de fato queria dizer era que ela já deveria saber que ele não era o tipo de pessoa que "mudava de ideia". Depois de decidir que era hora de se casar e de encontrar a mulher que queria ter como esposa, ele tomara todas as providências necessárias.

– É só que… – Blair deu de ombros. – Nunca achei que nos casaríamos. Fico me perguntando quando vou acordar do sonho.

Ele tocou o ombro dela, sentindo como estava tensa.

– De onde está vindo toda essa ansiedade?

– Nunca pensei que você fosse o tipo de homem que sossega. Teve muitas mulheres antes de mim.

– Você sabe que as histórias sobre minha vida amorosa são extremamente exageradas.

– Talvez, mas não faltaram oportunidades. E não são só as mulheres. Você é um viajante.

Jack riu e pensou em seu irmão gêmeo.

– Não, esse é o Nate. Ele já rodou o mundo quantas vezes? Quatro?

– Você sabe que não é isso que estou dizendo. Você sempre foi inquieto.

Ele pensou sobre a estranha mistura de sangue em suas veias, a combinação do DNA da aristocracia anglo-saxônica e de pescadores portugueses. Provavelmente Blair estava certa, embora ele nunca tivesse se questionado a respeito. Ele tinha a ânsia de liberdade típica de um homem do mar, assim como seu irmão, mas sempre temperara esses ímpetos com uma firme força de vontade e uma dose saudável de avareza.

– Bom, inquieto ou não, vou ficar com você – ele disse a Blair.

Ele a ouviu suspirar no escuro.

– Quero que tenha certeza.

– Você sabe como me sinto sobre você.

– Você não me ama, Jack.

As palavras sussurradas o atingiram com força. Ele abriu a boca, sem saber o que dizer, mas ela colocou um dedo fino sobre seus lábios.

– Não tem problema – ela sussurrou. – Eu sempre soube.

Ele pegou a mão dela e a beijou, querendo poder negar aquilo. Havia tantas características de Blair que ele adorava e respeitava. Ela também era um sucesso empresarial, no comando de uma empresa de decoração de interiores em ascensão. Tinha um estilo e uma elegância fantásticos. Era amorosa e compreensiva, duas coisas de que ele dependeria nos próximos doze meses. Tudo indicava que Jack se candidataria a governador do estado de Massachusetts, e ele sabia que Blair conseguiria lidar com o estresse da campanha com a mesma calma com que administrava tudo.

Ele a valorizava. Gostava de tê-la em sua vida. O fato de não a amar era a única coisa faltante, mas ele não considerava um problema. Esse tipo particular de paixão não era algo que ele era capaz de sentir. Por nenhuma mulher.

– Então talvez a questão seja mais por que *você* está casando comigo – ele disse.

– Porque amo você e acho que somos uma boa equipe.

– E somos mesmo.

– Então fale comigo. Qual é o problema?

Ele balançou a cabeça categoricamente. Não contaria para Blair que estivera sonhando com outra mulher.

– Blair, acredite em mim. Não há nada com que você precise se preocupar.

– Tá bom, tá bom – ela passou uma mão tranquilizadora sobre o ombro dele, como fazia com frequência. Ela tinha um jeito de lidar com Jack que ele gostava. Tranquilizador, mas não condescendente. – Mas espero que me conte em algum momento. Prefiro saber as notícias ruins cedo, não tarde.

Ela se deitou e, aos poucos, relaxou contra ele, sua respiração se tornando profunda e regular.

Jack encarou o teto enquanto ela dormia em seus braços. Quando finalmente fechou os olhos, visões da ruiva voltaram a invadir sua mente.

Era só um sonho, ele disse a si mesmo. As imagens e sensações tinham mais a ver com sua libido do que com uma mulher que vira por… quanto tempo? Dez minutos?

Além disso, ele sempre preferira loiras e tinha em seus braços uma mulher incrível e carinhosa. Era um homem com um plano e nada alteraria o curso da sua vida.

Capítulo 2

Callie Burke saiu no vento forte de outubro e ergueu o colarinho do casaco, sentindo o tecido áspero contra o pescoço. O velho casaco de lã era a sua proteção contra os invernos frios e a ventania de Nova York há anos, mais uma coisa na sua vida que ela precisava substituir e não tinha como.

Ela lançou um último olhar para a galeria de arte na qual havia trabalhado nos últimos oito meses e colocou as mãos nos bolsos, apalpando com as luvas seu último pagamento. Stanley, seu chefe – ou melhor, *ex-chefe* – não queria mandá-la embora. Mas os negócios andavam devagar por causa da crise na economia, e ele não teve escolha. As pessoas simplesmente não compravam como na época da bolha da internet, e a realidade financeira tinha que prevalecer sobre as relações interpessoais.

Ela gostaria de ter recebido um prévio aviso, no entanto. Naquela manhã, saíra de casa pensando que seu emprego estava seguro.

Dando um passo à frente, ela se juntou à massa de pedestres apressados.

A galeria tinha sido um bom lugar para trabalhar. Tinha lhe dado um teto, mesmo que modesto, sobre a cabeça, e a mantido no mercado de arte, mesmo não estando envolvida em nenhum projeto de restauração. Além disso, o local ficava no bairro de Chelsea, em Manhattan, a apenas alguns quarteirões do apartamento dela.

E ela gostava de Stanley, apesar dos exageros dele e de seu relacionamento codependente com Ralph, seu poodle mini. Ela não era tão fã de Ralphie. Dois quilos de mau humor somados a um latido capaz de estilhaçar vidro não era nada encantador – não importava o que dissesse Stanley.

Callie suspirou, pensando que sentiria falta do lugar, e então afastou a tentação de se afundar em autocomiseração. Ela estava com problemas financeiros reais. Mesmo com o último salário, só tinha cerca de setecentos dólares na conta e o aluguel venceria em uma semana.

Ela pensou no que poderia vender. Não havia muito no apartamento. As joias da mãe tinham sido usadas há muito tempo para pagar contas de hospital. Os móveis de Callie, que vinham de brechós e mercados de pulga, não renderiam muito. E a velha TV fora roubada meses atrás, quando invadiram o apartamento.

O fato de os ladrões não terem levado mais nada mostrava que o resto dos pertences de Callie não tinha valor. Ela considerou suas opções. O que sabia com certeza é que ainda não queria voltar para aquele buraco deprimente onde vivia. Não havia como encontrar força ou coragem lá. Ela precisava andar um pouco e tentar limpar a mente.

Enquanto andava no ar gelado e pensava sobre oportunidades de emprego, ela se perguntou por que não tinha estudado algo um pouquinho mais lucrativo. Mesmo sendo uma ótima restauradora de arte e apaixonada pela profissão, essa não era exatamente uma carreira com a qual as pessoas costumavam se sustentar. Contabilidade, Direito, Medicina: pelo menos nesses campos, consegue-se emprego em quase todo lugar, e relativamente bem remunerado.

Conseguir um emprego com restauração de arte, no entanto, era tão provável quanto ser atingido por um raio, e foi por isso que Callie acabou na galeria de Stanley. Enquanto cursava restauração na Universidade de Nova York, ela fizera um estágio no Museu de Arte Moderna e tinha ganhado muita experiência trabalhando com especialistas na área, porém, com a mãe tão doente, não quis mudar de cidade quando diplomou-se. O campo já era competitivo, para começo de conversa, e como Callie não queria se mudar, suas perspectivas eram ainda mais limitadas.

Ela parou em frente a uma das galerias mais proeminentes da cidade, perguntando-se se não precisariam de ajuda. Talvez de uma recepcionista. Ou alguém para recolher o lixo. Ela não se importava. Além do seu imperativo financeiro muito real, ela só queria estar perto da arte. Entrou na galeria, e lhe disseram que tinham demitido a recepcionista duas semanas antes. Perguntou, sem muita esperança, se eles sabiam de alguém que estava contratando, mas quando balançaram a cabeça e desviaram o olhar, ela entendeu que muitas galerias estavam na mesma condição que a de Stanley.

Só continue tentando, ela pensou quando reemergiu no frio. Pelo menos, se ficasse esgotada, dormiria à noite.

Ela estava passando por uma banca quando viu uma foto que a fez parar. Pegando o jornal, olhou para o rosto de Grace Woodward Hall.

Sua meia-irmã.

A loira deslumbrante estava em um pódio, usando um vestido longo e se dirigindo a uma plateia composta pelos personagens mais influentes da cidade. De acordo com a legenda, a foto fora tirada no baile de gala anual da Hall Foundation.

Callie ficou chocada ao ler o artigo. Um assassino tentara atacar Grace em seu escritório e ela tinha escapado graças ao guarda-costas. Além disso, parecia que seu casamento com o conde Von Sharone estava acabado, e que seu ex-marido trabalhava em um livro de revelações sobre ela.

Observando a foto, Callie ficou contente por ter finalmente se apresentado a Grace e triste pela vida da mulher estar tão tumultuada. Depois de anos lendo sobre sua meia-irmã nas colunas de fofoca da alta sociedade, Callie não esperava encontrá-la, mas as coisas mudaram quando o pai delas morreu. Ela ficou determinada a ver a meia-irmã de perto. Pelo menos uma vez.

Grace era filha de Cornelius Woodward Hall. Callie era sua filha bastarda. Quando nasceu, recebeu o sobrenome da mãe, Burke, e as mentiras que começaram com sua primeira respiração a seguiram até a idade adulta, criando uma disparidade enorme entre o tipo de vida que sua meia-irmã levava e as dificuldades pelas quais passava. Apesar de Cornelius valer bilhões de dólares, um apoio financeiro extravagante para sua filha ilegítima estava fora de questão. Quando era vivo, ele mal suportava ficar no mesmo ambiente que ela, como se Callie fosse um lembrete forte demais da vida dupla que ele levava. Qualquer coisa que chamasse a atenção para ela devia ser absolutamente evitada.

Claro que, mesmo se ele tivesse tentado ser generoso, gestos desse tipo não teriam sido aceitos. O orgulho da mãe de Callie tinha cortado muito do que Cornelius tentara dar à amante ao longo dos anos. Presentes extravagantes permaneciam fechados. Um apartamento chique ficou vazio. A única coisa que ela aceitara fora o pagamento pela faculdade e pela pós-graduação de Callie.

E algumas joias que, no fim, ajudaram a tornar sua morte menos dolorosa.

Callie continuou lendo. O artigo mencionou que, no leilão do baile, Jackson Walker tinha comprado o retrato de seu ancestral, Nathaniel Walker, herói da Guerra de Independência.

Jackson Walker.

Quando leu o nome, ela sentiu como se uma onda de ar quente atingisse sua nuca.

– Ei! Você vai comprar isso ou quer que eu traga uma cadeira? – rosnou o dono da banca.

Callie colocou o jornal de volta e continuou andando.

Ela tinha lido algo sobre Jack Walker pela primeira vez em uma coluna de fofocas, anos atrás. Ele vinha de uma das famílias mais famosas dos Estados Unidos e tinha mais dinheiro que a maioria dos países pequenos. Também era mais lindo que qualquer um tinha o direito de ser. Por anos, fora um notório *bad boy* e os tabloides tinham publicado histórias infinitas sobre seus casos. Ele tendia a namorar modelos, atrizes e aristocratas; normalmente, mais de uma por vez. As brigas resultantes e sua indiferença aos ataques de ciúmes provavelmente tinham vendido mais exemplares que os casos de Bill Clinton e Jennifer Lopez juntos.

Fora uma surpresa conhecê-lo pessoalmente.

Tinha ficado claro que ele e Grace eram amigos, e ele parecia o tipo de homem que Grace conheceria; tudo nele era caro. Do terno fino, feito sob medida, aos sapatos lustrados e à pasta de couro. Era óbvio que ele vinha de um mundo privilegiado.

E, com toda essa elegância, era exatamente o tipo de homem que ela evitava.

Certo, talvez *evitar* não fosse a palavra correta, porque ela não conhecia bilionários com muita frequência. Mas todo aquele dinheiro e confiança eram uma bandeira vermelha. Seu pai tinha ensinado tudo o que ela precisava saber sobre homens ricos e muito pouco tinha sido bom.

Mas ela tinha de admitir que Walker *era* atraente. Além de seus atributos físicos, ele falava com a autoridade de alguém acostumado a ser seguido, em uma voz que era sedutora mesmo quando não abordava assuntos sensuais. Ela poderia o ter ouvido por horas, suas palavras enunciadas com aquela entonação aristocrática, o brilho dourado de um anel sinete em sua mão enquanto gesticulava.

E também tinha o modo como ele a olhara. Ele tinha encarado seus olhos diretamente, e foi como se a tivesse *visto* de verdade. Acostumada a ser ignorada, Callie gostou de ser notada daquele jeito. Especialmente ao lado de uma mulher como Grace.

Tinha sido outra surpresa quando ele oferecera a ela o trabalho de restaurar o retrato de seu famoso ancestral. Ele tinha feito a proposta mesmo sem possuir a pintura, já imaginando que venceria o leilão. Considerando o dinheiro que ele tinha, ela supôs que nenhum preço seria alto demais.

Ela recusara a proposta, apesar de ser um trabalho tentador. Não que ela não pudesse realizar o projeto. Callie trabalhara sob a orientação de profissionais renomados na universidade e tinha feito algumas restaurações complexas. O Copley, embora precisando de uma limpeza, não era grande coisa em termos de dificuldade técnica.

Callie simplesmente não queria trabalhar para ele. Ela sabia como os Jack Walkers do mundo agiam, pois lidava com eles de vez em quando na galeria de Stanley, e era filha de um. Eles pensavam primeiro em si próprios, e isso significava que sempre haveria uma exigência. Ele provavelmente tratava os empregados como se fossem descartáveis e encontrava problemas mesmo com os trabalhos mais bem-feitos.

Talvez ela estivesse errada. Talvez Walker fosse um homem simpático, que por acaso tivesse construído um império empresarial. Talvez ele fosse honesto e franco, um poço de virtude humana em um terno Saville Row. Talvez fosse mais Nelson Mandela que Donald Trump.

Mas era mais provável que fosse um canalha em roupas de cavalheiro, alguém para quem ela não devesse trabalhar. A ideia de se envolver com Walker acendia em sua mente uma placa dizendo "Má Ideia", mesmo que ela precisasse do dinheiro.

De repente, Callie se virou e foi para casa, pensando que caminhar sozinha pela noite fria só podia lhe render mais duas coisas que ela não estava interessada: uma pneumonia e um assalto.

Além disso, ela tinha coisas mais importantes com que se preocupar do que os defeitos de caráter reais ou imaginários de um homem que nunca veria de novo. Ela precisava se preocupar com abrigo. Comida.

Enfiando a mão no bolso, sentiu as costuras do casaco se desfazendo.

Roupas.

Capítulo 3

Jack parou em frente ao prédio decadente de seis andares e franziu o cenho. A porta de entrada estava torta, havia uma pilha de folhetos de comida chinesa em frente à entrada, e o lugar parecia prestes a desabar. Ele subiu cinco degraus de pedra e espiou o interior por um quadrado de vidro sujo. Uma lâmpada iluminava uma escada esquálida e o chão de azulejos decrépito.

Ele foi até um interfone com uma série de botões. Não havia etiquetas com nomes, então Jack apertou alguns aleatoriamente, e não ficou surpreso por não haver resposta. Não esperava que funcionasse.

Xingando, deu um passo para trás e olhou para cima outra vez. Era difícil crer que a restauradora vivia em um prédio daqueles. Conferiu outra vez o endereço que Grace lhe tinha dado, pensando que talvez aquele fosse apenas um ateliê.

Uma rajada de vento subiu a rua e Jack olhou na sua direção. Ele tentara ligar para a srta. Burke várias vezes durante o dia, mas não tinha conseguido nem falar com a secretária eletrônica. Como voltaria a Boston no dia seguinte, imaginou que sua melhor chance de falar com a mulher era aparecer em pessoa, mas, pelo visto, a não ser que estivesse disposto a arrombar a porta, ele chegara a um impasse.

Ele tentou simplesmente girar a maçaneta, caso da fechadura, como todo o resto, estar quebrada. Quando a porta se manteve firmemente fechada, decidiu que aquilo já era o bastante.

Ele não tinha mais tempo para desperdiçar. Se ela era tão difícil de encontrar, problema dela. Amassando o papel, começou a descer os degraus.

Assim que pisou na calçada, uma mulher virou a esquina do outro lado da rua. Ele estava prestes a seguir na direção oposta quando entreviu cachos ruivos que o fizeram soltar o ar em uma nuvem de névoa. Uma imagem do sonho – mãos pálidas tocando seu estômago – o deixou congelado.

Meu Deus, ele disse a si mesmo, *não pense nisso.*

Ele a viu se mover entre dois carros estacionados e atravessar a rua, a cabeça abaixada como se estivesse perdida em pensamentos. Só quando estava na metade do caminho, ela ergueu os olhos, viu a limusine e estacou no meio da rua.

– Olá – ele chamou, erguendo uma mão. – Você é uma mulher difícil de encontrar.

Ela franziu a testa e olhou para os dois lados.

– Você mesma – ele disse, sorrindo.

Quando ela recomeçou a andar, foi muito mais devagar.

– O que você está fazendo aqui?

Ele estreitou os olhos, examinando-a em cada detalhe. As bochechas e a ponta do nariz estavam vermelhas de frio. O cabelo, que caía para baixo dos ombros, estava bagunçado pelo vento. Seus olhos azuis o examinavam com suspeita evidente.

Ela estava tão linda como Jack se lembrava e ele não pôde deixar de imaginar se seu corpo era como ele havia sonhado. Não dava para ver nada sob o enorme casaco, que aliás surpreendeu Jack. O casaco era velho e puído, de um marrom que não acentuava em nada as cores dramáticas em seu rosto e cabelo ou as curvas de seu corpo.

– Então? – ela insistiu. – Por que está aqui?

Ele ergueu uma sobrancelha. As pessoas não costumavam falar com ele naquele tom de irritação.

– Como eu disse antes, quero que restaure minha pintura.

O olhar frio que ela lançou não era muito animador, e ele começou a se preparar para uma negociação. O que não tinha problema algum. Ele adorava uma boa barganha, fosse por uma empresa, uma posição acionária ou uma obra de arte. Quanto mais dura a batalha, mais doce era a recompensa.

Ela subiu os degraus de pedra, sem sequer olhar para ele.

– Já disse, não estou interessada.

– Acho isso difícil de acreditar – ele disse, ríspido. – Considerando como ficou olhando para o retrato.

Quando ela se voltou, Jack soube que estava louca para se livrar dele, e sua impaciência o deixou com vontade de puxar uma cadeira e passar um tempo ali.

– Não sou a pessoa certa para o trabalho.

– Então tem uma opinião muito baixa sobre suas habilidades.

– Não tem nada a ver com minhas habilidades – ela tirou um cacho de cabelo da frente dos olhos.

– Vamos lá, sei que está morrendo de vontade de trabalhar naquela pintura.

Ela pegou as chaves e se virou outra vez.

– Não estou preparada para aceitar a tarefa. Obrigada.

Ela estava pondo a mão na maçaneta quando ele subiu os degraus, dois de cada vez, e agarrou seu braço. No momento em que a tocou, sentiu-a ficar rígida sob a manga do casaco.

– Me solte. Por favor.

Ela se recusava a olhá-lo diretamente, e ele ficou curioso.

– Me diga, o que eu fiz pra merecer tanta animosidade?

Ele a soltou e abriu um sorriso.

– Bom, apareceu na minha porta sem ser convidado – ela retrucou. – Eu disse que não e você continua aí. Está claramente disposto a me pressionar para trabalhar pra você, por motivos que não consigo nem começar a imaginar. Por que eu deveria ficar contente com isso?

– Você é sempre desconfiada desse jeito?

– Quando as coisas não fazem sentido, sim.

– Como minha oferta de trabalho única não faz sentido?

– Não acredito em milagres.

– Ateísta?

– Realista.

Jack sorriu. Ele gostou da resistência dela, mais ainda porque percebia que não era tão durona quanto queria parecer. Seu rosto podia estar impassível, mas os olhos iam de um lado para o outro, passando pelo rosto dele, o nó de sua gravata, a extensão de seus ombros.

– Acho que consegue fazer o trabalho.

– Baseado em quê? Você deve aprender rápido, porque só nos vimos uma vez na vida.

– Me consideram bastante astuto.

Ela inclinou a cabeça, esperando que ele comprovasse a afirmação.

Ele deu de ombros.

– Sei que você foi a primeira da sua turma e que se formou com honras no programa de mestrado em restauração da Universidade de Nova York. É um indicador razoável de seu interesse e aptidão. Sei que seus professores gostavam de você e achavam que tinha talento e disposição para trabalhar. E pelo que entendi, fez um estágio sob Micheline Talbot e Peter Falchek em alguns projetos muito complexos.

Os olhos dela se voltaram para a porta do prédio. Ela estava obviamente ansiosa para usar as chaves que segurava.

– Como descobriu tudo isso?

– O chefe do seu departamento tem a Cadeira Walker em História da Arte. Ele ficou bem contente de falar comigo.

Ela apertou os lábios.

– Enfim, considerei esse histórico, pensei em como você tinha olhado para o meu ancestral, e cheguei à conclusão de que, estando no início da carreira, você apreciaria a chance de trabalhar com algo desse nível. É uma conclusão lógica, não acha?

O cacho estava outra vez na frente dos olhos dela. Callie empurrou o cabelo para trás, obviamente irritada.

– Veja bem, sr. Walker, sua nova aquisição é uma obra histórica extraordinária. Uma única decisão errada ou uma manobra mal executada e as perdas seriam monumentais.

– Está com medo? – ele provocou.

Ela se empertigou e ele sorriu. Estava mais do que disposto a usar o orgulho dela para vantagem própria.

– Claro que não estou com medo. Mas você precisa de alguém que...

– Se você é qualificada, capaz, e interessada no projeto, só pode significar uma coisa.

– O quê?

– Que tem algum outro motivo para recusar minha oferta. Imagino o que poderia ser.

– Não gosto de você – ela admitiu. Assim que as palavras escaparam, seu rosto ficou ainda mais vermelho. – Quer dizer...

Ele riu.

– Você não me conhece o bastante pra não gostar de mim.

– Não tenha tanta certeza – ela resmungou. – Não gosto nem um pouco de playboys.

O sorriso dele se desfez.

– O que te faz pensar que sou um playboy?

– Também me consideram bastante esperta – ela disse, levantando o queixo. – E sou ótima em julgar o caráter das pessoas.

Quando ela o encarou com mais um desafio, ele perdeu o humor. Ter de superar o seu passado estava lhe dando nos nervos ultimamente.

– Mas não fiz nada para ofendê-la, fiz? – ele perguntou. – Não fiz propostas de sexo. Não a toquei de um jeito impróprio.

Ele tinha feito amor com ela em sonhos, claro. Mas isso não contava.

Quando ela permaneceu em silêncio, ele deu um sorriso sarcástico.

– Talvez o problema seja que *você* se sente atraída por *mim*.

A boca dela se abriu em indignação.

– Claro que não!

– Então não devo pensar que você só está se fazendo de difícil com toda essa hostilidade latente?

Ela balançou a cabeça, incrédula.

– Aposto que você acha que qualquer pessoa de saia sente atração por você. O que prova que é um playboy, aliás.

Ele a olhou, impassível.

– Bom, agora que sei o que pensa de mim, vou lhe dar algo para refletir. Acho que você está procurando desculpas para não aceitar esse trabalho e seria uma pena recusar algo tão importante só porque está com medo, não acha? – ele tirou um cartão de visita do bolso e o pôs na mão dela. – Isso poderia ser uma virada na sua carreira, e você sabe disso. Me ligue amanhã com sua resposta.

– Já dei minha resposta.

– Pense a respeito.

– Já pensei.

– Então pense um pouco mais.

Ela o encarava com raiva e Jack teve certeza de que estava pensando em outro argumento. Se ela quisesse continuar com aquilo, ele estava mais do que disposto a fazer sua vontade.

Por algum motivo, a discussão o fez pensar em Blair. Quando ele se irritava, ela se tornava tranquilizadora, movendo-se como água sobre os ângulos agudos dele. Esta mulher, por outro lado, o confrontava diretamente. Diante da determinação dela, sentindo sua força, ele se sentiu extremamente vivo.

De repente, ele sorriu.

– Quer saber? Gosto de você.

– Não gosta, não – ela disse rápido, arregalando os olhos.

– Gosto, sim.

Outra rajada de vento passou pela rua, e aquele cacho voltou a bater contra o rosto da mulher. Sem pensar, Jack estendeu a mão e colocou os fios atrás da orelha dela.

Esse simples gesto interrompeu a discussão.

Ela afastou a cabeça, mas a mão dele acompanhou o movimento, seguindo as ondas sedosas do cabelo ruivo até os ombros dela.

Ele encarou seus olhos. Estavam brilhando com alarme e algo mais. Alguma coisa acalorada. Passou pela mente de Jack que ele deveria ser cuidadoso perto daquela mulher, mas daí os lábios dela se abriram e esse pensamento se perdeu. O de baixo era mais carnudo e ele sentiu uma necessidade urgente de testar a suavidade dele com o dedo. Com a própria boca.

Então, percebeu que tinha se inclinado para a frente, como se fosse beijá-la.

Rapidamente deu um passo para trás e passou uma mão pelo cabelo, percebendo que ela estava tão desconcertada quanto ele.

Apontando para o cartão, que ela apertava com força, ele disse:

– Me ligue amanhã.

E, então, saiu antes que ela pudesse lhe devolver o cartão, dando passos largos até a limusine. Assim que entrou no carro, olhou para o prédio decadente. A porta de entrada estava se fechando.

Ele xingou.

Deus, ele quase a tinha beijado!

Mais "boas ideias" como aquela e ele terminaria com sérios problemas. Ele viera fazer uma oferta de trabalho, não trair sua noiva.

– Vamos, Franky, estamos atrasados.

– Claro, sr. Walker.

A limusine partiu.

Ele tinha pouco menos de vinte minutos para chegar ao balé, onde se encontraria com Blair e o novo cliente, e agora tinha mais um motivo para não estar animado com a noite. Jack não gostava de ficar parado por tanto tempo, e a dança nunca prendia sua atenção. Podia prever que passaria umas duas horas sem nada para fazer, exceto remoer o que acontecera na entrada do prédio de Callie Burke.

Ele balançou a cabeça, dizendo a si mesmo que não deveria exagerar a situação.

Além disso, suspeitava que tinha vencido. Seus instintos diziam que Callie ligaria amanhã e aceitaria o trabalho. No fim, sua determinação e apego pela pintura ganhariam das suspeitas que ela tinha de Jack. E, como consequência do comprometimento dela, ele estaria dando uma oportunidade a alguém, algo que seu pai sempre dissera não ser do seu feitio. Também estaria atendendo a um pedido de Grace.

Portanto, ele estava fazendo a coisa certa. Apesar daquele momento de insanidade na escada.

Jack relaxou e se inclinou contra o banco de couro, dizendo a si mesmo que a única coisa com que precisava se preocupar hoje era como fingir interesse em um bando de homens com enchimento na frente do *collant.*

Enquanto a limusine de Jack Walker se afastava, Callie ficou parada no saguão do prédio, ciente de que estava tremendo. Ela disse a si mesma que o que estava passando por seu corpo, fosse o que fosse, não era atração. Não podia ser.

As pessoas tremem no frio, ela pensou. *Deve ser isso.*

Ah, droga, quem ela estava enganando?

Ela olhou para o cartão. Jackson W. Walker, CEO, Fundo Walker. Havia um endereço de Boston embaixo do nome e do título.

Até o papel era caro, ela pensou, testando sua rigidez cremosa.

Mesmo que ainda se lembrasse do cheiro bom de sua água-de--colônia, era difícil acreditar que ele tinha vindo atrás dela. Ela não teria ficado mais surpresa se Bill Gates aparecesse em frente ao seu prédio. Precisou de todo o autocontrole para ir até ele.

O homem a deixava nervosa, e por que não deixaria? Ele estava oferecendo algo que ela queria muito. Era rico, o que significava que tinha poder. E ela suspeitava que Jack Walker era o tipo de pessoa que sempre conseguia o que queria na vida – mesmo se tivesse de pagar por isso. O que basicamente descrevia seu pai.

Mas o principal motivo era que, quando estivera na frente dele, tinha sentido como se estivessem presos a cabos elétricos nos seus dedos.

Ele estava certo. Ela queria trabalhar na pintura. Desesperadamente.

Mas recusar era a coisa certa a fazer. Sua situação financeira a colocava numa posição de vulnerabilidade; ela queria acreditar em milagres porque estava precisando de um. Voltar para casa e encontrar Jack Walker com uma oferta única daquelas parecia bom demais para ser verdade.

Ou talvez ela estivesse procurando desculpas. Talvez estivesse, sim, com um pouco de medo de mexer sozinha em um retrato como aquele. E talvez a atração que sentia por Jack fosse só mais um perigo em um campo minado de complicações.

Ela enfiou o cartão dele no bolso – o bolso que não tinha um buraco – e abriu a caixa do correio. Depois de pegar duas contas vencidas, subiu os seis lances de escada até seu apartamento. A escada cheirava a comida indiana da família que morava no primeiro andar, e a aguarrás do artista que morava no segundo. Quando Callie abriu a porta do apartamento, o cachorro do outro lado do corredor começou a latir, e sua dona, uma senhora frágil, o repreendeu com uma voz surpreendentemente firme.

Callie fechou a porta e se encostou na parede. Ela podia ouvir o chuveiro pingando no banheiro.

Tirando o casaco, foi até a cama e se sentou. Olhou a cômoda que comprara por cinquenta dólares e que ela mesma pintara, o resto de carpete que tomara de Stanley quando o escritório dele foi reformado, e a mesa de cabeceira, feita de blocos de cimento e um pedaço de madeira.

Na qual ficava a velha TV.

Então olhou para o armário, o terninho Chanel pendurado na porta. Do outro lado do quarto, os botões do blazer brilhavam dourados, os dois Cs entrelaçados claramente visíveis. A peça parecia tão deslocada ali quanto a limusine que estivera na frente do prédio.

O terninho era de Grace. Callie estava encharcada no dia em que elas se conheceram, e a meia-irmã lhe emprestara a roupa. Jogando-se na cama, ela imaginou que o preço do conjunto provavelmente seria suficiente para cobrir o resto do seu aluguel e manter um teto sobre a sua cabeça por uns dois meses.

Depois de uma hora, ela começou a sentir frio e se virou de lado, puxando o cobertor sobre as pernas. Olhando para o quarto minúsculo, Callie torceu para que a solução de seus problemas aparecesse.

E que não envolvesse Jack Walker.

Eram cerca de quatro da manhã quando ela decidiu aceitar o trabalho. O fator determinante não foi o dinheiro, embora ele tivesse pesado na decisão. O retrato Walker era simplesmente tentador, e se ela recusasse a oportunidade por uma falta de fé em suas habilidades ou por uma reação hiperbólica a um homem, ela nunca se perdoaria.

Depois de tomar a decisão, Callie começou a fazer planos. Primeiro, precisaria de ajuda. Felizmente, ainda mantinha boas relações com seus professores da Universidade de Nova York, e se tivesse problemas com a restauração, sempre poderia falar com eles. Também estava certa de que poderia pedir para usar o espaço da universidade e usar um de seus microscópios. Os materiais estariam inclusos nos custos do projeto, então ela não precisaria se preocupar em gastar o próprio dinheiro, e tinha certeza de que nenhum dos cheques de Jack Walker voltaria.

Quanto a ele, Callie quase não o veria – se tudo corresse bem, só quando ele lhe entregasse a pintura e, outra vez, quando viesse apanhá-la depois que o trabalho fosse finalizado. Talvez aparecesse para uma visita no meio para monitorar o progresso dela.

Com certeza, ela conseguiria sobreviver a uma ou duas conversas.

De repente, Callie lembrou dele se inclinando, naquele momento insano em que jurava que ele iria beijá-la.

Talvez conseguisse lidar com uma ou duas conversas.

Callie ficou acordada até o sol nascer, pensando sobre as coisas que teria de comprar ou emprestar. Depois de finalmente formular um jeito de conseguir tudo de que precisaria, ela ligou para o escritório de Walker e se surpreendeu quando o telefone foi atendido por uma secretária, mesmo sendo fim de semana.

Quando ela disse seu nome, a mulher respondeu:

– Ah, bom. Ele está esperando por você.

Uma música de espera começou a tocar, algo clássico e imponente. Callie engoliu em seco.

– Bom dia, srta. Burke – a voz suave e levemente zombeteira de Walker atravessou o aparelho e desceu pela espinha dela.

– Aceito o trabalho.

Ele deu uma risada baixa de satisfação e depois assumiu um tom de negócios.

– Certo. Vamos nos encontrar às dez horas, no Plaza.

Ela franziu a testa, olhando o cartão.

– Achei que estivesse em Boston.

– Não, ainda estou aqui. Dez horas? Nos encontramos na minha suíte.

Quando ela hesitou, ele acrescentou, seco:

– Se a deixar mais confortável, arranjo um acompanhante. E me certifico de que as mordaças e as algemas estejam guardadas.

Ela apertou o telefone.

– Engraçadinho.

Callie anotou o nome da suíte e desligou, o coração batendo forte. Quando colocou a mão sobre o peito e sentiu botões, percebeu que tinha dormido de roupa.

Bom, não tinha dormido, na verdade.

Questionando o bom senso do que concordara em fazer, foi até o banheiro e ligou o chuveiro. Quando se despiu, considerou criticamente as calças pretas, a camisa branca e a blusa preta que, por acaso, usara como pijama. Eram roupas modestas, sem nada de especial. E no armário dela só havia itens assim.

Ela desejou ter algo chique para usar quando se encontrasse com Jack. Roupas que lhe dariam a coragem de que precisaria quando se sentasse em frente ao homem e tentasse fingir que era tão sofisticada quanto ele.

Ela olhou para o terninho Chanel e sorriu, imaginando que Grace provavelmente não se importaria se ela usasse a peça mais uma vez.

Capítulo 4

Callie entrou às dez em ponto no Plaza Hotel. A primeira coisa que fez foi tirar e dobrar o casaco, deixando o forro de cetim, e não o exterior peludo, à mostra. Depois que encontrou os elevadores, subiu vários andares até emergir em um corredor elegante. Uma série de placas de bronze na parede a ajudaram a se localizar.

Enquanto caminhava, uma loira em um terninho vermelho elegante, com um casaco combinando, se aproximou em uma lufada de perfume. Seu cabelo estava curto, enfatizando as bochechas esculpidas e os olhos inclinados, e as joias que usava eram discretas e caras. A mulher a avistou e sorriu, dando um aceno.

Callie imitou a inclinação impassível do queixo, pensando que precisaria se lembrar do gesto. Um pouco depois, parou em frente a portas duplas nas quais se lia "Suíte Greenough".

Ela ergueu a mão para bater, mas uma voz a interrompeu.

– A senhora está procurando o sr. Walker?

Callie se virou. Uma arrumadeira carregando um conjunto de toalhas a examinava com curiosidade educada.

– Estou.

– Ele saiu faz uma hora. Deve voltar logo, mas não posso deixar a senhora entrar.

– Não tem problema. Posso esperar aqui.

Depois que a arrumadeira saiu, Callie se encostou na parede, segurando o casaco. Pensou sobre o que diria quando o visse e se lembrou da mulher no terninho vermelho. Como uma mulher daquelas cumprimentaria Jack Walker?

Quaisquer que fossem as palavras, elas sem dúvida causariam um efeito perfeito. Assim como as roupas e o cabelo da mulher.

– Desculpe por fazê-la esperar – a voz de Walker a surpreendeu, e ela deixou escapar um gritinho que gostaria de ter segurado. – Não quis assustá-la.

Callie abriu a boca, mas todos os pensamentos lúcidos evaporaram quando o examinou de perto. A camiseta preta e os shorts de corrida eram uma surpresa, assim como o suor sobre a pele.

Mas o corpo dele foi o que realmente atraiu sua atenção.

Meu Deus, ela pensou. Sob aqueles ternos caros havia um atleta.

Os ombros do homem eram largos e sólidos e seus braços mostravam uma rede vigorosa de veias e músculos. Ela não pôde deixar de abaixar os olhos, e notou que o abdome era tão liso quanto a parede em que estava apoiada, e que as coxas eram firmes e fortes. Ele parecia algum tipo de máquina bem-feita, partes formidáveis que tinham acabado de passar um teste rigoroso nas ruas de Nova York.

Callie desviou o olhar, percebendo que o estava encarando.

– Quer que eu volte em meia hora?

– Por quê? – ele perguntou, abrindo a porta.

– Pra você poder... ahn, se trocar.

– Não se preocupe, sou rápido no chuveiro.

Uma imagem mental que ela poderia ter recusado.

– Você vai entrar – ele perguntou quando ela ficou parada à porta – ou vamos conversar no corredor?

Callie ergueu o queixo e passou por ele.

Quando entrou na suíte, parou outra vez. Era um palácio, cômodos e mais cômodos de creme e dourado com móveis de mogno e grossas cortinas bordadas. Ela podia ver uma sala de jantar, uma sala de estar, e um bar. Em um canto, havia outras portas que provavelmente levavam a quartos.

– Pedi o café da manhã pra gente – ele disse, passando sobre um tapete oriental que complementava tanto as paredes pálidas como os móveis escuros. – Se eles vierem, você abre a porta?

Ela assentiu e pôs o casaco em uma cadeira.

Quando ouviu a porta se fechar atrás dele, Callie começou a realmente estudar a suíte. Resolveu aproveitar e dar uma boa olhada, já que não sabia se entraria em um quarto de hotel como aquele outra vez na vida. Um clarão de cor atraiu sua atenção. Sobre a superfície lustrosa de uma mesa lateral havia um cachecol de mulher, e ao lado um par de brincos de ouro maciço. Callie se aproximou para olhar melhor. Eram lindos e caros, e era fácil imaginar o tipo de mulher a quem pertenciam.

Com certeza, quem quer que ela fosse, não tinha um buraco no bolso do casaco.

Será que eram de uma namorada? Amante?

Ou ele era casado? Não, ela teria lido sobre isso nos jornais.

Outra vez, ela pensou em como ele havia tocado seu cabelo na noite anterior. Lembrando-se de como tinha se sentido, começou a acreditar em todas as histórias sobre mulheres entrando e saindo do quarto de Walker. Naquele momento, quando ele viera em sua direção, os olhos abaixados e focados nos lábios dela, o corpo largo emanando calor mesmo através das roupas, ela não tivera interesse algum em fugir. Estivera prestes a colocar as mãos naqueles ombros e puxá-lo para si.

O que provava que ele era atraente de uma forma perigosa, e que ela obviamente estava louca.

Uma campainha tocou e Callie foi abrir a porta ao garçom que trazia o café da manhã. Ela o deixou passar e o assistiu arrumar a mesa da sala de jantar. Prata, cristal, pratos de porcelana e guardanapos de linho eram dispostos com movimentos precisos e eficientes. O garçom saiu em menos de dez minutos e não esperou gorjeta – o que era bom, porque ela não tinha nada para dar.

Contente por ter algo para fazer, Callie sentou e se serviu de uma xícara de café. Estava levantando a xícara quando Walker voltou ao quarto.

– Que bom. Estou morrendo de fome.

A mão dela tremeu e um pouco de café caiu no seu prato, formando uma poça marrom. Ela xingou baixinho e ficou em dúvida entre limpar ou não enquanto ele se sentava à sua frente.

– Deixo você tão nervosa assim? – perguntou Walker naquela sua voz profunda.

Ela ergueu os olhos, mas não encarou os dele. O cabelo dele estava molhado e o colarinho da camisa branca e recém-passada estava aberto, revelando seu pescoço. Ela podia sentir o cheiro de loção pós-barba, suave e cara.

Sim, pensou.

– Não – ela disse. – Decepcionado?

Ele sorriu.

– Por que eu iria querer deixá-la desconfortável?

Ele se serviu de um pouco de café e então lhe ofereceu uma cesta de pães e doces. Callie hesitou.

– Não vai comer? – ele perguntou.

Ela pegou uma rosca de uva-passa e canela antes de perceber o que tinha escolhido. Ela odiava uva-passa, mas não devolveria a rosca.

Ele colocou um *muffin* no prato e alguns pedaços de fruta em uma tigela de prata.

– Fico feliz por você ter aceitado trabalhar para mim.

– Estou animada pra começar – ela disse por detrás da xícara de café.

– É mesmo? – ele perguntou, lentamente. – Ainda parece estar em dúvida.

– Por que diz isso?

– Ainda não me olhou nos olhos.

Callie franziu a testa e se forçou a encarar o olhar firme de Walker, notando pontinhos verdes e amarelos nos olhos castanhos que a olhavam de volta.

– Veja só, não foi tão ruim, foi? – ele provocou, sorrindo.

– Sr. Walker...

– Jack.

– *Jack* – ela repetiu –, por que não falamos sobre o trabalho?

– Você não quer que a gente se conheça um pouco?

– Não foi pra isso que vim.

Ele deu de ombros, espetando um morango com o garfo.

– E daí? Relaxe. Viva um pouco. Talvez até passe a gostar de mim se me conhecer melhor.

– Duvido – ela disse, e então balançou a cabeça. Será que um dia aprenderia a pensar antes de falar com aquele homem? – Veja, eu...

– Estou magoado, srta. Burke – ele murmurou. – Ou posso chamá-la de Callie?

Ela revirou os olhos. Ele não parecia magoado. Na verdade, parecia perfeitamente satisfeito, contanto que estivesse mastigando seu café da manhã.

Se esse cara tem um ego frágil, pensou Callie, *eu sou a fada dos dentes.*

Ela tentou de novo.

– Sem ofensas, mas só estou interessada na pintura.

– Bom, talvez *eu* queira saber um pouco mais sobre você.

– Você conhece minha experiência profissional. O que mais pode querer saber?

Ele a olhou secamente.

– Você não gosta de falar sobre si?

– Não com você.

– E por que não?

– Porque suspeito que tudo que eu disser poderá ser usado contra mim.

Ele soltou uma risada alta e genuína.

– Não sou a polícia e não sou um criminoso. Pelo menos, até onde sei.

Ele sorriu para ela, e Callie se ocupou em passar *cream cheese* na sua rosca.

– Então, sobre Nathaniel...

– Você está realmente determinada a não aproveitar o café da manhã comigo, não é? – ele perguntou, lacônico.

– Não consigo me imaginar aproveitando qualquer coisa com... – ela corou quando ele lhe deu um olhar incisivo. Agitando a mão, como se pudesse apagar as palavras, murmurou: – Desculpe, não devia ter dito isso.

Ele a observou por um momento.

– Você é muito honesta. E não costuma ser forçada a fazer nada, não é?

Ela quase ficou de queixo caído, tanto porque ele parecia aprovar sua sinceridade como pelo fato de que ele estava muito, muito errado.

Você não sabe de nada, ela pensou, abaixando a faca. Durante anos, ela aguentara as consequências dos ataques emocionais da mãe. Tinha aceitado ser relegada a uma nota de rodapé vergonhosa na vida do pai sem nunca desafiá-lo ou dizer a ele como aquilo doía. Sem contar como aguentava o pior da natureza irritadiça de Stanley, dia após dia, sem nunca se defender.

Mas Jack Walker não precisava saber de nada disso. E ela adoraria saborear o equívoco dele em particular.

– Por que é tão importante que eu trabalhe pra você? – ela perguntou de repente.

Ele ergueu a xícara e ela viu o brilho dourado de suas abotoaduras.

– Todo mundo precisa de uma ajuda pra começar – ele disse. – Você trabalhou duro e merece uma chance de ficar conhecida. Estagiou com alguns dos melhores profissionais na área, mas precisa de um desafio, algo que a faça ser notada. Precisa deixar sua marca.

Era um bom conselho e uma inclinação generosa da parte dele. Mas eles não se conheciam e ele não devia nada a ela, o que significava que aquelas banalidades não eram a verdadeira explicação. Será que Grace tinha falado alguma coisa? Será que ele estava fazendo aquilo como um favor à sua meia-irmã?

– O que Grace disse sobre mim? – ela perguntou.

Ele a olhou calmamente.

– Disse que vocês são amigas. Que você é talentosa. Que é importante pra ela que você tenha uma chance de trabalhar nesse projeto. Por quê?

– Nenhum motivo.

Ela tentou imaginar as implicações da intromissão de Grace em sua carreira. Callie apreciava o apoio, embora preferisse ter conseguido o trabalho pelos próprios méritos. Mas, pensando bem, talvez tenha sido dessa forma. Jack Walker não parecia o tipo de homem que contratava alguém por razões sentimentais.

E agora entendia melhor por que ele tinha ido atrás dela.

– Algum problema? – ele perguntou quando ela não disse nada.

– Só não quero ser seu projeto de caridade – ela deixou escapar.

Ele franziu a testa, e então riu.

– Então ficará feliz de saber que minha falta de interesse filantrópico é lendária. Você é qualificada e vai trabalhar por cada centavo. Meu dinheiro é importante demais para que eu faça caridade – ele indicou o terninho dela. – Além disso, se pode comprar um Chanel, não está exatamente passando fome. Embora eu tenha que admitir que fiquei surpreso por você ter um ateliê num prédio tão acabado.

– Ateliê?

Ele franziu o cenho.

– O prédio em Chelsea.

Callie quase riu. Ele pensava que ela *trabalhava* naquele prédio? Era compreensível, claro. Havia vários ateliês de artistas no bairro.

Ela estava prestes a corrigi-lo quando decidiu manter silêncio. Não havia motivo algum para contar sua história àquele homem, e se ele pensava que ela tinha dinheiro, isso agia em vantagem dela, colocando-os em uma posição mais igualitária.

Quando ela ficou em silêncio outra vez, ele soltou um som frustrado.

– Está bem, acabou o papo furado. Quando pode começar?

– Assim que você quiser.

– Pode estar em Boston depois de amanhã?

– Boston? – ela se empertigou.

– A pintura será despachada para minha casa na terça.

– Ah! Imaginei que ficaria aqui.

– Não moro aqui.

– Mas poderia fazer um seguro e deixar o quadro comigo – ela disse, esperançosa.

– Não era o que eu tinha em mente.

Ela percebeu que ele estava decidido.

– Isso muda tudo.

– Por quê?

– Todos os meus contatos estão aqui. Meu, ahn, ateliê. Minhas ferramentas.

– Nada disso será um problema – ele disse tranquilamente.

Talvez não para você, ela pensou.

– Arranjarei tudo pra você – ele continuou. – E gostaria que ficasse em Buona Fortuna enquanto trabalha.

– Onde?

– Minha casa. *Buona fortuna* significa "boa sorte" em italiano. Minha tataravó era fã do Renascimento.

Ele pegou um *croissant* da cesta.

– Vou lhe dar um estúdio onde trabalhar e arranjar todo o equipamento de que precisar. Você vai poder organizar tudo como quiser.

Ela se imaginou dormindo sob o mesmo teto que Jack Walker e o calor que se acomodou em seu estômago a fez querer ficar longe do homem, não se mudar para a casa dele.

– Não sei se seria uma boa ideia. A restauração pode demorar até seis semanas. É bastante tempo para receber um convidado.

– Verdade. Mas a casa é grande.

A droga da casa podia ter o tamanho de um estádio de futebol e ainda seria pequena demais, ela pensou.

– Não sei.

– Não vou cobrar pela hospitalidade – ele disse, com desaprovação. – Se é isso que a preocupa. E o pagamento continua o mesmo.

E então ele disse um valor que quase a fez cair da cadeira.

Com aquele dinheiro, ela não precisaria se preocupar com o aluguel por um ano – e mais um pouco! Poderia procurar um emprego com tranquilidade. Poderia começar um pé-de-meia.

Callie tentou manter a voz firme.

– É muito generoso da sua parte.

– É a taxa corrente de um profissional. E lembre-se, darei tudo de que precisar para trabalhar na pintura.

Ela hesitou. Não conseguia se imaginar fazendo o trabalho em uma residência. Não era impossível, mas seria complicado.

– Por que é tão importante que o trabalho seja feito na sua casa?

– Não quero que nenhum museu tenha a impressão errada de que essa pintura vai ficar pendurada em qualquer outra parede que não a minha. Já tive problemas algumas vezes, precisei lutar para levar peças embora depois de serem restauradas, mesmo que eu tivesse pago pelo serviço. Alguns restauradores e museus se afeiçoam às peças, o que é outro motivo para você ser interessante pra mim – houve uma leve pausa. – Você não é afiliada a nenhuma instituição, então não haverá mal-entendidos.

– Mas vou precisar de equipamentos que serão difíceis de conseguir ou caros demais.

– Isso não existe – ele disse, servindo-se de mais café.

Tomando um gole, ele a olhou por sobre a xícara e Callie notou o anel no seu dedo mindinho. Estava próxima o bastante para ver que havia um brasão nele, e pensou que, com o dinheiro e as conexões que tinha, provavelmente não havia nada que Jack Walker não pudesse conseguir.

Nenhum bem material, pelo menos.

– Se tiver algo que você absolutamente não possa fazer na casa, levaremos a pintura ao Museu de Belas-Artes. Já falei com o restaurador chefe de lá e ele ofereceu ajuda, mesmo que eu tenha deixado claro que uma restauradora independente fará o trabalho.

Ele limpou a boca com o guardanapo e se encostou na cadeira.

– Então, como pode ver, está tudo arranjado. Você só precisa vir.

Callie hesitou, pensando que o trabalho a estava levando em direções com as quais não estava completamente à vontade.

Com um movimento ríspido, Walker jogou o guardanapo na mesa e se levantou.

– Tenho uma reunião em dez minutos. Sei que meus termos são generosos, então não estou inclinado a negociar. Você aceita ou não?

Examinando sua expressão, Callie percebeu que ele estava preparado para ir embora, o que diminuiu um pouco sua preocupação.

Ela respirou fundo.

– Onde nos encontramos em Boston?

Sem demonstrar nenhuma reação, ele foi até uma mesa.

– Minha casa fica em Wellesley, na Cliff Road – ele se abaixou e anotou algo com uma caneta dourada. – Aqui estão meu endereço e telefone. Estarei lá sem falta às cinco horas, na terça.

Ele entregou o papel e Callie estreitou os olhos, tentando desvendar os rabiscos. A letra dele era quase ilegível.

– Isso é um nove? – ela perguntou, surpresa com a leveza que tinha aquela escrita.

Ele assentiu, sorrindo.

– Minha caligrafia sempre foi terrível. Era uma das coisas que meu pai nunca gostou. Um psicólogo provavelmente diria que minha negligência contínua é uma expressão passivo-agressiva de independência voltada a um homem morto. Mas eu rejeito essa teoria.

Os cantos da boca de Callie se ergueram, ela não conseguiu evitar.

– Você não sorri muito, não é mesmo? – ele perguntou, em voz baixa.

Ela dobrou o guardanapo e se ergueu, limpando a garganta.

– Obrigada pela oportunidade.

Walker estendeu a mão para ela e pareceu sombriamente divertido quando ela só ficou olhando. Quando Callie segurou sua mão, os dedos dele apertaram os seus e ela sentiu uma onda de calor subir pelo braço. Então puxou a mão com pressa e foi pegar o casaco na cadeira.

Ele franziu o cenho.

– Posso ajudá-la com isso? – ele murmurou.

Ela balançou a cabeça, passando o casaco por cima do braço e se virando em direção à porta.

– Callie?

Ela estacou e olhou por sobre o ombro.

Jack Walker a observou por um longo momento, os olhos pousando em seu cabelo e se movendo para baixo. Ela mudou a posição do casaco, de modo que bloqueasse a visão de seu corpo. Sentia como se estivesse sendo comparada com alguma coisa. Ela se perguntou qual seria o padrão.

Quando ele não disse nada, ela ficou impaciente.

– Até mais, sr. Walker.

– Jack. Me chame de Jack.

Ela não se deu ao trabalho de responder e saiu da suíte com pressa. No elevador, com o corpo tremendo e a cabeça enevoada, ela teve de se lembrar que sobrevivera a coisas muito piores que uma oferta única de trabalho. Só porque seu novo chefe era capaz de derreter tinta da parede com aqueles olhos castanhos, não queria dizer que ela precisasse se sentir constrangida.

Ela só precisava ser forte.

E, felizmente, treinara a vida toda para isso.

Jack ficou olhando para a porta.

Callie Burke era, de fato, muito atraente. Ele nunca acreditara muito naquele clichê da ruiva passional, mas ela realmente tinha paixão. Ele adorava como ela o desafiava e o fato de que lutava com ainda mais garra quando estava particularmente desconfortável.

Será que ela estava com alguém? Não usava aliança, mas talvez houvesse um namorado na história.

Ele franziu a testa, pensando que isso não deveria ser relevante.

O telefone tocou. Ele atendeu Grayson Bennett, seu colega de quarto da faculdade.

– Liberei minha agenda – Gray disse. – Estou pronto pra passar o próximo mês trabalhando na sua candidatura em Boston.

– Excelente. Qual o primeiro passo?

– Vamos reunir um comitê exploratório. Dez ou doze pessoas de setores diferentes do estado para fazer uma avaliação discreta do cenário. Precisamos saber quem vai apoiá-lo e quem vai dar trabalho, quanto dinheiro podemos arrecadar, e como as pessoas o veem. Isso deve levar quatro ou cinco semanas.

– Quando você vem?

– Amanhã à noite. Vou ficar no Four Seasons.

– Vai trazer companhia feminina? – quando ouviu um "não" definitivo, Jack riu. – Não está mais com a... qual é o nome dela? Sarah?

– Sophia. Não, terminamos. Ela começou a falar de alianças e, como você sabe, sou alérgico a diamantes. Ela é uma boa mulher... para outro homem.

Depois que desligaram, Jack foi até o quarto terminar de se vestir. Por muito tempo, Gray e ele haviam compartilhado a mesma visão sobre casamento: de que era algo para outras pessoas. Mas se Jack tinha mudado de ideia, Gray também poderia.

Mas não em relação a Sophia, pelo jeito.

O relógio no canto da sala começou a badalar e Jack se apressou.

Em alguns minutos, teria um encontro com dois irmãos, um médico e um engenheiro. Bryan e Kevin McKay tinham inventado um jeito novo, mais rápido e mais limpo de processar produtos derivados de sangue, como plasma e plaquetas. Eles tinham as patentes necessárias, de modo que os direitos de propriedade intelectual estavam assegurados, e, com contatos em alguns hospitais, teriam uma fonte de renda. Hoje queriam expandir sua pequena loja na Costa Oeste, e precisavam de dinheiro – muito dinheiro. Se tivessem as finanças equalizadas e algumas projeções de crescimento razoáveis, Jack achava que tinham potencial para lucrar.

Estava animado para a reunião. Para ele, não havia um jeito melhor de passar uma tarde de domingo. Uma das coisas que gostava no negócio de capital de risco era que funcionava vinte e quatro horas por dia, sete dias por semana. Não havia pausas, nenhum momento era desperdiçado, sempre havia algo a ser feito. Domingos, feriados, aniversários, casamentos. Ele estava sempre trabalhando.

Na verdade, no dia do enterro do pai, ele passara metade do velório no trabalho, preparando um financiamento para uma firma de tecnologia em Atlanta. Mas isso não foi exclusivamente por causa dos negócios. Ele tinha achado difícil lamentar a morte de alguém cuja desaprovação contínua tinha marcado sua vida de modo tão indelével, e trabalhar parecera um uso mais produtivo do seu tempo do que fingir um sofrimento que não existia.

Dinâmicas familiares disfuncionais à parte, a cada nascer do sol havia lugares aonde tinha que ir, coisas que precisava realizar, pessoas que queriam entrar em contato com ele e com seu dinheiro. Ele sabia que ser governador de Massachusetts seria igualmente complicado e exigente. E que, se um dia chegasse na Casa Branca, os riscos seriam astronômicos.

Jack passou uma gravata de seda ao redor do pescoço e encarou o espelho. Ele mal podia esperar pelo futuro.

Capítulo 5

Na terça, Callie subiu de trem pela costa de Connecticut até a Back Bay Station, de Boston, e então pegou o metrô até os subúrbios. Quando desceu em Wellesley com sua velha mala Samsonite e uma caixa cheia de ferramentas, deparou-se com uma colina íngreme, e ela entendeu por que a estrada era chamada de Cliff Road.

Quando finalmente subiu e chegou a um par de pilares de pedra com o número certo, os braços estavam adormecidos e os ombros doíam. Ela deixou cair a mala e olhou o caminho de acesso. Não havia muito para ver. A faixa de asfalto desaparecia num emaranhado de arbustos e árvores.

Ela pegou as coisas de novo e começou a última etapa da jornada, dizendo a si mesma – como fizera inúmeras vezes durante a viagem – que tudo ficaria bem. Ela faria um bom trabalho e Jack Walker não lhe incomodaria, estaria ocupado demais gerindo seu império empresarial.

E mesmo se fosse terrível, nada durava para sempre.

Quando virou uma esquina, um mal-estar a tomou como uma maldição.

Boa sorte nada, ela pensou olhando para a mansão.

A casa, cinza escura, era um mausoléu gigantesco que se erguia de uma fundação de pedra. Havia pórticos e cúpulas e uma torre no topo, e os vários beirais e cantos lançavam sombras que faziam o lugar parecer ainda mais sombrio. Os jardins também não ajudavam a suavizar o clima. Eram austeros, contendo apenas arbustos podados e canteiros de *pachysandra* para abrandar o efeito da mansão. Mas pelo menos havia várias grandes árvores na propriedade. Os carvalhos e bordos estendiam os braços sobre um jardim que era grande o suficiente para um jogo de futebol, e a grama era tão bem cuidada quanto a de qualquer campo.

Callie retomou o passo. O caminho de entrada tinha quase noventa metros e se dividia para cercar a casa. A parte esquerda ia até a garagem, que tinha dois andares e quatro vagas. A outra ia para baixo de um pórtico que escondia a entrada principal da mansão. Ela seguiu para a direita.

Quando chegou à pesada porta de entrada, deixou cair a mala e a caixa de ferramentas. Lembrando-se que era uma convidada, não uma intrusa, Callie bateu a aldrava de bronze.

Uma mulher de uns quarenta anos abriu a porta. Ela olhou Callie de cima a baixo, e embora seu olhar não fosse indelicado, não era exatamente caloroso, também.

– Sim? – o tom objetivo da mulher sugeria que ela trabalhava na casa, embora não usasse um uniforme.

– Sou Callie Burke.

– A restauradora? – a expressão da mulher mudou para uma de surpresa.

Callie assentiu.

– Ah... ele disse que você viria – a mulher franziu o cenho, notando a mala laranja e o casaco peludo. – A senhora Walker estava ansiosa para a sua chegada.

Senhora Walker?

– Na verdade, eu esperava encontrar o sr. Walker.

– Ele ainda não chegou. Mas ela está aqui.

Quem diria, pensou Callie. Ela não sabia que Jack Walker era casado, mas não vinha lendo os jornais tanto quanto costumava. Saber que ele tinha uma esposa a deixou mais tranquila, de certo modo.

A não ser que fosse real o quase-beijo na frente do seu prédio – nesse caso, ela se sentia pior ainda.

Um silêncio constrangedor se seguiu, até que Callie disse:

– Algum problema?

– Desculpe, eu deveria ser mais... bem-vinda a Buona Fortuna – disse a mulher, estendendo uma mão. Seus olhos ficaram mais cordiais. – Sou Elsie, a secretária da sra. Walker. Estávamos esperando alguém um pouco mais...

– Velha?

A mulher assentiu. Callie abriu um sorriso e apertou sua mão antes de entrar.

– Eu entendo.

Quando seus olhos se ajustaram ao interior, ela viu paredes de mogno polido esculpidas com entalhes profundos, uma lareira de pedra que ia do chão ao teto, e diversos móveis pesados, de estilo europeu. Era como entrar em uma sala do Renascimento em um museu.

E quase tão aconchegante quanto.

– A sra. Walker vai descer num instante. Por que não espera no solário enquanto levo sua bagagem para cima?

Callie concordou e tirou o casaco.

– Pode deixar que fico com isso. Precisa de alguma coisa?

Ela balançou a cabeça.

– Não, estou bem.

– O solário é por aqui, atravessando a biblioteca.

Quando Callie encontrou o lugar certo, o terraço arejado e ensolarado foi um alívio. O solário, com suas paredes de vidro e chão de ardósia clara, parecia ter sido decorado por outra pessoa.

Alguém que não tinha nascido um Médici no século XV.

Havia cadeiras estampadas e um sofá confortável, e sobre mesas brancas de vime ficavam lâmpadas feitas de vasos orientais. Ela respirou fundo. O ar quente e úmido cheirava às flores que cresciam pelo terraço em canteiros perfeitamente cuidados.

Ela estava olhando através do vidro para o jardim ondulante quando ouviu passos macios. Voltou-se, curiosa para ver com quem exatamente Jack Walker tinha casado, mas em vez disso encontrou os olhos profundos de um cão de caça irlandês. O cão era quase do tamanho de um pônei e coberto por uma pelugem cinza. Ele abanou o rabo, hesitante.

– Olá – ela disse baixinho, se agachando.

O cão se aproximou, com um andar lento e relaxado. Sua cabeça ficou mais alta que a dela quando Callie se ajoelhou, mas, embora seu tamanho fosse intimidante, os olhos o entregavam. Eram piscinas límpidas de amabilidade.

Ela estava afagando a cabeça dele quando uma voz atravessou o solário.

– Vejo que conheceu Arthur.

Callie ergueu os olhos e se deparou com um rosto impecavelmente envelhecido. Sua primeira impressão foi de que a mulher tinha sido incrivelmente bonita quando jovem. A segunda foi de que o olhar castanho e possessivo era tão receptivo quanto um spray de pimenta.

Meu Deus, ela pensou, *não é a esposa dele.*

O grande Jack Walker morava *com a mãe.*

Ela quis rir, mas sabia que não seria uma boa ideia. A sra. Walker tinha cara de quem não achava graça em muita coisa.

– Então você é a restauradora que meu filho escolheu – disse a mulher, entrando no solário. Seu cabelo branquíssimo estava puxado para trás e o estilo severo destacava suas espetaculares maçãs do rosto. Ela usava um terninho de tweed que tinha as linhas básicas típicas da alta-costura e várias joias pesadas ao redor do pescoço.

Era como ver uma atriz em um filme. A grande dama em quintessência.

Callie se ergueu.

– Sim, sou Callie Burke.

– Você é um pouco jovem demais pra isso, não acha?

O comentário foi seguido por um sorrisinho gélido.

– Posso fazer o trabalho, sra. Walker. E seu filho confia em mim. De outro modo, não teria me contratado.

O sorriso desapareceu.

– Você está ciente de que é uma obra de Copley?

Como se Callie pudesse ter confundido o quadro por um de LeRoy Neiman!

– É claro.

– Bem, é o dinheiro de Jack, se você falhar. Sem mencionar a perda às artes, que seria significativa. Mas tenho certeza de que fará o melhor que pode.

Callie ergueu as sobrancelhas.

Bem, pelo menos ela não tinha que procurar os insultos. A mãe de Jack só seria mais direta se enfiasse uma faca em seu peito.

Embora estivesse tentada a retrucar, Callie se forçou a ficar quieta e se surpreendeu quando o cão se encostou em sua perna. Ela o afagou atrás da orelha, apreciando o apoio.

A sra. Walker franziu a testa.

– Arthur parece gostar de você – os lábios apertados sugeriam que as virtudes que ele pudesse ter encontrado em Callie eram um mistério. – Elsie lhe mostrará seu quarto. Jack acabou de ligar e pediu que eu transmitisse suas desculpas, porque chegará atrasado hoje. Eu vou sair, então você ficará sozinha.

Bom, *essas* eram ótimas notícias.

A mãe de Jack se virou, mas parou na entrada para examinar Callie mais uma vez.

– Onde Jack encontrou você?

Num canil para artistas famintos, ela quis responder. *Mais uma semana sem trabalho e eles iam me sacrificar. Ele salvou minha vida!*

Em vez disso, ela só assistiu a mulher sair. Por mais que quisesse dizer à venerável sra. Walker o que podia fazer com sua atitude, isso só tornaria mais difíceis as próximas seis semanas. Além disso, ela já aguentara coisa pior que a mãe de Jack. Na adolescência, usara óculos grossos, aparelho e roupas ruins e seu pai nunca aparecera para o Dia dos Pais. Pessoas cruéis eram sempre as mesmas, em um pátio de escola ou em um solário.

De qualquer modo, parecia que ela não precisava fazer muito para se vingar da sra. Walker. A mera presença de Callie na casa parecia ser vingança suficiente.

Elsie voltou, parecendo tensa.

- Venha comigo, por favor.

Arthur as seguiu. Quando chegaram ao hall de entrada, em vez de subir a escadaria enorme continuaram pela sala de jantar dourada e ornada e entraram em uma cozinha que poderia ser de restaurante.

Elsie a guiou até uma escadaria apertada. Depois de dois lances de degraus, emergiram em um corredor branco com seis portas. Ao contrário do resto da casa, que estava decorado com antiguidades, não havia pinturas ou tapetes ali. Era simplesmente funcional.

Elsie abriu uma porta, revelando uma cama de solteiro, uma cômoda e uma mesa. As paredes eram brancas, o chão feito de madeira não polida e um aquecedor fazia um som sibilante sob a janela. Callie viu suas coisas em um canto.

Era um quarto de empregado.

Ela olhou para Elsie. A mulher estava claramente constrangida enquanto apontava para o corredor.

– O banheiro é a terceira porta à direita. Você vai ter de dividir com Thomas, mas não se preocupe. Ele é obcecado com limpeza, mesmo se parecendo com um Hell's Angels.

Callie ergueu uma sobrancelha.

– Agora estou tranquila – ela murmurou, entrando e sentando na cama, que deu um rangido enferrujado. Elsie estremeceu.

Callie sorriu para a mulher. Independente de como se sentia sobre as acomodações, não seria rude com a mensageira.

– Vai servir perfeitamente bem. Estou tão cansada que poderia dormir no chão.

A cama soltou outro protesto e ela olhou para as tábuas de pinho, pensando que era possivelmente onde ela iria parar.

Elsie começou a se afastar.

– O resto dos empregados tem o dia livre. Estou saindo agora, mas volto amanhã – ela disse, como se sentisse que Callie precisasse de uma amiga na casa. – Se precisar de qualquer coisa, é só me falar. Assegurarei que tenha tudo que precisar. Ah, e está cheio de comida lá embaixo. Fique à vontade.

– Obrigada.

Elsie a olhou por mais um momento e então saiu, como se estivesse deixando um cãozinho abandonado na beira da estrada.

Callie se levantou e esticou a cabeça para o corredor, se perguntando com quem dividiria o banheiro. Combinar horários de banho na manhã não era exatamente o que ela tivera em mente. Mas alguma coisa relacionada a Jack Walker tinha ido de acordo com os planos? Não. Ela deveria se acostumar a surpresas.

Além disso, ela era só uma empregada, não uma convidada. E uma vantagem era que as chances de a sra. Walker aparecer naquela parte da casa eram praticamente nulas. Portanto, talvez fosse melhor, no final das contas.

Arthur, que perambulava pelo quarto, investigando os cantos e farejando embaixo da cama, olhou para ela como que perguntando se eles iam até a cozinha.

– Desculpe, Artie, preciso me ajeitar primeiro.

O cachorro suspirou e desabou ao pé da cama. Com a cabeça entre as patas gigantes, seus olhos a seguiram enquanto ela desfazia as malas.

Enquanto dividia seu parco guarda-roupa nas gavetas da cômoda, Callie se perguntou quanto tempo a mãe de Jack levaria para sair da casa.

Regra número um para lidar com perseguição: uma boa estratégia evasiva pode cortar vários conflitos pela raiz. Ela só teria de manter distância da sra. Walker.

Callie se lembrou do rosto arrogante e reprovador da mulher e sorriu.

Trataria ela como o faria com qualquer outro aristocrata.

Capítulo 6

Jack estacionou o Aston Martin na garagem e saiu do carro. Ele planejara chegar em casa muito mais cedo, mas as negociações que começara com os irmãos de produtos de sangue não iam tão bem quanto ele esperara. Havia alguns problemas com a estrutura de financiamento da dívida deles, o que tornaria praticamente impossível garantir uma participação grande e sem restrições na empresa. Os McKay haviam emprestado dinheiro de uma legião de membros da família, e durante a fase de pesquisa e desenvolvimento deram em troca uma quantia considerável de suas ações.

Na verdade, Jack teria sorte se conseguisse um quarto de posse da firma, o que quase não justificava o investimento de nove dígitos de que eles precisavam.

Ele aprendera há muito tempo a não investir dinheiro em algo de onde não pudesse sair. Seu pai lhe ensinara essa lição. Os primeiros 100 mil que o pai tinha "emprestado" dele tinham se esvanecido no éter. Depois disso, Jack passou a exigir alguma transferência de propriedade, fossem imóveis, joias ou arte, antes de escrever um cheque para Nathaniel VI.

Como seu pai o odiara por isso! Mas o velho Nathaniel ficava mais horrorizado ainda com a ideia de ir a um banco implorar por dinheiro a pessoas com quem ele não dividiria a mesa de jantar. Quando ele morreu, Jack tinha posse de tudo. Os carros, as casas em Wellesley, Palm Beach e nas montanhas Adirondack, a coleção de arte, as grandes joias da mãe. Seu pai, que começara com milhões de dólares nos anos 1950, tinha menos de 100 mil em seu nome quando morreu.

Jack ativou a porta automática e a ouviu fechar com um som retumbante enquanto se dirigia para o pórtico.

Ter o retrato de Copley em sua posse significava tudo para ele. Assim que a pintura fosse restaurada, ele a colocaria de volta sobre a lareira na sala de estar, onde costumava ficar quando ele e seu irmão eram crianças. Ao recuperar o primeiro Nathaniel, ele sentia que estava fechando um ciclo, e que todo o caos financeiro causado pelo pai tinha chegado ao fatídico fim.

Ele entrou na casa e chamou:

– Callie? Está aí?

Como não houve resposta, ele pôs sua maleta no chão e atravessou a sala de estar até a biblioteca, e então foi até o solário. As luzes estavam acesas em todos os cômodos, mas Callie não estava em lugar algum. Quando voltou à entrada, Jack se perguntou se deveria subir as escadas e sair à caça dela pelos quartos de hóspedes.

Imaginá-la em uma de suas camas evocou imagens em que Jack estava determinado a não pensar, e ele começou a questionar os méritos de subir ao segundo andar atrás dela quando percebeu que algo estava faltando. Onde estava Arthur? O cão normalmente o esperava na porta.

Jack foi até a cozinha. Ao lado da pia, uma tigela, prato e garfo tinham sido cuidadosamente lavados e deixados para secar, então ele sabia que ela estava na casa. Nenhuma outra pessoa teria deixado pratos fora do armário daquele jeito. Sua mãe raramente entrava na cozinha e com certeza não lavava as coisas que usava. Os empregados estavam de folga e Elsie teria ido para casa, jantar com a família.

Ele estava se resignando a uma busca pelos quartos de hóspedes quando Arthur desceu as escadas dos fundos.

– O que você estava fazendo lá? – Jack se agachou quando o cachorro foi até ele do seu jeito vagaroso e pesado.

– Ele estava comigo.

Jack imediatamente ergueu a cabeça.

Callie estava de pé nas escadas, usando jeans e um pulôver de lã azul-marinho. Seu cabelo estava solto, caindo sobre os ombros, e ele examinou os olhos dela, mais uma vez verificando se tinha acertado a cor deles, se eram realmente daquele azul tão lindo.

Eram.

Antes que o silêncio se prolongasse, ele disse:

– Desculpe pelo atraso.

Ela deu de ombros.

– Artie e eu tivemos uma ótima noite, embora eu suspeite que ele preferisse que meu jantar tivesse menos folhas. Ele não parece ser um grande fã de salada.

Jack estreitou os olhos, analisando o humor da mulher. Ela não parecia perturbada. Estava perfeitamente confortável, sozinha em uma casa desconhecida, apenas com o cachorro dele como companhia.

Então toda aquela independência não era dissimulação, ele pensou.

– Você já está arrumando seu ateliê? – ele perguntou, indicando as escadas. – Pensei que a garagem seria mais adequada às suas necessidades, mas se prefere ficar na casa, tudo bem.

Ela ergueu as sobrancelhas.

– Na verdade, estava lendo sobre Copley e tentando não cair no sono antes de sua chegada.

Ele deu uma palmadinha no flanco de Arthur e se levantou.

– Então o que estava fazendo na ala dos empregados?

– É onde fica meu quarto.

Jack franziu a testa.

– O quê...? – ele se interrompeu. Não precisava perguntar quem a pusera lá. – Você não vai ficar na ala dos empregados.

Ele e a mãe teriam uma conversinha pela manhã.

Callie colocou as mãos nos bolsos.

– Estou bem confortável lá em cima.

– Não diga absurdos. – Ele se moveu em direção às escadas. – Vamos tirar suas coisas daí.

Ela ergueu as mãos.

– Olha, eu realmente não me importo. Só preciso de um lugar pra dormir.

– Como pode dizer isso? Aposto que a última vez que ficou em um quarto como esse foi na escola preparatória.

– Não fui à escola preparatória – ela respondeu em voz baixa.

Jack parou, franziu a testa outra vez e continuou andando.

– Que seja. Vamos.

Ele passou por ela, pensando que a habilidade de sua mãe de se intrometer nas coisas era incomparável.

Quando chegou ao topo das escadas estreitas, se dirigiu para a porta aberta.

– Onde estão suas roupas?

Ela entrou no quarto e lhe deu um olhar calmo.

– Nas gavetas.

Ele olhou para a pequena cômoda.

– E mais onde?

– Em nenhum lugar – ela abriu uma gaveta, indicando as camisas e suéteres cuidadosamente dobrados lá dentro. – Só aqui.

Isso é novidade, pensou Jack.

Ele estava acostumado com mulheres que precisavam de um caminhão de mudança para uma viagem de fim de semana. Callie ficaria por um mês e meio e suas coisas cabiam em três gavetas.

– Você é econômica.

Ela deu de ombros.

– Não preciso de muito.

– E suas ferramentas?

– No armário.

– Então vamos arrumar suas coisas – ele disse, impaciente.

Ela o examinou por um momento, como se pesasse a inconveniência da mudança e ter de lidar com ele, então foi até o armário e puxou uma velha mala Samsonite que o chocou. Ele esperava um conjunto Louis Vuitton ou várias bolsas Coach. Em vez disso, a mala dela era antiga, laranja e parecia ter passado por diversos porões.

Enquanto ela mexia em suas coisas, Jack percebeu uma coisa.

Qualquer que fosse o relacionamento dela com Grace e de onde quer que aquele terninho Chanel tivesse vindo, Callie não tinha muito dinheiro. As roupas que tirava da cômoda estavam limpas e eram práticas, mas baratas. Não havia um pingo de alta-costura à vista.

Quando ela terminou, ele não conseguiu evitar que sua voz se tornasse gentil.

– Pegou tudo?

Os olhos dela se ergueram e se estreitaram, como se ela tivesse notado a mudança em sua voz e preferisse que ele tivesse mantido o tom impaciente. Ela deu um aceno firme, pegou a mala e a caixa de madeira coberta com manchas de tinta e saiu pela porta.

– Deixe-me carregar pra você – ele disse, enquanto a bagagem batia contra os lados da escada.

– Não precisa.

– Pelo menos a mala.

– Se consegui carregar tudo da Penn Station até sua casa, consigo ir até outro quarto.

Penn Station? Jack a imaginou com aquele fardo pesado, mudando de trens e andando pela Back Bay Station. Ele suspeitava que ela provavelmente não tinha tomado um táxi e que pegara o metrô até Wellesley. Isso significava que ela arrastara todo aquele peso desde o início da Cliff Road.

Que merda, ele pensou, enquanto a guiava através da cozinha e pelas escadas. Ele imaginou que ela teria vindo de avião e alugado uma limusine no aeroporto.

Ele se sentia um imbecil.

– Você devia ter me dito que precisava de transporte – ele disse. – Eu teria enviado meu avião.

Ele a ouviu parar e olhou por cima do ombro.

– Não preciso de esmola – ela disse. – Cheguei aqui perfeitamente bem sozinha.

– Não é essa a questão. Eu poderia ter facilitado pra você.

– Não estou interessada em coisas fáceis.

Ele achou que isso era óbvio, considerando a bagagem que ela estava segurando. Enquanto Callie o encarava em silêncio, sua determinação em não depender dele o irritou profundamente.

– Sofrer sem necessidade não é o único jeito de se tornar mártir – ele disse, seco. – Você poderia se flagelar e morar no topo de um pilar por um mês ou dois.

Ela pôs a bagagem no chão, o que só o lembrou de quanto ela estava carregando.

– Vamos fazer assim: quando eu precisar ser resgatada, aviso você.

Ele torceu o nariz e continuou andando, sabendo que teria que nevar na sala de estar do diabo antes que ela lhe pedisse qualquer coisa. Por que aquela resistência o incomodava tanto, ele não sabia. Talvez fosse só uma mudança tremenda em como as mulheres normalmente enxergavam ele.

Até Blair, que não era nem um pouco incapaz de se cuidar, contava com o *jet* dele, com seus contatos em empresas Fortune 500 e com suas conexões no mundo da arte. E ele não se importava nem um pouco. Na verdade, gostava disso.

Quando chegou ao topo da escada, virou à direita e guiou Callie até o melhor quarto de hóspedes da casa. Quando abriu a porta e acendeu as luzes, a ouviu prender a respiração.

O Quarto Vermelho era de fato uma obra-prima, e era exatamente por isso que ele a hospedaria ali. Se Callie não aceitaria sua ajuda abertamente, ele estava determinado a tomar conta dela por outros caminhos.

Ela entrou e lentamente pôs suas coisas no chão. A alegria em seu rosto fez o peito de Jack inchar de prazer: enfim tinha feito algo que a deixara feliz.

O quarto era decorado em vermelho e ouro brunido. No centro, havia uma cama com dossel gigantesca em estilo jacobino, uma coisinha que sua tataravó tinha importado de um castelo inglês. Uma lareira, feita de um rico mármore marrom-avermelhado, continha toras, e acima dela havia uma pintura da Madona com o Menino Jesus do século XVI. O melhor detalhe, no entanto, era a janela de vidro manchado que dava para o jardim da frente. Emoldurada por faixas pesadas de seda vermelha, embaixo da janela havia um banco com travesseiros de todas as formas e tamanhos.

– Meu Deus! – Callie arfou, indo até a lareira e então à janela. A próxima parada foi a cama. Ela correu os dedos pelos suportes de teca e pelas borlas de veludo que caíam do topo. – Isso é magnífico!

Enquanto suas mãos traçavam o rico tecido, Jack quis guardar na memória a imagem dela dentro do seu quarto preferido na casa.

– Vermelho combina com você – ele murmurou.

Ela voltou à lareira e seus olhos se arregalaram quando examinou a pintura.

– Isso é um Caravaggio?

Ele assentiu.

– O que acha?

Ela ficou em silêncio por um longo tempo. Quando finalmente falou, sua voz era confiante e ele sorriu, pensando que soava daquele jeito quando falava de dívida suplementar e taxas de juros.

– É magnífico, claramente do auge dele. Mas estou chocada com a posição. Essa lareira é usada?

– Não. Eu mandei selar.

– Que bom. Mudanças repetidas e radicais de temperatura são a morte para uma pintura a óleo.

Ela olhou para ele.

– Você deveria restaurar esse quadro. Quando foi a última vez que foi limpo?

– Minha tataravó o comprou na Itália nos anos vinte. Não sei se algo foi feito desde então.

Ela fez um som de desaprovação no fundo da garganta enquanto estudava o trabalho mais a fundo. Sua absorção era total; sua respiração, superficial. Ele imaginou que uma bomba podia explodir no quarto e Callie provavelmente não notaria.

Essa mulher é fantástica, ele pensou.

– Então, Callie, acho que devemos percorrer o resto da casa, e você pode me dizer quais outros itens precisam de atenção.

– Eu adoraria.

Ela foi até o banco sob duas pequenas janelas límpidas ao lado dos painéis de vidro manchado e olhou para fora. Arthur a acompanhou, como que para supervisionar, pondo duas patas nas almofadas e se inclinando para a frente, quase tão alto quanto ela. O braço de Callie abraçou seu pescoço peludo e ela afagou o ombro dele, distraída.

Olhando os dois, Jack soube que devia sair dali. Havia algo tentador demais na imagem que eles formavam.

– A pintura está atrasada – ele disse. – Deve chegar amanhã. Mas logo cedo eu posso lhe mostrar o espaço acima da garagem.

Ela olhou por sobre o ombro.

– Ótimo.

– O banheiro é por aqui – ele apontou para uma porta. – E estou do outro lado do corredor, se precisar de alguma coisa.

Ela afastou os olhos dele e se empertigou. Mais uma vez, ele teve a impressão de que Callie não bateria à sua porta, a não ser que a casa estivesse pegando fogo e ela estivesse sem água.

Ele se perguntou o que a levaria a abrir a própria porta.

– Precisa de alguma coisa? – Quando ela balançou a cabeça, ele abriu o terno e começou a afrouxar a gravata. – Olhe, sinto muito por não ter estado aqui quando você chegou.

Ela deu de ombros.

– Não foi um problema.

– Minha mãe…

– É uma senhora adorável – ela ergueu uma sobrancelha, como que o desafiando a questionar seu blefe. Obviamente ela seria delicada sobre a questão e ele a respeitava por isso.

Mas não aceitaria que ela fosse desrespeitada sob seu teto.

– Se tiver qualquer problema com ela, fale comigo.

– E por que eu teria que fazer isso? – ela retrucou suavemente.

Não ficou claro se ela estava se referindo ao mau comportamento de sua mãe ou a ir procurá-lo. Provavelmente ambos.

Houve uma longa pausa. Quando Callie olhou a cama, mais uma vez arregalando os olhos contentes, ocorreu a Jack que era bem provável que ela morasse naquele prédio em Chelsea.

E ele tinha expressado surpresa por ela ter um ateliê lá.

Deus, ele queria poder voltar no tempo e retirar esse comentário.

– Vamos, Arthur – ele disse, se virando para a porta.

O cão olhou para Callie e de volta para ele com um olhar perspicaz.

– Aqui, garoto – disse Jack, batendo na coxa.

O cão se sentou e Jack considerou a deserção com um sorriso.

– Ele gosta de você.

– Eu gosto dele.

Callie olhou para o cachorro com afeição sincera. Não havia em seu rosto nenhuma cautela, nenhuma reserva. Só um sorrisinho secreto destinado apenas a Arthur.

Não é à toa que o bicho se apaixonou por ela, pensou Jack. Qualquer homem ou cachorro ficaria encantado por um olhar daqueles.

– Boa noite, então – ele disse.

– Boa noite.

Ela ainda estava sorrindo para Arthur quando Jack fechou a porta.

Parado no corredor, ele abaixou a cabeça e olhou para os sapatos. Ele não deveria estar interessado no sorriso daquela mulher.

Na verdade, não deveria nem estar *notando* o sorriso dela.

Ele balançou a cabeça. Pelo menos não tivera mais aqueles sonhos. Desde que Callie concordara em vir para Boston, seu subconsciente tinha parado de passar o canal Playboy.

Infelizmente, a memória dele era muito boa.

O som da porta da frente sendo fechada o fez erguer a cabeça. Devia ser sua mãe, de volta da sinfonia. Jack desceu para a entrada, estreitando os lábios em uma linha severa.

Ela estava tirando o casaco quando o viu.

– Jackson, querido, como foi seu dia? Eu vi os Carradines...

– Em que merda você estava pensando quando a colocou na ala dos empregados?

Os olhos dela se encheram de surpresa.

– Está falando da restauradora? Querido, ela está aqui para trabalhar, não está? Não é uma convidada.

– Ela está aqui a meu convite. Vai ficar no Quarto Vermelho.

Mercedes parou e o examinou por um momento, e, então, continuou colocando o casaco no cabideiro.

– Como quiser. Minha intenção não era chateá-lo.

– Você não me chateou. Você insultou minha convidada e me *irritou*.

Jack se virou e começou a subir as escadas, pensando que era melhor para ambos ele se afastar. Não apreciava os joguinhos da mãe nem um pouco e estava se sentindo particularmente protetor em relação a Callie.

Provavelmente porque ela fora tão elegante ao lidar com a afronta de sua mãe.

– Jackson, não fique bravo – Mercedes chamou. – Como eu iria saber? Quer dizer, ela não parece exatamente uma convidada nossa, parece?

Jack parou e olhou por sobre o ombro.

– Ela é *minha* convidada. Ficando na *minha* casa. Então vai ser tratada corretamente.

Sua mãe perdeu um pouco da bravata.

– Jack, não tinha ideia de que ela era tão importante.

Ele se virou e continuou, não confiando em si mesmo para responder.

Depois da morte de seu pai, parecera desnecessário expulsar a mãe da casa onde vivera por quase quarenta anos. Na época, ele também pensou que mantê-la em Buona Fortuna economizaria os custos de financiar outra casa. Sem dinheiro próprio e nenhuma habilidade que pudesse oferecer ao mercado de trabalho, Mercedes não podia se sustentar sozinha, e não poderia depender do outro filho. Nate não tinha renda suficiente para manter o estilo de vida com o qual ela estava acostumada. Jack era seu ganha-pão, e os três sabiam disso.

Ele balançou a cabeça. Sua mãe era um perfeito exemplo do que uma combinação de beleza e cérebro podia fazer por uma pessoa. Ao contrário de Nathaniel VI, Mercedes não nascera em berço de ouro. Apesar dos ares arrogantes de sua mãe, ela começara a vida na cidade pesqueira de Gloucester, a quarta de seis crianças em uma família de pescadores portugueses. Seu sonho era sair pelo mundo, então aos quinze anos mudou o nome de Myrna para Mercedes e jurou encontrar seu destino em algum lugar bem distante das origens. Quando foi aceita na Smith College com uma bolsa, estava pronta para deixar sua marca no mundo.

Ou em um solteiro cobiçado, como fora o caso.

O pai de Jack tinha servido bem ao propósito, pois nascera rico e era ligado ao nome e ao legado Walker. Eles se conheceram por intermédio de amigos quando voltou de Harvard em um fim de semana de primavera, durante seu último ano de faculdade. A beleza dela atraíra sua atenção e a natureza agressiva de Mercedes garantira que ele não tivesse a oportunidade de escapar. Três meses depois, ela abandonou a faculdade e eles se casaram discretamente na igreja episcopal em Osterville, Cape Cod.

Foi uma boa combinação, Jack pensou. Seu pai não ficara nem um pouco incomodado com as origens da mulher. Na verdade, ficara mais do que feliz em levá-la pelo braço e ensiná-la tudo que não sabia. E Mercedes, sendo uma estudante excelente, absorvia as lições sobre a vida de luxo e excedia todas as expectativas. Quando chegou aos trinta, estava firmemente estabelecida na alta sociedade de Boston. Aos 45 anos, juntara-se às organizações sem fins lucrativos certas e se tornara respeitada por suas contribuições cívicas. Agora, aos setenta, era estimada pela alta sociedade, cortejada por arrivistas sociais, e em geral vista como árbitra em relação a quais festas valiam a pena.

Ela sem dúvida se orgulhava de sua ascensão, mas era apenas uma vitória de aparências. Embora sua determinação a tivesse levado a níveis de riqueza e poder social com os quais ela mal ousara sonhar quando criança, nada podia mudar suas raízes na classe trabalhadora. Jack sempre pensou que essa verdade a atormentava, embora mais ninguém parecesse pensar sobre sua origem modesta, pelo menos não na família imediata. Na verdade, Nathaniel via a esposa, que ele transformara na joia da sociedade de Boston, como uma medalha de honra.

Sinceramente, Jack não sabia como ela suportara todos aqueles anos de afeição condescendente.

A recompensa, entretanto, era um estilo de vida e tanto.

Enquanto seguia para seu quarto, Jack estava convencido de que Mercedes e Callie tinham em comum uma origem modesta. Isso o fez imaginar por que, se precisava do dinheiro, Callie recusara duas vezes sua oferta generosa.

Ele parou na frente da porta dela. Enquanto tentava ver através da madeira, a voz de sua mãe atravessou o corredor.

– O que está fazendo?

Ele queria pedir que ela o deixasse em paz. Em vez disso, foi até a própria porta e disse suavemente:

– Achei que já tínhamos dito boa noite, mãe.

– Jackson.

– O quê?

– Ela não é do seu tipo de gente.

Ele lançou um olhar duro para ela. Mercedes estava em pé sob a lâmpada no topo das escadas, sombras dramáticas envolvendo o rosto enxuto e os lábios vermelhos que estavam sempre com batom.

Quando ele não respondeu, ela falou com urgência.

– Você deve sempre se lembrar de que carrega o legado Walker.

– Não precisa me lembrar disso. Não quando sou eu que pago para manter vivo esse legado.

Ele estava abrindo a porta quando ela se aproximou.

– Ouvi sobre Blair hoje. Por que você mesmo não me contou?

Jack cruzou os braços sobre o peito, tentando pensar de quem ela poderia ter ouvido aquilo. Eles não tinham mantido o noivado um segredo, mas também não tinham feito um grande anúncio.

– Não é relevante – ele disse.

– Você vai se casar. Claro que é relevante! – os olhos dela se iluminaram com um entusiasmo que o deixou exausto. – Quando é a data?

Ah, sim, exatamente a questão que ele queria evitar. Ele disse a si mesmo que era porque não queria sua mãe se intrometendo na vida dele e de Blair, mas a imagem de Callie apareceu em sua mente e não queria sumir.

– Ainda não decidimos.

Mercedes franziu a testa.

– Já pensou no anúncio? E os jornais?

– Não os contatei.

Ela sorriu.

– Bom, não se preocupe. Amanhã vou ligar...

– Não, não vai.

– Jackson, isso...

– Não é problema seu.

Ela se empertigou e arqueou as sobrancelhas elegantes.

– Pois bem.

Jack sorriu sombriamente enquanto o silêncio se alongava entre eles. Se ela esperava receber carta branca para o planejamento, dormiria no corredor.

O queixo de Mercedes se ergueu.

– Sem anúncio, sem data... Por que se deu ao trabalho de pedi-la em casamento?

Quando se recusou a responder à questão, ele viu um triunfo sutil nos olhos da mãe e pensou que ela tinha talento para pautar assuntos delicados. Ele supunha que todo mundo precisava de um hobby, e o favorito de sua mãe era expor as fraquezas das pessoas.

Mas era uma pena que ela não pudesse tricotar como qualquer outra senhora de 70 anos. Afinal, ela ainda estaria usando agulhas.

– Durma bem, mãe – ele disse, entrando no quarto.

– Por favor, Jack – a agressão desapareceu do rosto dela, revelando uma impotência que ela devia odiar estar sentindo. – Só quero ajudar.

– Então nos deixe lidar com tudo. Se precisarmos de sua ajuda, eu aviso.

Ele fechou a porta com força.

Capítulo 7

Callie acordou assustada e com a sensação incômoda de ser observada. Quando se virou, encontrou um rosto peludo e uma língua rosa dependurada do seu lado.

– Quê...?

Sentando-se de um pulo, ela precisou de um momento para se lembrar de onde estava e de que Arthur passara a noite ali. Ele abanava o rabo timidamente, como se estivesse confuso e um pouco chateado pela reação dela.

Ela se inclinou e colocou as mãos sob as orelhas do cachorro.

– Desculpe, Artie. Não estou acostumada a acordar do lado de alguém.

Ele balançou o rabo de um lado para o outro com mais força, enquanto se levantava nas patas traseiras e apoiava na cama a parte superior do corpo. Enquanto afagava o peito dele, Callie olhou pelas janelas. Pelo cinza pálido do céu, supôs que fossem cerca de sete horas.

– Acho que você quer sair – ela não tinha muita experiência com cachorros, mas imaginou que a visita dele à cama não era só uma formalidade.

Ela estava vestindo o jeans quando ouviu uma batida na porta.

Quando a abriu e encontrou Jack do outro lado, teve o segundo susto da manhã. Ele estava extremamente sexy. O cabelo ainda estava molhado, os cachos escuros grossos e brilhantes, e usava um suéter preto e jeans azuis. Roupas casuais ficavam bem nele.

Mas o que não ficaria?, ela pensou, observando a extensão do peito dele.

Ele sorriu e se apoiou contra o batente.

– Bom dia.

– Sim? – ela perguntou, ciente de que o encarava e incapaz de parar.

– Vim pegar meu cachorro.

– Ah. Ele está aqui.

Prestativo, Arthur apareceu na porta.

– Ele a manteve acordada? Ele costuma perseguir marmotas em sonhos.

Callie abanou a cabeça e tentou não sorrir. Caso se sentisse mais confortável com o homem, perguntaria como ele sabia que eram marmotas.

– Eu tenho sono pesado.

– É uma boa qualidade pra se ter.

A conversa estacou e Callie começou a se inquietar quando ele não parou de observá-la. Ela quebrou a cabeça tentando encontrar um jeito de fazê-lo ir embora. Tinha certeza de que havia coisas mais interessantes para o grande Jack Walker fazer, nenhuma das quais envolvia Callie parada sem jeito em uma porta tentando entabular uma conversa fiada.

– Por que não me encontra lá embaixo? – ele disse finalmente. – Vamos até a garagem e você pode organizar seu ateliê.

– Quanto mais cedo, melhor – ela murmurou.

Ambas as sobrancelhas dele se ergueram.

– Você é sempre tão focada?

– Só quero acabar esse trabalho logo – ela deixou escapar. – Quer dizer, não quero desperdiçar tempo aqui – ela balançou a cabeça. – Na verdade, o que quero dizer é...

– Devo levar sua pressa de sair daqui pro lado pessoal? – ele se endireitou com um meio sorriso. – Vamos, Arthur.

Callie observou ele e Arthur atravessarem o corredor.

Ela tinha de admitir que gostava do modo como Jack se movia. O que não gostava muito era do seu hábito de a encarar. Ela não tinha ideia do que ele achava tão fascinante.

Embora ela achasse que o problema maior era a sua reação àquilo. A sensação quente que cobria sua pele e afundava em seus ossos era desconcertante.

Principalmente porque ela não se incomodaria em se acostumar com aquilo.

Fechando a porta, Callie sabia que não podia negar a verdade. Ela se sentia atraída por Jack apesar de seu passado com mulheres e de todo o dinheiro. Parte dessa atração era física, claro, mas depois da noite passada havia algo mais. A resposta indignada dele quando viu onde a mãe a colocara mostrava que o conforto e o orgulho dela importavam para ele. Ele fora sensível de uma forma inesperada e o fato de que quisera cuidar de Callie tinha sido... apreciado, apesar de ela ter feito questão de provar sua independência.

Ela balançou a cabeça e se lembrou de quem ele era.

Uma exibição de boas maneiras não significava que ele tivesse se transformado no Príncipe Encantado. Homens impiedosos também podiam ser educados. Afinal, seu pai tinha as boas maneiras da nobreza inglesa e mesmo assim traíra a esposa por décadas. Romantizar Jack Walker não estava entre as intenções de Callie. Se realmente queria se cuidar, trabalharia longas horas e sairia daquela casa o mais rápido possível.

Então a resposta era sim: Jack certamente podia levar para o lado pessoal o desejo de Callie de terminar com rapidez o projeto.

Depois de tomar banho, ela pegou a caixa de ferramentas e desceu até a entrada, não sabendo bem onde deveria encontrar Jack. Então ouviu uma voz em algum lugar da casa. Seguindo o som, eventualmente o encontrou em seu escritório.

Ele estava em pé entre uma mesa grande e um par de portas francesas emolduradas por cortinas bordô de veludo. O cômodo era forrado com madeira escura e tinha um teto abobadado espetacular no qual foram pintados um querubim e nuvens. Do outro lado da mesa, havia um bar de mármore e uma série de Televisores que silenciosamente passavam a MSNBC, a CNN e a CNBC.

Ela estava prestes a chamar a atenção de Jack quando ele rosnou no telefone:

– Não dou a mínima para o que ele disse. Ele que arranjou esses números, e eu não vou seguir com o negócio. Fale pra ele que pode procurar outro otário!

Ele estava apertando o receptor contra o ouvido, e a mão livre estava fechada em um punho.

Este, ela pensou, *é o verdadeiro Jack Walker.*

De repente, ele inclinou o corpo para a frente, como se estivesse enfrentando a pessoa com quem gritava.

– Olha, eu tenho meia dúzia de outros negócios, então só vou dizer uma coisa sobre este: foda-se!

Callie se sobressaltou quando ele bateu o telefone.

– Puta que o pariu!

Ele passou a mão pelo cabelo e se virou, apanhando alguma coisa na mesa.

Assim que a viu, ele limpou a garganta.

– Callie.

– É melhor eu voltar outra hora.

– Não – ele deixou cair sobre a mesa o papel que tinha pegado. – Não.

Ele colocou as mãos nos quadris e respirou longa e profundamente. Quando olhou para ela outra vez, a agressão tinha quase sumido do seu rosto.

– Vamos.

Quando Jack passou por ela, Callie lhe deu bastante espaço.

No caminho para a garagem, Jack achou difícil controlar sua raiva. Graças ao seu poder financeiro, a maioria das pessoas não tentava enganá-lo, mas o desespero e a cobiça podiam transformar qualquer um em idiota. Se ele queria se manter no topo, precisava se lembrar desse fato e não se surpreender quando alguém tentava passar a perna nele.

Mas, porra, ele tinha feito a lição de casa, dedicado recursos, gastado tempo e pensado sobre esse negócio. Descobrir no último minuto que haviam mentido para ele era um insulto. Já acontecera antes e aconteceria de novo, mas isso não queria dizer que ele gostava de ser enganado. E se sua reação fora mais esquentada que o normal, foi porque estava frustrado por nem ele nem ninguém de sua equipe ter percebido o problema antes.

Ele olhou para Callie, que estava aparentemente fascinada com o chão. Os olhos dela paravam em qualquer coisa menos nele, fazendo Jack se sentir um criminoso ou algo do gênero.

– Sinto muito por você ter visto aquilo.

Ele foi recompensado com uma rápida olhada.

– Sei que você é um empresário durão e tudo o mais, mas é difícil imaginar o que poderia incomodá-lo a esse ponto.

– Você já esteve prestes a perder 125 milhões de dólares?

Os olhos dela se arregalaram.

– Não.

– Isso deixa a pessoa meio esquentadinha, acredite.

Eles chegaram à garagem e Jack abriu a porta para ela.

– O que você faz exatamente? – ela perguntou, entrando primeiro.

Ele se esforçou para responder à questão enquanto observava o movimento dos quadris dela.

– Eu invisto em empresas privadas em troca de parte das ações. O lucro vem quando elas se tornam públicas.

– O Fundo Walker é grande coisa? Sem ofensas, mas finanças não são meu campo.

– Quando gerido adequadamente, comando mais de dez bilhões de dólares.

– Ah! – ela parou no topo das escadas, como que tentando lidar com aquele número. Quando olhou para cima, exclamou: – Isso é muito bom!

Ele perdeu os últimos resquícios de raiva quando Callie pousou a caixa de ferramentas no chão e começou a andar pelo ateliê. Havia janelas em cada lado do espaço e o teto era pontiagudo. Ele trouxera uma comprida mesa de madeira e algumas cadeiras diferentes para ela escolher. Havia também um sofá e algumas mesas de canto.

Os saltos de Callie faziam cliques pelo chão enquanto ela explorava e Jack a assistiu com uma ganância que o preocupou.

– Vai servir perfeitamente – ela disse, olhando para fora. – É bem iluminado.

– Fico contente que você tenha gostado. Quando reformei o lugar ano passado, acrescentei um banheiro com chuveiro e há um sistema de som implantado nas paredes.

– É tudo tão surpreendente! – ela disse, passando a mão pela mesa, distraída.

– O quê?

Ela virou a cabeça de repente, como se tivesse lembrado que não estava sozinha.

– Nada – ela o encarou, toda profissional. – Tenho uma lista do equipamento que vou precisar antes de começar o trabalho.

– Sem problemas. Podemos ir ao Museu de Belas-Artes hoje de manhã.

Ela assentiu e apontou para as portas duplas.

– O que tem aí dentro?

– Só um armário – ele foi até lá e abriu. Dentro havia quatro caixas e Callie as olhou com curiosidade. – Acho que as duas de baixo estão cheias de uns travesseiros bordados que minha mãe não quer. As outras contêm antigos papéis da família.

– Sério? – ela entrou e levantou a tampa da caixa de cima. – Eles foram catalogados?

– Não que eu saiba.

– Deveriam ser.

– Quer fazer isso?

Ela olhou por sobre o ombro.

– Está falando sério?

– Claro. E eu pagaria pelo trabalho.

Ela abanou a cabeça.

– De jeito nenhum. Eu *gosto* de transformar o caos em ordem, então isso seria uma distração pra mim. Além disso, não tenho experiência em restauração de documentos. Tudo o que poderia fazer é vasculhar uns papéis, colocar em pilhas e preparar para os cuidados de alguém que soubesse o que fazer.

Ela se ergueu na ponta dos pés e se inclinou para a frente, pondo os braços dentro da caixa. Jack ouviu papéis deslizando uns contra os outros com um som gracioso e então um som duro quando a caixa escorregou. Callie começou a cair para a frente.

Movendo-se por instinto, Jack agarrou a cintura dela por trás, puxando-a em sua direção. Seu primeiro pensamento tinha sido mantê-la em pé.

Contudo, quando o corpo dela encontrou o dele, seu cérebro desligou.

Quando fizeram contato, ele a ouviu arfar, e ele mesmo sentia-se a ponto de respirar pesado. O encaixe dela contra seus quadris era perfeito e Callie devia estar tão surpresa pela sensação quanto ele, porque não lutou, assim como Jack não se moveu.

Ele não sabia quanto tempo se passou enquanto eles estavam assim. *Agora seria uma boa hora para soltá-la*, ele disse a si mesmo. Bastava deixar as mãos caírem e dar um passo para trás. Fazer algum comentário engraçadinho sobre ela se jogar no trabalho.

Em vez disso, os dedos dele se abriram sobre a cintura dela, tocando as ondulações sutis das costelas, a maciez de seu corpo. Ele sentiu o corpo dela se expandir com uma exalação. Ainda assim não se afastou, então se aproximou até que seu peito estivesse contra as costas dela.

Não faça isso, ele pensou. *Pelo amor de Deus, não ouse fazer isso!*

Mas seu corpo estava no comando, afogando pensamentos sãos e argumentos morais e substituindo-os pela necessidade insana de tomá-la. Ele não conseguia pensar sobre as implicações do que fazia. Tudo o que sabia era que queria Callie.

Movendo-se devagar, Jack levou a mão até o cabelo dela e o afastou para expor pele e pescoço. Daí, inclinou a cabeça, trazendo os lábios perto do ouvido dela.

– Callie.

– Me solta – ela sussurrou.

– Callie – a voz dele era baixa, vibrando com o que estava acontecendo entre os dois, enquanto ele se desculpava pelo que estava prestes a fazer. – Sinto muito.

Ele encostou os lábios na pele dela.

Ela inspirou com força e ele beijou seu pescoço outra vez, acariciando-a com a língua. Quando a cabeça de Callie caiu para trás, Jack colocou os braços ao seu redor, as mãos abertas sobre sua barriga lisa.

Quando os lábios dele baixaram mais uma vez, a cabeça dela começou a se mover, como se ela estivesse tentando se soltar. Aproveitando o momento, Jack a virou. Os olhos dela brilhavam de desejo, apesar de ele suspeitar que ela estava prestes a sair correndo.

Mantendo os olhos pregados nos dela, ele pôs os lábios em seu rosto, de leve. Eram apenas beijinhos, tanto para acalmá-la como para excitá-la, e que o levaram à boca da mulher. Ele hesitou.

No fundo, ele sabia que estava prestes a fazer algo muito errado.

Seu filho da puta, ele pensou, juntando os lábios aos dela.

A boca de Callie tremeu sob a dele quando Jack a beijou suavemente, e o suspiro que ela soltou foi toda a permissão que ele estava esperando. Ele a beijou de novo. Acariciando, persuadindo gentilmente.

Ele sabia muito bem que aquela paciência não duraria. A cada beijinho, seu autocontrole ficava mais fraco, e ele se transformava de um ser humano racional em um homem excitado que tinha nos braços exatamente o que queria.

Os lábios de Callie se abriram sem aviso e a língua dele deslizou entre eles. Ele gemeu quando sentiu outra língua, quente e úmida, e só conseguiu pensar em ter a pele dela perto de si. Tomado por desejo, apertou a mulher com mais força até que os seios dela estivessem pressionados contra seu peito.

Meu Deus!, ele pensou. Nada no sonho o havia preparado para a sensação de tê-la de verdade, e ele pensou no sofá do outro lado do ateliê. Será que tinha fechado a porta lá embaixo antes de subir as escadas? A última coisa que queria era ser interrompido.

Mas, então, ela o empurrou com um gemido e saiu cambaleante do armário.

Jack xingou quando o ar frio tomou o lugar do corpo quente de Callie e a realidade retornou com horrível clareza.

Antes de se virar, ele respirou fundo e tentou se controlar. Encará-la com uma ereção visível provavelmente não facilitaria as coisas para nenhum deles.

Puta merda, ele estragou tudo.

Ela estava andando de um lado para o outro quando ele se virou.

– Sinto muito, Callie – ele disse. – Não sei como isso aconteceu.

Na verdade, se lembrava de como havia sido, do começo ao fim. O certo seria dizer que não sabia *por que* tinha acontecido. Acostumar-se à monogamia com Blair tinha levado algum tempo, mas ele nunca tinha escorregado. Nem uma única vez. Ele não conseguia acreditar que acabara de quebrar aquele compromisso.

– Não posso... – Callie titubeou. – Isso não vai dar certo. Preciso ir pra casa – ela pressionou as mãos contra o rosto. – Meu Deus! Eu não devia ter deixado isso acontecer. Eu... eu nem conheço você!

Jack sentiu uma vontade absurda de recitar seus dados pessoais. Altura, peso, número de identidade, data de nascimento. Estado civil.

O último o fez estremecer.

– A culpa é minha – ele disse. – Você não fez nada de errado.

Ele viu os olhos dela se voltarem para a caixa de ferramentas e para as escadas.

– Espere aí. Não vamos exagerar – a última coisa que ele queria era que ela fosse embora. – Só porque beijei você, não quer dizer que tenha de desistir.

– Desistir? Se eu for embora, não estarei *desistindo*. Você tentou se aproveitar de mim!

Ele franziu a testa e falou sem pensar:

– Você não estava exatamente protestando!

Ela deixou escapar um som enojado.

– Muito obrigada por apontar esse fato. Faz com que me sinta melhor!

Jack se xingou, pensando que deveria ser mais cavalheiro.

– Desculpe. Não estou raciocinando bem agora.

Na verdade, era um milagre conseguir elaborar uma frase. A frustração sexual o estava deixando de mau humor. O pior era que, apesar de ser errado eles ficarem juntos, tudo o que ele queria era tê-la em seus braços de novo. Nua.

Ele precisou fechar os olhos quando outra onda de desejo o tomou.

Talvez ele devesse deixá-la ir. Mostrar a porta. Afastá-la de sua vida. Porque coisas como aquele beijo não aconteciam acidentalmente.

Desde a conversa em frente ao prédio dela, em Chelsea, Jack estivera imaginando como seria a sensação de tê-la de verdade em seus braços. E o que acabara de acontecer entre eles era uma tragédia que superava as expectativas.

– Devo esperar que você tente me beijar de novo? – ela perguntou.

Ele abriu os olhos e gostaria muito poder dar a resposta categórica que ela esperava. Mas não se sentia particularmente firme no momento.

Ele passou uma mão pelo cabelo.

– Estou num relacionamento. Estou noivo...

– Você está noivo?! – ela disse, incrédula. – Ah, meu Deus!

As mãos dela voltaram ao rosto e por um momento Jack achou que ela quisesse vomitar, porque agora estava olhando com desespero o banheiro, em vez das escadas.

– Olha, não tenho o hábito de trair uma vez que assumo um compromisso.

– Ah, é? – ela retrucou. – Então todas aquelas histórias sobre sua vida amorosa eram invenções?

– Eu disse uma vez que me *comprometo*.

– Bom, você não faz isso com frequência, não é?

Ela cruzou os braços sobre o peito. Jack não podia culpá-la pelo olhar de desdém, e não foi fácil encarar diretamente seus olhos desconfiados.

– Então me conte, Jack, o que exatamente você vai dizer sobre isso à sua *noiva*?

Deus, ele não tinha ideia.

– Não sei.

– Provavelmente nada, não é mesmo? E é exatamente por isso que todas aquelas mulheres acabaram brigando por sua causa. Sem dúvida todas pensavam que eram únicas.

– Você não deveria acreditar em tudo o que lê.

– Se eu acreditar em um quarto do que li sobre você, já é bastante. Como aquela vez em que uma de suas namoradas perseguiu uma modelo seminua pelo saguão do Waldorf-Astoria. E o que aquela pseudoatriz estava usando mesmo? Um boá de plumas na frente dos peitos e uma cueca, né? – Callie pôs as mãos nos quadris. – Essa foi uma das minhas preferidas. Apareceu na *People* e no *The New York Post*.

Ele xingou.

– Isso foi *anos* atrás. E ela estava usando minhas calças, se me lembro bem.

Na época, ele tinha achado o incidente hilário. Depois que a grande perseguição começara, tinha ficado na suíte e esperado o retorno das calças ou da mulher que ele namorava há seis semanas. Agora, olhando para trás, e especialmente na frente de Callie, todo aquele escândalo pareceu imaturo.

Ele respirou fundo.

– Não sou mais aquele homem.

– Tem certeza? – ela murmurou.

– Naquela época, eu nunca teria pedido desculpas, porque não teria me sentido mal. Agora, sinto muito, de verdade. Sei que não tenho muita credibilidade com... coisas assim, mas você precisa acreditar em mim. Eu não tinha intenção de seguir esse caminho com você.

Ela o encarou, examinando-o.

– Você já a traiu antes?

– Não. E nunca pretendi fazê-lo.

Ele foi até o sofá e se sentou, apoiando os cotovelos nos joelhos.

– Me perdi no momento e cometi um erro. Não sei o que mais posso dizer.

O olhar de Callie passou para a janela, e depois de um momento pousou nele outra vez.

– Não sou como as mulheres com quem você está acostumado. Simplesmente... não sou.

Não, ele pensou, *certamente não é.* Ela não aceitaria ser usada e Jack não tinha a mínima vontade de tratá-la assim.

– Sei disso – ele respondeu. – Achei impossível me afastar de você. Foi uma fraqueza minha. Não foi culpa sua.

Ela abaixou a cabeça e encarou o chão por um tempo.

– Se eu ficar, vai ser pra fazer o trabalho, e não porque estou interessada em joguinhos. Não quero que você faça isso de novo.

Ele franziu a testa.

– Posso perguntar por quê?

– Que tipo de pergunta é essa?

– Quer dizer, você está saindo com alguém?

Ele não esperava que ela respondesse, mas queria saber.

– Isso é totalmente irrelevante. Mesmo se estivesse sozinha, não estaria interessada em você.

Ele teve de sorrir.

– Você deixou isso bem claro.

Aos poucos, os ombros dela relaxaram e o queixo começou a descer.

– Então, podemos ser amigos? – ele perguntou, se surpreendendo com o quanto aquilo importava.

– Não, não podemos ser amigos – os olhos dela voltaram para a janela. – Nós nunca seremos amigos.

Ele não gostou daquela resposta.

– Por que não?

– Não temos nada em comum.

– Não é verdade. Ambos gostamos de arte. Cachorros. Grace Woodward Hall. Tenho certeza que a lista continua.

Ela abanou a cabeça.

– Eu trabalho pra você. Assim como as outras centenas ou milhares de pessoas que fazem parte do Fundo Walker. Sou só mais uma entre muitos...

– Não é, não.

– ... quero que continue assim.

– Você sempre preferiu o anonimato ou é um caso especial porque quer me evitar?

– Desta vez é uma escolha.

Os instintos caçadores de Jack se eriçaram.

– E quando *não* foi escolha sua?

Ela se virou rápido.

– Esta conversa acabou.

Callie cruzou o cômodo e apanhou a caixa de ferramentas, colocando-a na mesa com uma batida forte.

Ele a estudou por um momento, perguntando-se o que tinha causado aquele recuo. O que exatamente ela estava escondendo?

– Me diga uma coisa.

– Não.

– Você não sabe o que vou perguntar.

– E não me importo.

Com mais gentileza, ele disse:

– Só quero saber. Alguém machucou você?

Ela o encarou com os olhos brilhando de indignação.

– Você está completamente louco, sabia disso?

Ele se ergueu.

– Só achei que isso poderia explicar uma coisa.

– E o que você acha que precisa de explicação?

– Você ter me afastado.

A cor que subiu ao rosto dela era a coisa mais atraente que Jack já tinha visto. E era uma confirmação, independente de qualquer negação, de que Callie sentira o mesmo que ele naquele armário.

Ela ergueu o queixo outra vez.

– Talvez eu simplesmente não tenha gostado.

– Não foi o que eu senti.

– Então talvez você tenha aproveitado o bastante para nós dois – os olhos dela desceram para a virilha de Jack.

A ideia de que ela sentira a ereção dele o fez trincar os dentes de desejo.

Ele sabia que deveria recuar. Sabia que deveria desistir, porque se insistisse demais, ela seria perfeitamente capaz de desistir do projeto. Desistir dele.

Mas não podia. A resistência dela o cativava, fazendo a concordância das outras mulheres parecer pálida e desinteressante.

– Callie, não me importo se você me empurrou porque não gosta de mim ou porque fui inadequado ou porque agi rápido demais. Tudo isso deve ser verdade. Mas eu apreciaria um pouco de honestidade. Você gostou do beijo.

Ela bufou, indignada.

– Geralmente dá trabalho fazer esse ego caber dentro de casa?

Ele abanou a cabeça lentamente.

– Não num lugar do tamanho de Buona Fortuna. Mas provavelmente daria, se fosse num rancho ou num sobrado.

Ela abriu a boca para falar, mas um sorriso puxou seus lábios para cima, e ela se virou para a caixa de ferramentas.

Droga. Ele queria que ela tivesse compartilhado aquele sorriso com ele. Jack deu um passo na direção dela e se forçou a parar.

– Olha, não tem nada errado em sentir prazer. A maioria das pessoas, quando tem a sorte de encontrar um pouco, não quer parar. A não ser, é claro, que já estejam com alguém, ou que tenham sido machucadas antes, o que me traz de volta ao meu ponto. Você é uma das mulheres mais defensivas e fechadas que eu já conheci. Me faz pensar que alguém a enganou no passado.

Quando ela o olhou por sobre o ombro, seu sorriso tinha esvanecido.

– Não tenho nenhuma intenção de discutir minha vida com você. Não é problema seu, uma vez que isso não tem nenhum impacto em nosso relacionamento *profissional*. E não sou defensiva!

Ele inclinou a cabeça e sorriu de leve.

Callie limpou a garganta e desviou o olhar.

– Talvez eu só seja cuidadosa com desconhecidos. O que é muito saudável.

– Quer dizer que, se me conhecesse melhor, não seria tão cautelosa?

Ela riu e a nota de arrependimento em sua voz foi um alívio para Jack.

– Sempre vou tomar cuidado com você.

– Callie. Olhe para mim.

Levou um momento até ela o fazer.

– Sinto muito, de verdade. Você pode confiar em mim. Com qualquer coisa. Com sua vida. Não vou machucá-la.

Ela franziu a testa e mordiscou o lábio inferior. Ver aqueles dentes brancos sobre a boca macia fez Jack esquecer suas boas intenções por um segundo.

A voz de Callie era quase um sussurro quando ela finalmente falou.

– Mas me beijou mesmo estando noivo, não beijou?

Ele fechou os olhos. Não havia como negar.

Callie começou a tirar pequenos potes da caixa de ferramentas e colocá-los sobre a mesa.

– Talvez devamos esperar a pintura antes de ir ao Museu. E eu... eu gostaria de arrumar minhas coisas agora.

Foi uma mudança de assunto efetiva e sugeriu que ela queria passar um tempo sozinha. Ele sabia que não podia insistir mais, mas torcia para que ela considerasse seriamente o que ele dissera. Apesar de suas ações.

– Vou deixá-la em paz – ele disse. – Mas quero que saiba que estou feliz que tenha ficado. Quero que isso dê certo. Para nós dois.

Quando ela não respondeu, Jack cruzou o cômodo. Parando no topo das escadas, disse:

– Callie?

Ela ergueu o olhar.

– O quê?

– Você está com alguém?

O rosto dela voltou a corar e Jack sabia que tinha ultrapassado os limites de novo.

Não tanto como quando a beijei, ele pensou secamente.

– Quer dizer, você precisa de folgas? Ou quer que alguém venha visitá-la? – ele falou casualmente, tentando disfarçar seu interesse.

Porque ele realmente tinha interesse, não estava só sendo educado.

Ela franziu a testa antes de responder:

– Estava planejando trabalhar sem interrupções.

– E visitas?

Ela voltou à caixa, tirando pedaços de madeira e tufos de algodão.

– Ah, não. Nenhuma visita.

A satisfação que Jack sentiu o fez querer xingar.

Saia daqui, seu imbecil.

Desta vez, ele fez exatamente isso.

Capítulo 8

Voltando para casa, Jack olhou para o céu cinza e nublado e soube que convencer Callie a ficar só havia resolvido parte do problema que criara.

O que ele diria para Blair? A única explicação que conseguia encontrar era que seu autocontrole tinha falhado por um momento.

O que, na verdade, não era uma explicação.

Manter-se fiel a Blair nunca fora um problema. Quando ela tinha pedido que fossem exclusivos, um ano antes, ele concordara, e foi fiel desde então. Queria que ela fosse feliz; além disso, já estava pensando em constituir uma família.

Desde que assumira esse compromisso, não faltaram oportunidades de recair em seus velhos hábitos com as mulheres. Na semana anterior, tinha recebido mais uma proposta, na verdade. Em Nova York, no baile, Candace Hanson o abordara sugerindo que fizessem bom uso do elevador. Subir todos os andares enquanto ela ficava de joelhos.

Era curioso: Candace era bonita de um jeito muito produzido, cuidadoso. E obviamente estava interessada e disposta. Também era hábil, com certeza, considerando todos os homens com quem já ficara. Mas para Jack fora ridiculamente fácil recusar a oferta.

Houve várias Candaces. Mulheres lindas com uma vasta gama de interesses e intenções, todas dispostas a lhe dar o que ele quisesse. Jack imaginara que o fato de que recusara todas provava seu compromisso com Blair. Mas, talvez, ele só não tivesse sido tentado o bastante. Mesmo assim, não conseguia entender. Depois de um ano recusando ofertas óbvias, era inacreditável que tivesse quebrado seu histórico perfeito com uma mulher que era, na melhor das hipóteses, ambivalente com relação a ele.

Não, ambivalente era a palavra errada. Callie sempre fora perfeitamente clara sobre o que pensava de Jack e tinha todo o direito de ser cautelosa. Afinal, ele não se sentia muito honrado quando estava perto dela.

Jack olhou para as nuvens e desejou não ter feito jus à sua reputação. Talvez o noivado tivesse sido um erro. Um exercício de planejamento sobrepujando as emoções. Lembrou-se de Blair dizendo que ele não a amava e pensou que talvez tivesse cometido um erro de cálculo.

Desde o começo ele fora bem *laissez-faire* em relação ao noivado. Pedira Blair em casamento na frente de Grace e seu guarda-costas, o que não era nem privado nem particularmente romântico. E não tinha ficado muito entusiasmado quando ela perguntara quando eles deveriam fazer a cerimônia. Ou onde.

Quando Blair o questionou aquela noite no Plaza, ele tinha ficado defensivo, presumivelmente porque estava tão seguro de tudo. Mas talvez só não quisesse, por medo, ver o que estava acontecendo entre eles.

Blair tinha razão ao se surpreender com o pedido de casamento. No começo do relacionamento, ele recitara seu discurso anticasamento, toda uma ladainha de que se casar era apenas o primeiro passo para se divorciar e, portanto, uma proposta financeiramente desvantajosa para ele. Jack dizia não ter o menor interesse em ser roubado por uma ex – não depois de ter trabalhado tanto pelo seu dinheiro.

Sua opinião fundamental sobre o casamento tinha mudado? Provavelmente não. Mas a morte do pai o fizera pensar sobre o futuro. Sobre filhos. Pelos seus filhos e filhas não nascidos, Jack estava disposto a dar uma chance para essa instituição falida e não conhecia nenhuma esposa melhor para si. Talvez ele e Blair superassem as expectativas e ficassem juntos no longo prazo.

Talvez ele se apaixonasse por ela, um dia.

O problema era que, pensando em Blair agora, Jack não sentia nada além de culpa. Não havia nenhuma faísca, nenhuma paixão selvagem, só um afeto profundo.

Talvez o remorso quisesse dizer algo. E é claro, uma pessoa pode se sentir um imbecil completo e se arrepender mesmo sem estar apaixonada.

E Callie? A consciência de Jack o forçava a considerar a hipótese de que a resistência dela fosse o grande atrativo. Se era, ele não tinha nenhum motivo para fazer mudanças drásticas em sua vida. Ou na dela. Ou na de Blair. Se tudo aquilo com Callie se resumia ao gosto dele por uma boa perseguição, só havia um resultado possível. Ele era conhecido por conseguir o que queria e, uma vez que atingia sua meta, era questão de tempo até partir para o próximo alvo. Esse ciclo lhe rendera muito dinheiro.

E lhe dera a fama de playboy.

Jack balançou a cabeça, sabendo que precisava respirar fundo e se acalmar. Ele estava ficando fora de controle, o que era uma resposta compreensível quando sua vida saía do curso programado. Mas não precisava jogar fora todos os planos só por causa de um beijo.

Não importava o quão bom tivesse sido.

Não terminaria seu noivado. E não contaria nada a Blair.

Jack não gostava de mentir, mas não havia motivo para entristecê-la com um erro seu. Ela ficaria magoada, e como não tinha intenção de fazer aquilo de novo, ele não queria fazê-la sofrer aquela dor.

E aquilo não se repetiria. Ele não estragaria todo o compromisso apenas por gostar de uma boa perseguição. Porque o beijo certamente se resumia a isso.

E Callie?

Ele perdeu o fôlego e chegou à conclusão de que seu autocontrole precisava de ajuda. Se houvesse um modo de torná-la menos disponível...

Gray Bennett está na cidade, ele pensou. Era atraente. E solteiro.

Talvez Callie se interessasse por seu velho amigo. Se Jack conseguisse juntar os dois, estaria protegido de todos os lados.

Totalmente comprometido com sua noiva. E Callie estaria ocupada com um sedutor.

Jack voltou para a casa com um andar decidido.

Callie viu Jack parar e olhar para o céu, seu corpo formando um arco. Ele olhou para as nuvens por um momento e, depois, atravessou a entrada como que preparado a começar o dia.

Ela olhou para o armário, no qual a tampa da caixa que abrira estava no chão. Foi até lá e a apertou sobre a caixa com firmeza, tentando ignorar o simbolismo e se perguntando se fizera a coisa certa ao ficar. Relembrando a conversa deles, percebeu que Jack não tinha prometido que não a beijaria de novo. E agora ela sabia que ele tinha uma noiva, para não falar da sua péssima reputação. Com base naqueles dois fatos, ela deveria arrumar as malas e entrar em um trem o mais rápido possível.

Porque ela tinha uma sensação estranha com relação a Jack Walker.

Sim, ela disse a si mesma, *e isso se chama desgosto.*

– Ah, droga – ela murmurou.

Sim, desgostava do homem, mas essa não era a única coisa que sentia. Tinha de admitir de uma vez. Ele era muito sexy. E beijava extremamente bem.

Mas é claro, ela pensou, torcendo o nariz. *Ele tem muita prática.*

Ela voltou à janela e olhou para a mansão imponente. A ideia de que se tornara uma atriz coadjuvante em um romance gótico a fez sorrir, especialmente quando Arthur apareceu e se encostou em sua perna.

De algum modo, não seria o mesmo se ele fosse um golden retriever, ela pensou.

Enquanto afagava o pelo áspero dele, Callie tentou imaginar a situação se Jack não estivesse com outra pessoa. O que ela teria feito em tal caso?

Era uma mulher adulta. Sentia-se atraída por ele. Ideias antiquadas de romance à parte – como sexo sem amor ser apenas um exercício inútil e relativamente aeróbico –, ela teve de se perguntar por que seria tão terrível se uma série de beijos os levasse até a cama.

Não que ela tivesse alguém com quem comparar, mas sabia que ele seria um amante fantástico. Ele se movia com uma confiança lenta que ela achava incrivelmente sensual. Só de lembrar como ele afastara seu cabelo e colocara os lábios em seu pescoço foi suficiente para fazê-la reconsiderar se fizera a coisa certa ao se afastar.

Está bem, ela era pateticamente atraída por ele. Mas e se ele soubesse a verdade? O que pensaria se descobrisse que ela nunca tinha transado? Esse fato em particular já fora um problema antes.

Chegar aos 27 anos virgem não tinha sido sua meta; acontecera meio por acaso. Anos cuidando da mãe, estudando e trabalhando ao mesmo tempo praticamente acabaram com sua vida social. Ela também fora treinada desde criança para não dar nas vistas, então nunca tentara atrair atenção. E sabia que seu relacionamento com o pai também tinha a ver com isso: ela apenas não confiava em homens.

Sua única experiência sexual séria restringia-se a uns amassos desconfortáveis no escuro com um cara com quem ela saíra na faculdade. Tinha decidido transar porque gostava dele e achava que era a hora, mas as coisas pararam abruptamente quando ela explicou que ele seria o primeiro. Não foi divertido vê-lo colocar as roupas de volta como se fossem à prova de fogo e ele estivesse ao lado de um coquetel Molotov.

Mais tarde, ela descobriu que ele só saíra com ela para se vingar da mulher em quem estava realmente interessado.

Teria sido um erro fazer amor com aquele cara, mas ela sempre quis ter mais experiência. Antes, porque se sentira atrasada em relação às outras mulheres da sua idade. Agora, porque queria ter alguma perspectiva sobre como era ser beijada por Jack Walker.

Talvez o que acontecera naquele armário não tivesse sido nada de especial. Sem dúvida não fora extraordinário para ele. Ele provavelmente tinha tantas experiências eróticas quanto ela tinha noites sozinha.

Mordaças e algemas, de fato.

Ela franziu a testa, perguntando-se por que estava perdendo tempo. Jack Walker *tinha* alguém em sua vida. E obviamente sentia algo pela mulher, pois parecera de fato arrependido por terem ido tão longe. Talvez fosse só um bom ator, mas ela acreditou que ele se sentia mal por trair a noiva.

Eles só precisavam manter as coisas em um nível profissional. E uma vez que começasse o trabalho, os dias passariam rápido e o projeto estaria terminado antes que ela percebesse. Ele provavelmente nem pensaria de novo no beijo. Então, ela também não pensaria.

E a ideia de ser amigos? Callie duvidava que homens como Jack Walker sequer tivessem amigos, do tipo que você chama quando está com problemas ou precisa de uma risada. Ela imaginava que mesmo os ricos precisavam de apoio, mas era difícil pensar nele procurando alguém por ajuda ou conforto. Ele era simplesmente autoconfiante demais. E controlado demais.

Não que a agenda dela estivesse cheia. Callie não tinha muitas pessoas na vida, especialmente agora que fora demitida da galeria. Havia... Grace. Um primo distante ou dois. Mas para Callie, amigos eram complicados porque se envolviam na vida de uma pessoa, e na dela havia muitos pontos difíceis de explicar.

Então não, mesmo se ela não se sentisse atraída por Jack, eles não podiam ser amigos. Ele já estava fazendo perguntas e aqueles olhos castanhos astutos eram perspicazes demais para o gosto dela.

Callie franziu a testa. Um caminhão de entrega estava subindo a entrada e parando sob o pórtico. Movendo-se de um pulo, ela se sentiu reconfortada pela onda de animação que sentiu, pois desta vez não tinha nada a ver com Jack.

– Vamos dar as boas-vindas a Nathaniel – ela disse a Arthur.

O cachorro levantou as orelhas, sempre pronto para uma aventura, e correu feliz para as escadas.

O entregador estava abrindo as portas traseiras do caminhão quando ela o alcançou. Jack emergiu da casa ao mesmo tempo e Callie notou que ele tinha trocado de roupa, usando agora terno e gravata. Ela tentou se manter calma quando os olhos deles se encontraram. Como era de esperar, ele parecia totalmente à vontade.

O retrato fora enviado em um caixote de madeira e a carga foi descida do caminhão por uma paleta mecânica. Depois de deslizar o fardo para um carrinho, o entregador seguiu Jack até a garagem. Juntos, eles rolaram o caixote escada acima e o puseram na mesa de trabalho de Callie.

Assim que o homem saiu, Jack ofereceu um martelo.

– Quer ter as honras?

Ela pegou a ferramenta e começou a puxar os pregos na beirada do caixote. Quando tinha completado o perímetro, eles levantaram o topo juntos e ela tirou o material de embalagem da frente do quadro.

O rosto bonito e pensativo de Nathaniel Walker foi revelado, e Callie não conseguiu evitar que um discreto som de prazer lhe escapasse dos lábios. Com cabelo escuro e ondulado e olhos semicerrados, Nathaniel e Jack eram muito parecidos.

– É um trabalho realmente notável – ela murmurou. – Quase posso vê-lo respirar.

O líder da Guerra de Independência estava sentado em uma cadeira, a cabeça virada para fora da pintura. Usava um casaco preto e uma camisa branca larga que cobria o pescoço. O espelho prateado na mão esquerda também estava virado para o espectador, símbolo do seu trabalho como vidreiro. A outra mão estava dependurada do braço da cadeira, mostrando um trecho elegante de pele pálida. O fundo era escuro, praticamente preto, mas Callie sabia que, com uma limpeza adequada, se tornaria menos denso.

Ela estendeu a mão para a caixa de ferramentas. Colocando na cabeça uma lupa com luz embutida, começou a escanear a superfície da pintura, imediatamente identificando o padrão de craquelê, pequenas ranhuras na tinta. Essa rede complexa de pequenas ranhuras era esperada e confirmava a idade da pintura. Continuando o exame, pôde ver que o trabalho com o pincel era magistral e que as cores foram misturadas com confiança. Mal podia esperar para tirar a antiga camada de verniz que tinha amarelado e revelar os tons e matizes que Copley realmente usara.

– Você entende mesmo disso – Jack disse em voz baixa.

Ela ergueu os olhos; tinha se esquecido que ele sequer estava no quarto. Ele tinha se encostado na parede, um pé apoiado na ponta dos sapatos, os braços cruzados. Um meio sorriso tocava seus lábios e as pálpebras estavam abaixadas, sugerindo que estivera perdido em pensamentos enquanto a observava.

Sentindo-se vulnerável, Callie se lembrou que examinar a pintura era parte do trabalho, não um momento íntimo dela. Mesmo assim, era como se tivesse baixado sua guarda, e ela quis expulsá-lo da garagem.

Ela tirou a lupa, jogando-a na caixa de ferramentas.

- Parece estar em boas condições e aguentou bem a viagem. Eu gostaria de ir ao Museu agora.

- É claro.

Quando estavam quase nas escadas, ele parou.

- Estou muito feliz por você fazer isso. Gosto de como olha pra ele.

Jack continuou andando e ela seguiu mais lentamente, intrigada que um homem cujo mundo girava em torno de dinheiro tivesse um lado tão sentimental.

- O nome do seu pai era Nathaniel, certo? – ela perguntou, a mão no corrimão enquanto descia.

- Sexto, na verdade – ele abriu uma porta lateral da garagem e luzes se acenderam automaticamente enquanto passaram. Estacionados ali havia dois esportivos Jaguar, uma caminhonete e outro esportivo de algum modelo que ela nunca vira antes.

- Por que você não foi o sétimo?

Jack parou na frente do carro esportivo.

- Meu irmão nasceu antes de mim. Ele ficou com o nome.

- Não sabia que você tinha um irmão.

- Ele é muito reservado.

Jack abriu a porta para ela.

- Agora me deixou curiosa.

Ela o viu contornar o carro, um sorriso no rosto.

- Nate é uma ótima pessoa, mas não consegue parar quieto. Não o vejo tanto quanto gostaria.

Ela se sentou e sentiu que o banco fora feito sob medida para seu corpo. *Impressionante*, pensou.

- O que ele faz?

- É um chef.

Jack se sentou no banco do motorista.

- Parece se orgulhar dele.

- E me orgulho.

As portas se fecharam com um som quieto e Callie inspirou profundamente enquanto punha o cinto de segurança.

- Hmm. Gosto do cheiro desse carro. E todo esse couro... é lindo! Que modelo é?

- Um Aston Martin DB9.

O motor acordou com um rugido profundo que diminuiu a um ronronar suave. Quando chegaram na entrada, o som de Mozart encheu o ar e Callie acariciou o apoio de mão, suave como manteiga.

Um minuto depois estava apertando-o com toda a força.

Depois de sair correndo pela Cliff Road, Jack se lançou em meio ao tráfego da Rota 9 e começou a desviar dos outros carros como se estivesse jogando um video game. O homem era uma ameaça atrás do volante e Callie pensou que sua salvação era o fato de o carro esportivo ter *air bags* de primeira linha – muitos deles.

Quando desviaram de um caminhão, ela olhou alarmada para Jack. Ele estava calmo, assobiando baixinho junto com a música. Encarou-a de volta e franziu a testa.

- Está com frio? Parece desconfortável.

Ele estendeu a mão para o controle do ar.

- Não! Estou bem.

Qualquer coisa para mantê-lo com os olhos voltados para a frente e ambas as mãos na direção.

- Não parece bem.

- Medo da morte iminente me deixa assim – ela disse, sendo empurrada contra a porta quando eles ultrapassaram um fusca.

Jack assentiu.

- Demora um pouco pra se acostumar ao trânsito de Boston, mas é muito melhor que em Nova York, onde os taxistas são meio barbeiros - disse ele enquanto ultrapassava um caminhão de pão e apertava os freios com tudo em frente a um semáforo.

Callie foi empurrada para a frente e agradeceu a Deus pelo cinto que a prendia no assento. Recuperando o fôlego, olhou para Jack.

- Sabe, há um meio-termo entre o frear completamente e acelerar. Você não precisa escolher um.

Ele pareceu surpreso.

– Estou deixando você desconfortável?

– A força G não era algo que esperava experimentar num carro.

Ele deu uma risada curta enquanto a luz se tornava verde. Ela se preparou, mas ele acelerou com calma.

– Desculpe. Eu costumo dirigir sozinho.

– Provavelmente porque as pessoas têm medo de andar com você – ela disse secamente.

Ele se virou para ela. E então sorriu.

Ela corou, querendo ser indiferente a Jack, querendo que seu sorriso não a fizesse sentir como se compartilhassem algum tipo de segredo íntimo. Olhou para fora. Eles passavam por bairros e lojinhas, a rua um híbrido estranho entre uma estrada pequena e uma rua normal. Callie olhava a vista à procura de qualquer distração.

– Então, como começou a restaurar? – ele perguntou, como que percebendo o desejo dela de preencher o silêncio.

– Comecei estudando História da Arte. Amava as aulas. Ficar numa sala escura, vendo obras de arte maravilhosas na tela, a voz do professor baixa no fundo da sala... Imaginava que um dia poderia ter pinturas como aquelas que estudava. Logo descobri quanto custavam e percebi que o único jeito de chegar perto delas seria trabalhando – ela fez uma pausa. – Sabe, você tem algumas obras muito especiais na casa.

– Obrigado.

– Quer dizer, só o Canaletto na entrada já é... espetacular. E o Ticiano e o El Greco na sala de jantar, então...

Callie sentiu o olhar de Jack sobre ela.

– Viu o Rubens no meu escritório?

Os olhos dela se arregalaram.

– Não se preocupa que alguém possa roubá-los?

Ele balançou a cabeça, parando em outro semáforo.

– O cara que faz a segurança do Museu de Boston fez a da casa. As pinturas estão presas nas paredes com alarmes sensíveis a peso. Elas não vão a lugar nenhum.

– Sua família sempre colecionou?

– Sim. Minha tataravó foi a primeira a se ligar no período renascentista. Doou parte da coleção ao Museu quando morreu, e minha bisavó não achou ruim. Só encheu o espaço livre na parede outra vez. A emoção é a caça, é claro.

Callie se ajeitou no assento de couro, imaginando como seria ter tanto dinheiro. Não tinha intenção de perguntar, é óbvio, porque não queria parecer simplória. Dignidade, afinal, era um bem que tanto ricos como pobres podiam ter.

Ela franziu a testa, pensando no passado. Talvez fosse por isso, pela dignidade, que sua mãe recusara tantos presentes. O pai aparecia no apartamento e, fosse uma caixinha embrulhada em papel-alumínio ou um enorme pacote com um laço, a mãe só balançava a cabeça.

– Foi assim que você conheceu Grace? – Jack perguntou. – Pelo mundo da arte?

Callie hesitou, desejando saber mentir com mais confiança.

– Você poderia dizer que nos conhecemos pela Hall Foundation, sim.

– Ela fala muito bem de você.

– Ela tem sido muito gentil comigo.

– Grace é assim. Uma ótima pessoa.

De repente, Callie se perguntou se Jack e sua meia-irmã já tinham ficado juntos. Pareciam perfeitamente adequados um para o outro.

– Ela é maravilhosa – Callie murmurou. – Faz jus ao seu título.

– Achei que ela estivesse se divorciando do conde.

– Quis dizer o título de uma das mulheres mais lindas do mundo.

Sem sinalizar, Jack fez um retorno e entrou em um estacionamento ao lado dos prédios pálidos e baixos do Museu de Belas-Artes. Trancou o carro e soltou o cinto de segurança enquanto ela olhava para o nada.

– Callie?

– O quê? Ah... chegamos.

Ele lhe lançou um olhar estranho quando eles saíram do carro.

– Tudo bem?

– Sim, claro. Tudo ótimo.

Só que ela não era uma das mulheres mais lindas do mundo e estava se perguntando por que de repente parecia se importar com isso. Deus sabia que Callie normalmente não prestava muita atenção à aparência.

Mas Jack Walker a fazia ter todo tipo de pensamentos incomuns.

Assim que entraram no museu, as pessoas começaram a se aproximar de Jack. Ele parecia conhecer todos pelo nome e o respeito com que era tratado era um sinal do que ele e sua família deviam ter feito pela instituição.

Ela e Jack tinham acabado de guardar os casacos quando a sra. Walker entrou no saguão. Ela falava e gesticulava amplamente enquanto era seguida por um funcionário que tomava notas. A mãe de Jack usava um terninho preto e tinha um colar de pérolas primoroso ao redor do pescoço. Parecia jovem e elegante, como se tivesse saído de uma página da *Vanity Fair*. O funcionário só parecia cansado.

Quando parou de repente ao lado do filho, a sra. Walker dispensou o empregado com um movimento do pulso.

– Veio falar com Gerard?

Callie sabia que ela estava se referindo a Gerar Beauvais, o chefe do departamento de restauração. Ouvira falar do homem, mas nunca o conhecera. Uma lenda no mundo da arte, fora responsável por restaurar alguns dos mestres mais importantes: da Vinci, Rembrandt, Michelangelo.

Jack fez um aceno.

– Pensei que ele e Callie deviam se conhecer.

A sra. Walker levantou as sobrancelhas.

– Talvez a srta. Burke aceite a assistência dele. Se é que está aberta a uma colaboração.

Callie sentiu um nó no estômago. Jack lançou um olhar firme para a mãe.

– Mencionei que Callie trabalhou com sua amiga Micheline Talbot, na restauração do De Kooning danificado?

Os olhos da sra. Walker se arregalaram só o suficiente para demonstrar que ela se lembrava do projeto.

– Você se lembra do quadro, mãe. Está no MoMA – Jack insistiu com calma. – Você me disse que Micheline não parava de falar sobre como não poderia ter feito o trabalho sem sua assistente. Que a mulher era extremamente talentosa e que era um prazer trabalhar com ela, não era isso?

Callie segurou a respiração, desejando que ele tivesse ignorado o assunto.

– Não se lembra? Mãe...

– Sim, sim, é claro. Foi um resultado extraordinário.

– Então acho que Callie e Gerard vão se dar perfeitamente bem.

A sra. Walker levou uma mão ao cabelo, ajeitando alguns fios fora de lugar.

– Tenho certeza que sim. Agora, se me dá licença, vou pra casa. A reunião do comitê executivo demorou mais do que deveria e estou cansada.

Callie corou quando a mãe de Jack foi embora. A mulher não fizera contato visual com ela nem uma vez, como se pudesse fazê-la desaparecer ao ignorá-la.

Mas Jack tinha garantido que ela fosse notada: defendeu-a.

Ela o olhou. Ele observava, com olhos estreitos, a mãe entrar na chapelaria.

– Aquilo não era necessário – Callie disse em voz baixa.

– Era, sim.

– Sei cuidar de mim mesma.

Ele olhou para ela.

– Não tenho dúvida, mas minha mãe não será problema seu. Venha, vamos pro escritório de Gerard.

Jack os guiou além do guarda que verificava as entradas, depois por uma exposição de arte africana, até um elevador grande o bastante para estacionar um carro. Era enorme, o teto estava a uns cinco metros de altura. Enquanto eram levados para cima, Callie sentia os olhos dele sobre si.

– O quê? – ela perguntou.

Ele colocou as mãos no bolso de seu terno elegante.

– Por que não quer que eu a proteja?

– Porque eu não deveria me acostumar a depender de você para lidar com sua mãe – ela fez uma pausa. – Embora tenha sido gentil da sua parte.

– Desculpe, eu ouvi certo? Você aprova alguma coisa que eu fiz?

– Não deixe subir à cabeça – ela respondeu, disfarçando um sorriso.

Ele riu.

– Com você por perto, acho que nenhum de nós tem que se preocupar com isso.

Ela ergueu os olhos e ficou surpresa ao encontrá-lo severo.

– Me diga, Callie, o que preciso fazer pra você gostar de mim?

– Por que se importa se gosto de você ou não? – ela perguntou, surpresa pela questão e pela intensidade dele.

– Gosto de desafios – ele disse, sorrindo de novo.

– Então escale uma montanha.

Ele riu de novo.

– Acho você bem mais interessante e não gosto muito de alturas. Agora responda à questão.

– Por que você não responde à minha primeiro? – ela retrucou.

– Certo – o sorriso se manteve no lugar, mas os olhos ficaram mais sérios. – Quando lhe mostrei o quarto de hóspedes, você ficou encantada, mas sei que teria ficado sem problemas na ala dos empregados. Não me perguntou uma única vez sobre o pagamento que discutimos. E meu cachorro ama você.

– Então talvez eu seja relaxada, fiscalmente irresponsável, e tenha biscoitinhos no bolso.

– Mas o motivo principal é que você me fascina.

O elevador parou.

– Não pode estar falando sério – ela murmurou, tentando ignorar as batidas subitamente fortes no peito.

As portas se abriram e ele as segurou enquanto ela passava.

– Mas estou – ele disse, indo para o lado dela. – Você é uma mulher muito incomum.

Ela podia sentir o calor subindo pelo rosto.

– Onde é o escritório? – ela perguntou, obviamente mudando de assunto.

Foi um alívio quando ele se dirigiu para lá em silêncio.

Ela não estava com pressa de dizer que o único jeito de gostar dele seria se ele se metamorfoseasse em algo que não fosse um homem arrasadoramente bonito e rico que a beijara como ela nunca fora beijada antes.

Ele teria de se transformar, de um Aston Martin DB-qualquer-coisa para um Chevette.

Capítulo 9

Eles passaram por um labirinto de escritórios, dividido do chão ao teto por estantes cheias de livros coloridos de diversos tamanhos. Quando chegaram em frente a portas duplas, Jack tocou uma campainha. Instantes depois, os painéis de metal se abriram, revelando um homem baixo e mais velho. Sob cabelos esparsos e grisalhos, seu rosto era surpreendentemente jovem, em especial devido ao entusiasmo nos olhos.

– Jackson, como está?

A voz do homem era alta e cadenciada, marcada por um sutil sotaque francês, e as mãos que levantou para remover um par de óculos de aro de tartaruga eram tão bem cuidadas que poderiam pertencer a uma mulher.

Então este é Gerard Beauvais, Callie pensou, apertando uma daquelas mãos depois que Jack os apresentou. Ela tentou não ficar paralisada pela idolatria.

Beauvais sorriu para ela e gesticulou para o interior do escritório.

– Entrem, entrem, por favor.

Havia seis estações de trabalho na sala e, em cada uma, uma pessoa com avental se inclinava sobre uma obra de arte deslumbrante. Callie viu um Pissarro e um David pendurados com grampos e diversas pinturas deitadas sobre mesas. O lugar cheirava a produtos químicos, e quando seu nariz coçou, ela se lembrou dos seus dias na Universidade de Nova York.

Só que aquilo não era uma sala de aula.

Era onde Beauvais cuidadosamente restaurara o Fra Filippo Lippi que fora borrifado com ácido. Ele precisara de dois anos para encontrar um jeito de mitigar os estragos e recuperar o que restara da pintura, mas a espera valera a pena. Também tinha estabilizado um dos raros autorretratos de Da Vinci naquele laboratório. Devido aos experimentos de Da Vinci com pintura, seus trabalhos maravilhosos podiam às vezes descolorar e descamar. O trabalho de Beauvais sobre a composição química das pinturas a óleo do mestre tinha sido revolucionário.

– Sua mãe está sendo muito generosa – Gerard disse a Jack. – Como sempre.

Jack abriu um sorriso seco.

– Só posso imaginar.

– Quer dizer, emprestar a pintura de Walker depois da restauração é muito gentil. Vai ficar maravilhosa ao lado do *Paul Revere* de Copley. São companheiros perfeitos – Beauvais sorriu. – Daremos uma festa, que tal? Algo para receber Nathaniel em Boston à altura.

Callie notou os olhos de Jack se estreitarem, embora Beuavais não tenha reparado.

– E você – ele disse para ela. – O professor Melzer é um grande amigo meu. Ele fala muito bem de você, o que é uma grande recomendação. Deve estar animada para começar o trabalho.

Ela sentiu o sangue subir ao rosto. Ou talvez o formigamento significasse que o sangue na verdade saíra da sua cabeça completamente.

– Farei o meu melhor. Mas tenho que admitir que estou nervosa.

– Bom, muito bom! Deveria estar mesmo – ele gesticulou com os óculos na direção dela. – Todos devemos abordar a tela com mãos seguras, uma mente clara, e palpitações no peito. É sinal de que você entende o valor do que pode fazer por uma pintura e a destruição que pode causar se não for reverente e cuidadoso. *C'est bon*!

Quando ele sorriu, Callie pensou que não via seu medo com o mesmo tipo de otimismo, mas relaxou um pouco.

– Agora, me conte sobre a pintura. Já a examinou?

Olhinhos entusiasmados a encararam.

Ela assentiu e limpou a garganta, sentindo-se como se tivesse sido pega de surpresa num exame oral.

– A tela é sólida e a tinta se manteve bem, de modo geral, mas a camada de verniz está amarelada e suja. Tecnicamente não será um trabalho complicado, mas a importância da pintura torna o projeto um tanto intimidante – o entusiasmo deixou sua voz mais calorosa. – O trabalho é obviamente do período anterior à partida de Copley para Londres, porque seu estilo ainda está amadurecendo. Mesmo assim, a técnica das pinceladas e o uso de cor são incríveis. Mal posso esperar pra ver o rosto de Nathaniel sob aquele verniz antigo.

– Mais alguma coisa?

Ela olhou para o homem. O sorriso dele continuava quente, mas seus olhos tinham estreitado.

– Ainda não. – Ela hesitou. – Eu deveria estar procurando alguma coisa?

Ele deu de ombros, mas manteve a voz baixa e olhou para Jack, que estava escrutinando o David.

– Examinei a pintura uma vez, no final dos anos noventa. Depois que os Blankenbakers compraram do pai de Jack o retrato, o puseram sobre a lareira na sua casa de Newport. Vieram me procurar porque estavam preocupados sobre o efeito da flutuação de temperatura e das mudanças de umidade. Não a limpamos, então sei menos do que saberia se tivéssemos feito algum trabalho nela. Mas direi que seria prudente prestar atenção particular na textura da superfície.

Ela abriu a boca para falar, mas ele olhou passivamente para Jack, que andava em direção a eles.

– Discrição entre donos é prudente. Especialmente quando as coisas não estão claras – Gerard disse em voz baixa. Ele deu seu cartão para Callie depois de escrever algo no verso. – É meu número de casa, assim como o do laboratório. Pode me ligar se tiver dificuldades ou se quiser outro par de olhos. Particularmente se ficar tentada a mexer na camada de tinta. Como bem sabe, isso não deve ser feito levianamente.

Jack sorriu quando se aproximou.

– Queríamos saber se você poderia nos emprestar uma... que tipo de lâmpada você quer mesmo?

– Uma lâmpada de halogênio – disse Callie. – E um microscópio também, se não se importar.

Gerard sorriu, assentiu e fez milagres. Vinte minutos depois, Jack levou o Aston Martin para uma entrada dos fundos e um microscópio foi colocado no porta-malas. A lâmpada e o apoio eram grandes demais para caber no carro, então seriam entregues naquela tarde.

Quando estavam saindo, Gerard pegou as mãos de Callie nas dele e as olhou.

– Essas, junto com seus olhos, são as ferramentas mais importantes que tem. Ligue se precisar de ajuda. Não tenha medo.

Quando ele apertou suas mãos, o peso da tarefa caiu sobre Callie e ela se perguntou se estava à altura da tarefa.

– Ah, *chérie*, vai ficar tudo bem – ele sussurrou, como se soubesse que ela não queria que Jack o ouvisse tranquilizá-la. A cadência do sotaque de Gerard. – Já fez isso antes e fará um bom trabalho. Há amor em seus olhos quando fala da pintura, e você nunca machucaria o que ama, não é mesmo?

Ela balançou a cabeça com movimentos curtos, temendo que, se o homem fosse mais gentil, ela irromperia em lágrimas.

– Então vá, vá e faça o que você foi treinada para fazer. E saiba que, se me ligar, irei encontrá-la.

Ele apertou suas mãos outra vez e então voltou para o museu, um homem pequeno com o andar alegre de uma criança.

Depois, enquanto esperavam uma abertura no trânsito, Jack disse:

– Você está praticamente brilhando.

Ela se virou para ele.

– O quê? Ah, Gerard. Ele é incrível. E surpreendentemente humilde.

– Os grandes homens sempre são – Jack murmurou enquanto engatava a marcha e os inseria no trânsito. – O que vocês dois estavam cochichando?

– Ele só estava me dando alguns conselhos.

– Ele é bom para dar conselhos.

Ela assentiu e inclinou a cabeça na direção do porta-malas.

– É generoso também.

As sobrancelhas dele se juntaram.

– Infelizmente, terei de dissuadi-lo da ideia de que meu retrato será pendurado ao lado do *Paul Revere*. Droga, a habilidade da minha mãe de fazer promessas com bens alheios é incomparável. Pelo menos depois da morte de meu pai.

Callie esperou, torcendo para que ele continuasse, e ficou decepcionada quando Jack não disse mais nada. Ela dirigiu o olhar para as mãos dele e o volante. Queria pedir que se explicasse melhor, mas ele mudou de assunto.

– Aliás, queria saber se poderia apresentá-la a um amigo meu.

Ela o olhou com surpresa. Ter outro cliente privado depois de terminar a restauração do Copley seria ótimo.

– Claro. Mas tem certeza de que não quer esperar até ver meu trabalho?

– Não é sobre trabalho.

O Aston Martin entrou na frente de um caminhão e Callie apertou o apoio de mão outra vez.

– Gray foi meu colega de quarto na faculdade e é um cara ótimo. Vive em Nova York, mas estará aqui pelas próximas semanas. Acho que vocês se dariam bem.

Jack queria arranjar um encontro pra ela?

– Sem pressão, é claro – ele disse, com uma olhadela em sua direção. – Só pensei que poderíamos convidá-lo para Buona Fortuna. Você poderia conhecê-lo, ver se gosta dele.

Callie disse a si mesma que isso era normal. Era assim que as pessoas conheciam outras pessoas. Por meio de amigos. Contatos.

Parceiros de *negócios*.

E aquilo era prova de como Jack estava comprometido a manter as coisas entre eles… às claras.

– Ahn… certo.

Jack se focou no trânsito outra vez.

– Que bom. Ótimo.

Na manhã seguinte, Callie tinha acabado de se sentar em frente à pintura quando a porta da garagem se abriu embaixo do ateliê. Ela se levantou e foi até uma janela, bem a tempo de ver o Aston Martin sair correndo da garagem. Ela observava as luzes traseiras desaparecerem à distância quando Arthur se aproximou e cutucou sua perna com a cabeça.

Trabalho, ela pensou. Tinha trabalho para fazer.

Mas era difícil se concentrar.

Ontem, quando Jack e ela voltaram do museu, ele a ajudara a instalar o microscópio e, mais tarde, a lâmpada. Enquanto organizavam o ateliê e removiam a enorme moldura dourada do retrato, ele fizera inúmeras perguntas sobre o projeto. Queria saber quais processos de limpeza seriam aplicados. Quais tipos de solvente ela usaria para remover a sujeira e o verniz antigo. Qual tipo de novo verniz ela aplicaria no fim para proteger a frágil tinta a óleo original.

Dado o que acontecera de manhã, Callie se surpreendera com o quão confortável Jack estava perto dela. Estava engraçado e agradável, e sorrira com respeito enquanto ela respondia a cada uma de suas perguntas. E a melhor parte foi que o interrogatório parecera ser movido por curiosidade, e não por falta de confiança.

Quando ele estava de saída, ela perguntara como fazer funcionar o complicado sistema de som. Enquanto lhe mostrava, Jack descobriu que o aparelho não estava funcionando, o que o levou a subir no espaço estreito acima do teto. Callie ficara de enfermeira enquanto ele se fazia de cirurgião, batendo e movendo coisas lá em cima e tentando fazer os alto-falantes funcionar.

Os xingamentos que desceram pelo teto tinham sido impagáveis e, quando Jack reemergiu, teias de aranha no cabelo, sua bela camisa e calças sociais cobertas de poeira, ela teve de rir.

Mas, de algum modo, ele conseguira fazer a maldita coisa funcionar.

Quando finalmente voltaram para a casa, o jantar já fora servido e retirado. Jack reuniu uns restos, esquentou-os demais no micro-ondas, e eles riram enquanto tentavam mastigar o frango borrachento. Nenhum dos dois experimentou as vagens flácidas.

Por mais que não quisesse, ela tinha gostado de cada momento da companhia dele.

Callie balançou a cabeça e voltou à pintura. Realmente precisava começar.

Posicionando o microscópio sobre o canto direito superior da pintura, colocou a superfície da tinta em foco girando alguns botões. Seus olhos procuraram a *craquelure*, memorizando o padrão, a direção e a profundidade das ranhuras. Centímetro por centímetro, Callie examinou a superfície do retrato e meticulosamente anotou o estado do verniz, da tinta e da tela. Essa documentação, como explicara a Jack, era o primeiro passo em qualquer restauração.

Quando chegou ao espelho que Nathaniel segurava, ela franziu a testa e aproximou o microscópio da tela. A tinta estava mais grossa nessa área, sugerindo que uma camada extra fora aplicada. A *craquelure* mudava também, o padrão mais apertado e a direção sutilmente diferente. Ela disse a si mesma que estava imaginando coisas, mas quando examinou outra vez, confirmou o que havia chamado sua atenção. Havia algo levemente inconsistente na camada de tinta sobre o espelho, uma leve mudança na textura tanto das pinceladas como das ranhuras.

Callie se afastou e olhou o retrato a olho nu, dizendo a si mesma para não se preocupar. A diferença era sutil e podia ser explicada em função da própria tinta. O espelho era uma das poucas partes pálidas da pintura, tirando as mãos e o rosto de Nathaniel. Talvez Copley tivesse usado uma base a óleo diferente para os matizes mais claros.

Ela se debruçou e verificou a testa, as maçãs do rosto, e o queixo de Nathaniel. As ranhuras estavam todas consistentes com o resto da pintura, o que reforçou suas suspeitas ao invés de diminuí-las.

Ela recolocou o microscópio sobre o espelho.

A mudança era tão sutil que, se havia alguma alteração, fora feita há muito tempo. Ou por um especialista. E o verniz naquela parte da pintura era consistente com o resto da superfície. Ela lera recentemente, em um livro sobre Copley, que o retrato de Walker recebera uma restauração e um novo verniz cerca de 75 anos antes. A mudança, portanto, não podia ser mais recente que isso.

Callie se reclinou e olhou para o nada, se perguntando por que a inconsistência não fora notada durante a primeira restauração. O livro mencionava detalhes sobre a condição da pintura na época, mas não havia referência a nenhuma discrepância na textura.

E Gerard Beauvais tinha visto algo.

Ela se lembrou do que ele dissera sobre onde a pintura tinha sido colocada na casa dos Blankenbakers: acima de uma lareira funcional. Flutuações de temperatura poderiam ter sido o catalisador que revelou o retoque. Isso explicaria por que os primeiros restauradores não mencionaram nada.

Talvez fosse algo tão inocente como uma repintura pelo próprio Copley. Pintores, mesmo os grandes mestres, faziam isso com frequência. Não gostando de uma forma ou de um tom, pintavam sobre o trabalho que haviam realizado. Com o tempo, à medida que a camada da pintura envelhecia, essas mudanças podiam se tornar mais óbvias, aparecendo como sombras em fundos pálidos ou falhas na *craquelure*, como aquela sobre a superfície do espelho.

Pensando que talvez a explicação fosse simples assim, ela se lembrou de uma das lições que o professor Melzer havia inculcado nela. Quando vir cascos, não pense em zebras.

Era um bom conselho. Mas ela continuava cética.

Passou o resto do dia no exame preliminar da pintura, esquadrinhando cada centímetro quadrado, procurando áreas de lascadura ou descascamento, descoloração ou esvanecimento, ou mudanças nas pinceladas. Fez anotações tão numerosas e objetivas quanto pôde.

Quando finalmente teve de parar porque as costas doíam de tanto se debruçar sobre o microscópio, Callie se ergueu satisfeita. A pintura estava num estado decente e ela confirmara que não precisaria fazer trabalhos extensivos. A remoção do verniz antigo e uma limpeza, seguidos da aplicação de uma nova camada de verniz para proteger a superfície, seriam tudo o que Nathaniel precisaria.

Sentiu-se mais capaz de terminar o projeto e imaginou que provavelmente só precisaria de mais um dia para a documentação. E então a diversão começaria.

Saindo da garagem, decidiu não contar a Jack sobre suas suspeitas. As chances de ela estar cometendo um erro de principiante e tirando conclusões precipitadas eram muito reais. E não se diz a um homem que acabou de gastar cinco milhões de dólares em uma pintura que ela poderia ter defeito, não com base em um único exame feito antes da limpeza. É preciso esperar até ter cem por cento de certeza e o apoio de meia dúzia de profissionais da área.

Usar equipamento do esquadrão antibombas era uma boa ideia também.

No sábado, Jack desligou o telefone e se alongou na cadeira. Estava fechando um negócio com Nick Farrell, o renomado especulador corporativo. O cara estava se livrando de suas ações em um conglomerado internacional e Jack estava contente por tirá-las de suas mãos. A empresa possuía várias redes europeias de *wireless* e fibra óptica e combinaria perfeitamente com o portfólio privado de Jack, que incluía estações de radiodifusão e canais de TV. Farrell teria um lucro considerável e Jack estava se posicionando de modo a ser um dos maiores provedores de mídia eletrônica e serviços de internet no continente europeu. Era um ótimo negócio para ambos.

Porém, Jack não estava sentindo o triunfo que normalmente acompanhava uma aquisição. Ele se encostou na cadeira e ouviu o grande relógio de chão bater as horas do outro lado do escritório.

Cinco horas. Já podia tomar um bourbon.

Foi até o bar, se serviu de uma boa porção, e sentou atrás da mesa outra vez. O licor queimou enquanto descia pela garganta até o estômago.

Apesar do sucesso, Jack se sentia inquieto e vagamente agressivo e sabia muito bem o porquê.

Quando o telefone tocara, uma hora atrás, e o identificador de chamadas tinha mostrado o celular de Blair, Jack deixara a ligação cair na secretária eletrônica. Andava fazendo isso ultimamente e adquirira hábito de retornar a ligação mais tarde, quando sabia que ela não estaria no hotel. A decisão de não lhe contar o que acontecera com Callie era mais difícil do que ele tinha imaginado, mas sabia que não podia evitar falar com ela para sempre.

Depois de outro gole de bourbon, levantou o receptor e seus dedos digitaram um padrão familiar.

A voz de Blair estava ríspida quando atendeu.

– Alô?

– Desculpe por ter perdido a ligação.

– É você, finalmente! Um segundo. Olha aqui, Joey, preciso daquelas luminárias *agora*. Karl quer vê-las na suíte dele até o final da semana. Não me importo que você tenha que folheá-las a ouro pessoalmente – ela soltou uma risada. – Desculpe, Jack. As coisas estão meio loucas por aqui.

– Então Graves é tão exigente quanto eu ouvi dizer – ele ergueu o copo outra vez.

– Mas não impossível. Tem padrões altos, mas se você os alcança, ele deixa você saber.

Jack mudou a cadeira de posição e olhou para fora da janela que ficava atrás da mesa. A luz estava começando a desaparecer do céu.

– Então, como você está?

– Tirando o fato de não dormir? Vou sobreviver, de algum modo... Ei, espera aí! Não! Quero o verde-escuro em veludo. Ouro só no brocado! – ela gritou para alguém.

– Você parece ocupada.

– Estou – ela disse, soando cansada. – Sabia que redecorar o Cosgrove Hotel seria um projeto grande, mas Graves adiantou a data de reabertura. Só tenho alguns meses pra fazer o que normalmente levaria um ano.

– Se ele deixar você cansada demais, é só falar e eu tomo um pedaço dele. Eu e uns amigos podemos fazer uma aquisição hostil da empresa e jogá-lo na rua em um segundo.

Ela riu.

– Obrigada.

– Quando você vem pra casa?

Ela hesitou.

– Na verdade, estava pensando em ficar na cidade pelas próximas semanas, talvez até a Ação de Graças. Estamos escolhendo cores e tecidos e tenho que falar com Karl quando consigo. A agenda dele é ridícula, mas ele insiste em ter a última palavra sobre tudo. Me ofereceu uma suíte no hotel.

Jack disse a si mesmo que aquela sensação no estômago era o bourbon, não alívio porque Blair ficaria em Nova York.

– Faz sentido.

Um movimento lá fora atraiu sua atenção. Ele viu Arthur correndo atrás de algo e se perguntou como o cachorro tinha saído da casa.

Quando Callie apareceu no jardim, Jack se inclinou na direção da janela.

– Certeza de que não se incomoda? – Blair perguntou. – Vai demorar até nos vermos de novo.

– Não tem problema. Sério.

Arthur correu de volta para Callie, jogou um galho a seus pés e se afastou, preparado para correr. Ela pegou o pedaço de madeira e estendeu o braço atrás de si. Com um único movimento forte e fluido, fez o galho voar, atirando-o a uma distância tremenda. O cachorro saiu correndo, a cabeça inclinada para o céu.

Enquanto Callie assistia Arthur correr, uma rajada de vento atirou alguns fios de cabelo em seu rosto e, rindo, ela puxou as ondas ruivas para trás e as enfiou no colarinho da blusa de lã. Depois se agachou enquanto o cachorro corria de volta.

– Jack?

Ele despertou.

– Sim?

– Prometo que não vou perder a festa de Ação de Graças. Ainda vai dar o festão de sempre, né?

– Sim.

Ele trocou o telefone de orelha e tentou pensar em algo para dizer a Blair. Normalmente não era difícil.

– Jack? Tem certeza que não tem problema eu ficar aqui? Posso ir e voltar se o incomoda de verdade.

Ele tentou convencê-la de que estava tudo bem, mas sua voz devia ter revelado alguma coisa.

– Jack, está tudo bem? A pintura chegou em ordem?

– Nathaniel está em Boston, são e salvo.

– E a restauradora chegou?

– Sim, ela veio.

– Mal posso esperar para conhecê-la. Vi Grace ontem e ela me disse que Callie é adorável. Ei, sabia que Grace está saindo com alguém? Ela não teve tempo de me dar detalhes, mas parece feliz. A gente o conheceu em Newport.

Jack franziu a testa.

– O guarda-costas? Jesus. Ele era meio rude.

– Bom, Grace está apaixonada por ele. Não conseguia parar de sorrir. Estou tão feliz por ela – o som foi abafado enquanto Blair gritava mais uma série de instruções. – Olha, tenho que ir. Por que não conversamos mais hoje à noite?

– Seria ótimo.

– Amo você – ela disse antes de desligar.

Jack colocou o receptor no gancho e ficou olhando o telefone. Aquela tinha sido uma típica conversa entre eles. Fácil, afetuosa.

Plácida.

Ele se voltou para a janela e ficou vendo Callie e Arthur brincar.

Nada era fácil com Callie. Ele precisava se esforçar para merecer os sorrisos, as risadas, o respeito dela. Mas quando ela dava um daqueles sorrisos raros e largos, ele sentia que tinha sido abençoado.

Assim que terminou a bebida, Jack voltou para o bar.

É errado, ele pensou. Completamente errado. Ele não deveria pensar em outra mulher e em como Blair parecia enfadonha em comparação.

Com o copo cheio outra vez, foi até a janela e viu Callie pegar o galho e jogá-lo na direção da casa. Enquanto Arthur corria pela grama, ela avistou Jack na janela e congelou. Ele levantou uma mão.

Ela acenou de volta e saiu do seu campo de visão.

Com um esforço consciente, Jack tentou pensar em todas as coisas de que gostava em Blair: o formato de seus olhos, o modo como se vestia, seu senso de estilo. Ouviu a inflexão rítmica de sua voz e o ceceio leve que marcava seus *esses.*

Ele não se lembrava de eles jamais terem erguido a voz um com o outro, e considerando toda a tensão em sua casa e o conflito em sua vida profissional, aquela calma fora uma mudança bem-vinda. Com Blair, tudo sempre correra tranquilamente. Suave como uma pluma.

E talvez um pouco monótono.

– Jackson – a mãe disse da porta.

Ele se virou. Ela estava usando sua marta e segurava luvas de couro finas.

– Vou sair esta noite. Thomas preparou um bufê pra você.

– Tenho certeza de que Callie e eu vamos gostar – ele disse, mexendo o bourbon.

Os lábios da mãe se estreitaram.

– Mandei que Elsie enviasse os convites para a festa de Natal hoje. Usei a lista de sempre.

Ele assentiu, mesmo que não se importasse – e que ela soubesse disso.

– Sabe, gostaria muito que você se interessasse mais por essas coisas – ela disse, enfiando uma das luvas. – Seu pai era extremamente útil. Com os convidados, a escolha do bufê. Era um mestre nessas coisas.

Jack lhe atirou um sorriso seco.

– Então não basta pagar pela festa?

Os olhos dela se ergueram das luvas.

– Realmente, Jackson, isso foi desnecessário.

– Desculpe – ele esfregou o nariz e se afundou na cadeira. – Foi um longo dia.

Ele a ouviu entrar no escritório, seus saltos batendo no chão de mármore até serem silenciados pelo tapete atrás da mesa. Quando sentiu uma mão no ombro, Jack ergueu o olhar.

– Sabe, Jack, aprecio como você trabalhou duro – os olhos dela ficaram tão gentis quanto era possível. – Seu pai pode ter sido cego a tudo o que você fez pela família, mas ele nunca soube o que era não ter dinheiro. Eu, por outro lado, nunca esqueci.

Então ela de fato se lembrava. Sua mãe, a ilusionista impassível, mantivera em si um pouco do passado.

Jack colocou a mão sobre a dela. O vínculo de trabalho, de engenhosidade, da vontade de ultrapassar os limites – porque estavam lá para ser ultrapassados – eram coisas que eles sempre compartilhariam. Sua garra e ambição foram heranças da mãe, e certamente tinham se provado mais lucrativos do que o testamento que o pai lhe deixara.

Na porta, Elsie limpou a garganta.

– Desculpem o incômodo, mas vou pra casa agora. A não ser que precisem de mais alguma coisa.

Mercedes puxou a mão de volta. Antes de se virar, seu rosto retomou a máscara elegante que ela mostrava ao mundo.

– Não, estamos bem. Tenha uma boa noite.

Elsie fez uma reverência curta e saiu.

A sra. Walker atravessou o chão de mármore outra vez.

– Aliás, você não vai acreditar com quem vou jantar – ela disse enquanto ia até a porta. – Com o senador McBride.

Mercedes acenou com uma mão enluvada e desapareceu no corredor.

Jack desejou que a mãe fosse jantar com qualquer outra pessoa na cidade. Jim McBride estava na curta lista de pessoas que seriam convidadas para fazer parte do comitê exploratório. O convite deveria ter sido enviado em algum momento naquela semana.

O que significava que, se sua mãe fizesse as perguntas certas, descobriria que Jack pensava em se candidatar nas próximas eleições.

Ela não ficaria totalmente surpresa. Jack suspeitava que ela adivinhara que ele queria experimentar a política. Ele vinha deliberadamente cultivando relações na Assembleia Legislativa de Massachusetts nos últimos anos e tinha dado muitos jantares com vereadores e lobistas importantes em Buona Fortuna. Mas não era o mesmo que saber os planos com certeza.

Para poder declarar suas intenções de modo estratégico, ele e Gray precisavam primeiro avaliar suas chances de ser nomeado e, depois, as chances de ganhar. O comitê exploratório seria responsável por classificá-lo entre a competição e devia realizar o trabalho em segredo.

O trabalho de base da sua candidatura precisava ser estabelecido *em silêncio*, um conceito sobre o qual sua mãe sabia pouco, senão nada. Jack só pretendia contar a ela sobre a candidatura logo antes de anunciá-la publicamente, e torceu com todas as forças para que McBride não revelasse nada, se é que soubesse de algo.

Depois que ouviu a porta da entrada fechar, ele pegou o telefone e ligou para Gray. Quando desligou, foi procurar Callie, sentindo-se aliviado e satisfeito consigo mesmo.

McBride ainda não recebera o convite, então não sabia de nada. E Gray estava mais do que disposto a conhecer uma ruiva atraente.

Capítulo 10

– Certo, Artie, meu braço vai cair daqui a pouco – Callie se agachou e abraçou o cachorro. Ele estava ofegante, a respiração saindo em nuvens de vapor. – Além disso, daqui a uns cinco minutos vai escurecer. Você não vai mais encontrar o galho.

Ela ouviu um carro e viu um Jaguar sair, com a sra. Walker atrás do volante. Não vira a mulher com frequência nos últimos dias e torcera para que isso fosse o começo de uma tendência.

Estava voltando para a casa quando a porta se abriu. Jack estava do outro lado, a luz sob a entrada iluminando seu rosto. Sorriu para Callie, uma bebida nas mãos, enquanto ela subia os degraus.

– Falei com Gray. Talvez ele esteja livre para o jantar hoje, e deve chegar daqui uma meia hora – ele disse, fechando a porta atrás dela.

Por algum motivo, o fato de Jack ter realmente arranjado aquele encontro a incomodou.

Depois de terminar a documentação do projeto, e já vesga de tanto trabalho concentrado com o microscópio, a última coisa que Callie queria era conhecer um dos amigos dele. Ou talvez fosse a ideia de ser simpática na frente de Jack e seu colega de faculdade que a deixava exausta. Fingir interesse em um homem enquanto ignorava sua atração por outro exigiria mais coordenação do que ela acreditava ter.

Callie disse a si mesma que seu mau humor não estava relacionado ao fato de que estivera animada com a ideia de jantar sozinha com Jack, como vinham fazendo nas últimas noites. Ele tendia a ficar no escritório até tarde e ela trabalhava o dia todo no retrato. Quando ele chegava em casa, verificava seu progresso com a pintura e eles comiam na cozinha, trocando histórias sobre seus dias.

Na noite anterior, ela apontara que as habilidades dele com o micro-ondas tinham melhorado, e o orgulho óbvio de Jack a fez sorrir. Aparentemente, sua incompetência se devia a falta de treino. Ele dissera que não costumava chegar em casa antes das dez e que comia no escritório, mas agora tinha um motivo para sair mais cedo. Evidentemente gostava daqueles jantares tanto quanto ela.

Naqueles momentos íntimos, Callie sentia que estava começando a conhecê-lo e o que descobria era surpreendente. Sim, ele era um homem de negócios implacável, mas se importava com as pessoas. Um funcionário sênior da gerência do Fundo Walker tinha uma filha que estava morrendo de neuroblastoma aos seis anos. Jack estava fora de si com dor pela família do homem e Callie nunca esqueceria a expressão dele enquanto descrevia como todos se sentiam impotentes. Todo o dinheiro e poder no mundo não salvariam a menininha. Algumas conexões conseguiram que ela fosse tratada no Instituto do Câncer Dana Farber e examinada pelos melhores profissionais, especialistas treinados em Harvard em oncologia e pediatria. Mas ela ainda morreria.

Callie podia jurar que os olhos de Jack tinham ficado marejados enquanto falava sobre a situação e ela precisara de todo o autocontrole para não estender a mão sobre a mesa e apertar a dele.

Arthur era outro dos seus pontos fracos. Na outra noite, o cachorro entrara na casa mancando. Jack se agachara, de terno, para examinar a pata ferida. Ele gentilmente apalpara a área, e Artie tinha consentido com total confiança, mesmo ao extremecer quando Jack extraiu um espinho. Ao terminar, Jack colocara um pouco de antibiótico em um algodão, enrolara com uma gaze ao redor da ferida, e dera a Artie um pedaço de filé mignon do próprio prato. Naquela noite, o cachorro quis dormir com ele.

– Olá? – Jack chamou.

Ela balançou a cabeça.

– Desculpe. Que cheiro fantástico é esse?

– O molho marinara de Thomas, creio eu.

– Thomas?

– Nosso cozinheiro – ele franziu a testa. – Não o vê durante o dia?

– Não, fico na garagem.

– O dia inteiro? Até eu voltar pra casa? Você não come?

Ela deu de ombros.

– Perco a noção do tempo e me esqueço.

– Cadê seu relógio?

– Não tenho um.

Ele resmungou algo e tomou o cotovelo dela. O contato queimou sua pele e ela fechou os olhos por um momento, deixando-se conduzir até a cozinha.

– Acho que vai gostar de Thomas.

Enquanto ela resistia à vontade de se encostar no corpo de Jack, pensou que talvez fosse bom que esse outro cara viesse para o jantar. Talvez ela realmente gostasse dele e deixasse de pensar em Jack.

Quando entraram na cozinha, Callie ficou surpresa ao ver um homem com um só braço segurando uma panela de água fervente sobre uma peneira na cozinha. Duvidava que ela mesma aguentasse a panela com duas mãos, mas o cara parecia perfeitamente à vontade enquanto inclinava o cabo e despejava uma torrente de água quente e macarrão.

– Thomas, quero lhe apresentar a alguém.

O cozinheiro olhou por sobre o ombro. Tinha cerca de sessenta anos, um rosto como o de um buldogue, e também o corpo baixo e robusto de um. Ela avistou uma tatuagem sob sua camisa de manga curta e notou uma pequena argola de ouro em sua orelha. Nunca pensaria que um personagem como aquele estaria no comando da cozinha de Buona Fortuna. Imaginara que o chef seria um europeu magrelo com uma atitude arrogante de rivalizar com a sra. Walker.

Thomas sorriu e Callie gostou dele de imediato.

– Então é você que está roubando comida da minha geladeira – ele disse. O homem tinha um fantástico sotaque de New England, marcado por vogais curtas e consoantes duras e longas. – Todo dia chego aqui e falta fruta da tigela, alguém mexeu nos ovos, e o pão sumiu. Como se alguém estivesse fazendo um café da manhã.

Ele colocou a panela de lado e foi até Callie. Sua roupa branca era imaculada, ela notou, exceto pelo pano de prato no cinto, que tinha algumas manchas vermelhas.

Quando apertaram as mãos, ela notou que ele tinha uma tatuagem de âncora no interior do antebraço. *Um marinheiro*, pensou.

– Então o que temos hoje, chef? – Jack perguntou, tirando uma pilha de pratos do armário. Ele começou a arrumar a mesa de carvalho baixa que ficava em frente a uma janela panorâmica.

– Meu molho marinara. Para uma noite fria como essa, é exatamente o que você precisa antes de cair na cama.

Jack lhe deu um tapa no ombro.

– Deus lhe abençoe. Estou faminto.

– É, é sua mãe que não conseguimos que coma aqui – quando Arthur foi até Thomas e o olhou, o homem riu. – Mas este aqui não para de mastigar, não é?

O cachorro abanou o rabo e lambeu os beiços.

– Quais são seus planos hoje? – Jack perguntou, pegando alguns guardanapos de linho.

– Tenho um encontro com a doce Angelina.

Jack riu.

– Ainda está com ela?

– Filho, não se recusa uma mulher daquelas. Ela tem habilidades especiais com a... – Thomas pausou e olhou para Callie. – Ahn. Ela é boa de papo.

Callie riu enquanto o homem despia o avental e o atirava em uma cesta no canto.

– Vou tomar um banho e sair. Não espere acordado.

– Nem pensaria em fazer isso – Jack respondeu.

– Prazer em conhecê-la, Callie.

Ela acenou.

– Igualmente.

Então as luzes diminuíram e ela olhou para cima, surpresa. Jack foi até a mesa, acendeu velas e lhe ofereceu vinho. Callie decidiu não exagerar no álcool até que o amigo de Jack chegasse. A atmosfera era íntima demais, e ela queria se manter afiada.

Aquilo não era para ela e Jack, ela se lembrou quando eles se sentaram. Ele tinha uma noiva e ela estava prestes a ser apresentada ao amigo dele. O jantar não era nem um pouco para os dois.

– Você vai gostar de Gray – Jack disse. O que se seguiu foi uma longa lista das qualidades do homem, incluindo algumas anedotas sobre os dias de faculdade de Jack, que ela ouviu mais para tirar alguma pista sobre Jack do que para saber do amigo dele.

– E falei de você pra ele.

– O que disse?

– Que é inteligente e... – ele limpou a garganta. – E que é linda.

Ela ergueu os olhos lentamente para o rosto dele. Jack encarava o vermelho profundo do vinho em sua taça, mexendo-o de modo que pegava a luz.

– Então, como você e Nathaniel estão se dando? – ele disse abruptamente.

– Bem – ela não se importava nem um pouco de falar de trabalho –, demorei um pouco para terminar a análise preliminar, mas é importante documentar com precisão. Tirei fotos dele hoje e começarei a trabalhar na tela amanhã.

Houve um breve silêncio, então ela perguntou:

– Como foi o seu dia?

Jack sorriu e começou a remover as abotoaduras. Ela ouviu uma atingir a mesa com um som forte.

– Não muito bom – ele tirou a outra e começou a enrolar as mangas. Seus braços eram cobertos por pelos escuros e finos e ela teve de desviar o olhar. – Os irmãos do sangue ainda estão me deixando louco, acho que os juros vão subir e minha assistente me deu aviso-prévio porque vai começar a faculdade de Administração em janeiro. Por outro lado, um dos meus competidores foi acusado de fraude. Que tal? A melhor coisa que aconteceu hoje foi imaginar alguém de quem não gosto vestindo listras horizontais. Ah, mas meu irmão vem nos visitar em breve.

Ela mexeu com os talheres à sua frente, virando a faca várias vezes.

– Ah, é? Fale mais sobre ele.

– Somos gêmeos. – Ele riu quando ela lhe olhou secamente. – Estou brincando. Quer dizer, não somos nem um pouco parecidos fisicamente. Ele é cozinheiro de mão cheia, como mencionei. Thomas lhe ensinou o básico e então, depois que se formou em Harvard, ele foi para a CIA.

– Era um espião, também?

– O *Culinary Institute of America.*[1]

– Ah – ela sorriu. – Vocês devem ser próximos. Ou pelo menos é o que ouvi sobre gêmeos.

– Somos, mesmo não tendo muito em comum – a voz de Jack adquiriu uma nota dura. – Exceto o fato de que meu pai não gostava de nenhum dos dois.

Callie tentou imaginar como um pai poderia não se orgulhar de tudo o que Jack havia realizado. Dez bilhões de dólares era bastante dinheiro para um homem ter em mãos.

– Mas por quê?

Ele deu de ombros.

– Eu era agressivo demais, Nate relaxado demais. Pensando bem, acho que meu pai se deu melhor com mulheres a vida toda. Ele provavelmente teria sido menos exigente com filhas.

O telefone tocou e Jack estendeu a mão à parede. Quando desligou, pareceu perturbado.

– Gray não vem. Pediu desculpas e disse que está ansioso para conhecer você.

– Ah.

Ele franziu o cenho por um momento, mas foi ao fogão, colocou a massa em dois pratos e despejou o molho. Depois de servir Callie, ele sentou com o próprio prato, e ela pensou que tudo parecia bom demais para ser verdade. As velas. Os pratos quentes de macarrão.

Ele.

– Vinho? – ele perguntou.

Sim, ela bem que precisava de uma bebida no momento.

---

1 Instituto de Culinária da América.

– Sim. Mas branco, por favor. Minha cabeça não gosta de tinto.

Jack foi a uma adega de vinho e puxou uma garrafa. Quando a abriu, os olhos de Callie pousaram em suas mãos, traçando as veias grossas que desciam dos braços até os dedos. Lembrou de como ele estivera após voltar de uma corrida. Todo suor e músculos.

– Está quente aqui, não? – ela perguntou de repente.

– Quer que eu abra a janela?

Ela abanou a cabeça enquanto ele servia o vinho. Quando se sentou, Jack ergueu a taça em um brinde.

– A Nathaniel.

– A Nathaniel.

Suas taças de encontraram. E então seus olhos.

Encarando-o do outro lado das velas, Callie pensou que a cena era bem diferente da rotina deles.

Ela rapidamente bebeu um gole e se focou em sua taça.

– Meu Deus. Que vinho é esse?

Ele disse algo em francês e seguiu o título grandioso com o ano em que ela tirara a carteira de motorista.

– É, ah... muito bom. – Sem dúvida, o melhor que ela já tomara.

Quando experimentou a massa, soltou um som baixo de apreciação. Jack a observou.

– Sinto o mesmo. O homem é um gênio.

– Há quanto tempo o conhece?

– Ele está aqui desde os anos setenta. Podia ser chef de qualquer restaurante de primeira classe, mas trabalha melhor sozinho. E você? – ele habilmente mudou de assunto. – Tem irmãos?

Callie engoliu um bocado que perdeu o gosto. Roubou um pouco de tempo bebendo um gole de vinho.

– Tenho uma meia-irmã – ela disse em voz baixa.

– Vocês são próximas?

– Ah... é complicado. Mas gosto muito dela.

Ele assentiu e deixou o assunto para lá, só para perguntar algo que definitivamente tirou o apetite dela.

– E seus pais? Como são?

Ele estava casualmente enrolando a massa com o garfo, mas ela não se enganou. Jack esperava uma resposta.

– Os dois morreram.

Ele abaixou o garfo.

– Sinto muito.

Ela deu de ombros. A luz fraca a deixou estupidamente tentada a falar. Sobre a mãe, pelo menos. Mas então viu o lugar vazio onde o amigo dele deveria estar e se lembrou que o fato de estarem a sós era um acidente. Não era um começo mágico para eles.

– Obrigada, mas estou bem.

– Então com quem fala quando precisa de ajuda? – ele perguntou. – Quem é seu apoio?

Ela tomou um longo gole.

– Eu, ah... não sei como responder isso.

– Poderia tentar um substantivo próprio – ele a repreendeu gentilmente.

Ela sorriu. Quando ele brincava daquele jeito, era quase irresistível.

– Sou uma pessoa reservada – ela disse.

Ele inclinou a cabeça.

– De que tipo de homem você gosta?

Ela o olhou com surpresa.

– Que tipo de... nossa, não sei.

– Deve ter um conjunto de características que acha atraente. Aparência, humor, dinheiro...

– Definitivamente não dinheiro.

Ele sorriu e pegou a taça.

– Então estou fora da corrida.

– Está fora da corrida porque tem uma noiva.

Assim que disse aquelas palavras, Callie quis soltar um xingamento.

– Quero dizer...

Jack tomou um gole rápido.

– Eu sei, eu sei.

Houve um longo silêncio.

– Então, seus homens. Qual seu tipo?

Callie balançou a cabeça diante da persistência dele.

– Não tenho um tipo.
– Todo mundo tem.
– Então qual é o seu? – ela retrucou rápido.
– *Touché*. Mas por que você não responde primeiro desta vez?
Quando ela só sorriu e ficou em silêncio, ele riu.
– Não me diga que agora vai dar pra trás!
Quando ela permaneceu quieta, ele disse:
– Tá bom. Por que não me diz qual você acha que é meu tipo de mulher? Mas lembre-se, a caridade começa em casa e você está sob meu teto.
Ela hesitou.
– Estamos falando do novo e melhorado Jack Walker, socialmente responsável? Ou do playboy cujas calças percorriam saguões de hotel sem ele?
Ele riu.
– Será melhor pra ambos considerar o atual.
– Certo. – Ela tomou um gole e se surpreendeu quando esvaziou a taça. – Tenho certeza de que você gostaria de alguém que compartilha sua origem e seus valores, que seja linda e socialmente hábil. Não imagino que desperdiçaria tempo com uma idiota, portanto ela teria que ser inteligente. E acho que seria mais fácil pra você se sua mãe aprovasse, embora duvide que você fizesse disso uma condição.
As sobrancelhas dele se ergueram e ela teve a impressão de que acertara em cheio.
– Posso beber mais vinho? – ela perguntou rápido.
Os lábios dele se curvaram.
– Claro. Se responder à minha pergunta.
– Acabei de responder.
Ele sorriu.
– Ainda quero falar sobre seus homens.
Seria uma conversa curta, ela pensou secamente.
Ela se ajeitou na cadeira, notando que ele parecia contente por esperar.
– Meu vinho primeiro – ela insistiu, inclinando a taça para a frente.
Ele a serviu e a olhou diretamente.
– E então?

Callie deu de ombros.

– Não há nada para contar.

– Ou nada que você *queira* compartilhar.

– O resultado é o mesmo, não é?

– Você é tão fugidia – ele murmurou. – Tentar tirar alguma coisa de você é como puxar um carvalho da terra com um cadarço.

Ela sorriu.

– Um jeito interessante de pôr as coisas.

– Você é frustrante demais.

– Então talvez você devesse desistir.

Ele balançou a cabeça, olhando-a sob aqueles cílios densos. O castanho em seus olhos queimava.

– Desculpe, Callie. Não sou esse tipo de homem.

Ela empurrou o vinho de repente e se ergueu.

– Seria melhor pra nós dois se fosse.

Quando ela passava por ele, Jack apanhou sua mão. Seu toque era quente. Urgente.

– Não vá.

Callie sabia que se encarasse os olhos dele estaria perdida, então olhou uma das velas, que ondulava lentamente. O ar parecia ter ficado mais denso de repente, e seus pulmões pareciam apertados.

– Queria muito que você não tivesse me beijado – ela murmurou.

A declaração ousada foi seguida por uma vontade absurda de bater a mão contra a boca.

– Fale a verdade – ele disse em voz baixa. – Quer que eu peça desculpas de novo? Ou diz isso porque não consegue esquecer?

Através da luz das velas, a voz de Jack flutuou até ela e a abraçou.

Ela tentou respirar fundo. Seu coração não conseguia decidir entre bater três vezes a velocidade normal e parar completamente.

– Callie?

Cautelosa, ela se virou para ele. Coisas loucas começaram a passar em sua mente, como imagens dela mesma se inclinando para ele.

Viu os olhos de Jack se focarem nos seus lábios. Quando eles escureceram, até ficar quase pretos, Callie teve a sensação de que ele estava tão dividido quanto ela.

Ela balançou a cabeça, tentando puxar a mão. Quando Jack não a soltou, ela perguntou:

– O que estamos fazendo aqui?

– Eu bem que queria saber.

Então ele se levantou e a puxou para si. Pondo as mãos no rosto dela, se inclinou e Callie fechou os olhos, erguendo a boca para o beijo mesmo enquanto dizia a si mesma que aquilo era errado.

Ele já tinha uma mulher. Uma noiva. Aquilo era muito errado.

Mesmo assim, quando o beijo não veio, ela ficou amargamente decepcionada.

Abriu os olhos. Ele estava parado, a centímetros dos lábios dela, os olhos queimando. Mas não se aproximava.

Tomada por uma onda de insanidade, ela agarrou os ombros dele e o puxou para um beijo. Ele resistiu por um segundo e então a estreitou contra seu corpo até estarem quadril com quadril, peito com peito. Sua boca estava feroz na dela; deslizou a língua entre seus lábios e enfiou as mãos no seu cabelo. Ela gemeu e se aproximou dele, sentindo seu corpo contra o dela, tão sólido e forte.

– Nossa, que delícia – Jack grunhiu enquanto puxava sua camisa e deslizava as mãos sobre a pele nua. – Estar com você é bom demais.

Ele a pressionou contra algo, talvez a parede, as mãos passando ao redor da cintura dela enquanto beijava seu pescoço. A parte de baixo do corpo estava colada no dela, a ereção pressionando-a, e Callie só o queria mais próximo. Nu. Dentro dela. Apertou os ombros de Jack com toda a força enquanto ele lentamente subia as mãos para seus seios. Traçou-os, sentindo os lados, mas não os tocou de verdade. Ela se espremeu contra ele, querendo mais.

Com um gemido, ele parou de beijá-la e descansou a cabeça em seu ombro, ofegante. O ouvido de Jack zumbia, seu sangue gritava. Ele lutava para se controlar, e ela não sabia se ficava agradecida ou não.

– Não está certo – ele disse, rouco. – Não devíamos fazer isso.

Mas então passou o dedo pelo mamilo dela. Foi um toque gentil, que a fez querer gritar de satisfação e desejo. Ela arqueou as costas, tentando lhe dar mais espaço, e se viu em contato direto com sua ereção.

De repente, ele praticamente pulou para o outro lado da cozinha. Callie ficou em choque com a retirada, sem saber o que o fizera parar, enquanto a vergonha cortava através da névoa sensual em que ela estivera.

E então a mãe dele entrou na cozinha.

Callie tentou retomar a compostura e não parecer ter sido apaixonadamente beijada e sexualmente frustrada. Voltando para a cadeira, ela com discrição puxou a camisa para baixo, feliz pelo hábito da sra. Walker de ignorar sua presença.

Graças a Deus Jack ouvira a porta da frente abrir. Ela não.

– Bom – disse Mercedes. – Que aconchegante.

Callie agradeceu a pouca iluminação enquanto pegava o garfo e mexia a comida fria no prato. Não tinha dúvidas de que seu rosto mostrava o que seu corpo ainda sentia, e nenhuma mãe precisava ver aquilo.

Especialmente não Mercedes Walker.

– Chegou cedo, mãe – a voz de Jack estava seca e Callie arriscou um olhar. O rosto dele estava completamente calmo, como se nada tivesse acontecido. Considerando como sua voz estivera rouca alguns momentos antes, a recuperação era extraordinária.

– Não estava me sentindo bem.

Callie olhou para a mulher. Ela parecia perfeitamente bem.

Para alguém que estava irada, mas que sabia disfarçar.

Os olhos de Mercedes estavam atirando mensagens para Jack e o conteúdo delas era claro. A mulher obviamente não aprovava a atmosfera íntima na cozinha, nem que seu filho tivesse jantares a dois com alguém que não era sua noiva. Sem dúvida teria desmaiado se tivesse entrado na cozinha enquanto eles se beijavam.

Claro que Callie teria desmaiado também.

Um silêncio constrangedor se seguiu enquanto Mercedes encarava o filho e Jack se encostou casualmente no balcão de granito.

Então é assim que as classes altas brigam, pensou Callie. Sem gritaria, sem xingamentos. Só muitos olhares gélidos e o odor de decepção enchendo o cômodo.

– Queria alguma coisa? – Jack perguntou suavemente.

Mercedes tirou as luvas com movimentos ríspidos e as enfiou no bolso do casaco de pele.

– Não.

– Boa noite, então.

– Boa noite, de fato – Mercedes disparou antes de se virar e sair.

Callie respirou fundo e olhou para os restos do jantar. A massa meio comida no prato de Jack. As velas pingando cera. Os guardanapos na mesa.

Uma refeição tão boa, ela pensou. Ou pelo menos começara assim.

– Você está bem? – Jack perguntou.

Callie assentiu, embora não estivesse nada bem. Agora que conseguia pensar com clareza, se perguntava o que teria acontecido se Mercedes não tivesse chegado. Eles terminariam em um dos quartos? Ela realmente era tão imprudente? Perderia a virgindade com um homem sem ter um relacionamento, sem nenhuma declaração de amor? Sem chance de um futuro, uma vez que ele estava *noivo* de outra mulher?

Infelizmente, ela se lembrava de como era estar nos braços de Jack, e pensou que sim, talvez ela fosse precipitada a esse ponto. Talvez devesse agradecer à mãe dele por ser uma chata importuna.

Jack limpou a garganta.

– Se prepare. Estou prestes a me desculpar outra vez.

Callie olhou para ele.

– Desta vez, não tem do que se desculpar. Eu fui a... a...

Agressora provavelmente era a palavra. Ela estremeceu.

Jack balançou a cabeça e foi até a mesa. Ela pensou por um momento que ele a tomaria nos braços de novo, mas ele só apanhou os pratos.

Quando foi até a pia, Jack acendeu as luzes, e Callie piscou com a claridade. Ele parou e então atirou um prato com força, fazendo-a pular em surpresa quando a massa bateu na pia.

– Merda, eu não quero... querer você desse jeito. O que está acontecendo entre a gente... não é certo.

– Concordo – ela disse em voz baixa. – Devemos, ahn... esquecer que isso aconteceu.

O rosto dele estava severo quando a olhou por sobre o ombro.

– Acha que isso é possível?

– Temos escolha?

No silêncio terrível que se seguiu, ela o ajudou a tirar a mesa. Assim que terminaram o trabalho, ela jogou os guardanapos na pia e se virou para a porta.

– Boa noite.

Ele não a impediu.

– Boa noite, Callie.

Capítulo 11

Jack amassou os guardanapos, os jogou no cesto e apagou as luzes. Em vez de se dirigir às escadas, saiu por uma porta lateral. A última coisa que queria era deitar em uma cama com apenas um corredor separando-o de Callie.

O vento gélido atravessou suas roupas e ele gostou da noite cortante enquanto perambulava sem rumo pelo jardim. À distância, ouviu carros passando – o som da Rota 9, um zumbido suave e incessante.

Ela queria que ele esquecesse? Seria mais fácil voltar no tempo.

Quando uma luz se acendeu no quarto de Callie, Jack parou para observar sua silhueta se movendo. Ela se deteve em frente à janela, e ele se escondeu nas sombras. Ela parecia examinar a noite.

Esquecê-la não era uma opção.

Ele sabia que ficar espiando só o colocaria ainda mais nas garras da insônia, então foi para a garagem. Acendeu as luzes e subiu as escadas estreitas. Olhou para o local de trabalho dela, cuidadosamente arrumado.

Potes marrons com líquidos estavam ordenadamente alinhados à esquerda da pintura, assim como uma série de pincéis, varetas de madeira e tufos de algodão. O microscópio, que antes estivera sobre a superfície da pintura, fora colocado de lado, e ele viu que uma máscara respiratória e luvas de borracha estavam sobre a mesa. Apanhou um caderno e o abriu. As notas de Callie sobre as condições do retrato eram numerosas, a escrita muito clara, as declarações quase como as de um advogado em seu tom e precisão. Ela ordenara a documentação sob categorias como "Superfície", "Lados", "Absorção" e "Oxidação". Falando com Callie sobre seu trabalho, ele ficara surpreso com a terminologia científica. Ela sabia muito sobre química, por exemplo, e fora capaz de descrever a um nível molecular o que aconteceria quando o solvente atingisse e liquefizesse o antigo verniz.

Ela era, ele tinha descoberto, incrivelmente inteligente.

E sexy pra caramba.

Jack fechou o caderno e o colocou de volta no lugar.

Merda. Se sua mãe não tivesse chegado, ele teria transado com Callie na mesa da cozinha. Em cima dos pratos. Estava tão determinado a tê-la que não teria importado o lugar.

Ele balançou a cabeça. Precisava falar com Blair. Podia relevar um único lapso com Callie. Mas dois formavam uma tendência que ele não podia ignorar.

Não seria fácil. Por mais cuidadosamente que ele se expressasse, machucaria uma mulher que o amava e aquilo o fazia se sentir péssimo. Também sabia da possibilidade de ela terminar o noivado e não a culparia se assim o fizesse.

Quando o rugido de um motor soou no meio da noite, ele olhou seu relógio, surpreso por Thomas estar de volta tão cedo.

Antes de desligar as luzes, Jack olhou para a mesa outra vez, imaginando Callie debruçada sobre a pintura, totalmente absorvida no trabalho. Imaginou-a perdendo a noção do tempo e não comendo direito e percebeu que não havia um único relógio no lugar, nem um letreiro digital no aparelho de som.

Ele tirou do pulso o seu Patek Philippe. Tinha comprado o relógio quando a primeira empresa em que investira se tornara pública e o deixara várias vezes milionário. Era de ouro, com uma pulseira preta de couro de jacaré, e ele só o tirava para tomar banho, embora fosse à prova d'água até profundidades ridículas.

Ele o pôs virado para cima ao lado da lata de pincéis de Callie, torcendo para que ela o usasse até que ele descobrisse que tipo de relógio instalar ali. Ele mantinha a hora com perfeição e, com sorte, ela saberia a hora do almoço a partir de agora.

Jack estava saindo da garagem quando Thomas desceu do carro. O Pontiac GTO era o orgulho e a alegria da vida do homem. Roxo--escuro cromado, era o *muscle car* por excelência.

– Chegou cedo, vô.

Thomas soltou uma risada alta.

– Ela é conhecida como "a bela Angelina", não "a fiel". Encontrou outro banco traseiro para experimentar.

– Sinto muito.

Thomas sorriu e foi até ele.

– Não tem problema. Haverá outras.

Eles foram até a cozinha juntos.

– Cerveja? – Thomas perguntou, abrindo a geladeira.

Quando Jack assentiu, uma garrafa veio voando até ele. Ele a pegou, abriu e a deslizou pelo balcão. Thomas jogou outra para ele.

– Aquela restauradora é uma beleza – Thomas comentou depois de um gole demorado.

Jack franziu a testa, abrindo sua garrafa.

– É.

– Vocês estão se dando bem?

– Isso é uma pergunta de verdade ou uma insinuação?

Jack inclinou a garrafa, engolindo com força.

Era melhor que xingar.

– Um pouquinho dos dois. Você está rondando como se estivesse em uma coleira curta com um prato de comida fora de alcance. Então fico me perguntando.

– Está imaginando coisas.

– Acho que não.

Jack ficou tentado a mentir, mas sabia que não funcionaria. Não enganaria Thomas. O homem o conhecia desde criança.

– Não adianta – Jack balançou a cabeça. – E a hora é a pior possível. Bem quando decido me estabilizar. Achei que tinha parado de correr atrás de mulheres.

– Sorte sua que aconteceu agora. Antes que as coisas sejam permanentes.

– É por isso que nunca se casou?

Thomas sorriu.

– Não. Nunca me casei porque a mulher que eu amava não estava interessada em mim.

– Sério?

– Eu sei. Acredita? Com todo o meu charme!

Thomas arqueou o pescoço para terminar a cerveja. Quando abaixou a cabeça, tinha um olhar distante.

– Ela não me quis. Achava que era boa demais para mim e provavelmente tinha razão.

– O que aconteceu com ela? – Jack terminou a cerveja e pôs a garrafa no balcão.

Thomas deu de ombros.

– O que importa?

– Talvez você possa ter uma segunda chance.

– Não existem segundas chances, Jack-o'-lantern – disse o homem, usando o apelido de infância. Jogou a cerveja no lixo. – Vou subir. Boa noite.

– Ei, Thomas?

– Sim?

– Se Callie não vier comer por volta do meio-dia, você pode levar algo pra ela?

Thomas lentamente abriu um sorriso.

– Pode deixar.

Quando o homem subiu para o quarto, Jack foi ao escritório e ligou para Blair. Depois de três toques, a chamada caiu no correio de voz. Tentou o Waldorf, o hotel onde ela estava hospedada, e então se lembrou que ela mudara para o Cosgrove. Quando a recepcionista atendeu e ele perguntou por ela, transferiram a ligação imediatamente, mas não houve resposta.

Ele olhou o relógio. Eram dez e meia. Ela provavelmente ainda estava trabalhando.

Jack esfregou os olhos cansados. Era melhor que Blair não tivesse atendido. Ele estava com pressa de ter aquela conversa difícil e corria o risco de ser egoísta o bastante para fazer aquilo por telefone.

Além disso, sua mente estava tão clara quanto lodo.

Na manhã seguinte, Callie saiu do quarto cedo. Depois do que acontecera à noite, preferia não encontrar Jack. Ou a mãe dele.

Ficou surpresa ao encontrar Thomas na cozinha, mas ele explicou que, por ter dormido cedo, levantara com o sol e estava com vontade de fazer pão.

Ela pegou um pedaço de fruta, porque era o único jeito de ele deixá-la sair sem preparar alguma coisa para ela, e foi à garagem. Arthur estava animado com a movimentação, e caminhava ao seu lado.

Quando chegou ao ateliê e sentou-se em frente à pintura, viu um pesado relógio de ouro cuidadosamente colocado ao lado de suas ferramentas.

Ela o apanhou, reconhecendo-o imediatamente.

– Ah, Jack.

Tinha passado a noite sentada ao lado da janela, abraçada com um travesseiro de seda enquanto Arthur dormia no chão ao seu lado. Durante aquelas horas silenciosas, tentou atingir um meio-termo entre o que era bom para ela e o que ela queria. Era como tentar negociar paz entre tribos em guerra.

O que era um tanto surpreendente, considerando a clareza da situação. Ela sabia que era loucura imaginar que Jack terminaria o noivado. Então, se decidisse se envolver com ele, ficaria exatamente na posição de sua mãe. Tornaria-se a segunda opção de um homem rico.

Ela precisava se empenhar para não ficar sozinha com ele outra vez.

Porque obviamente não podia confiar em si mesma. E se deixasse Jack beijá-la outra vez, se o deixasse tocar em seu corpo, e – pior – se o deixasse fazer amor com ela, sem dúvida começaria a confundir as sensações físicas intensas com emoções. Não era isso que as pessoas ingênuas sempre faziam e o motivo de os primeiros amores serem tão dolorosos? Se seu coração entrasse na jogada, Callie se sentiria muito pior do que só sexualmente frustrada.

Se.

Ela suspeitava que era tarde demais para "se". O homem a tinha cativado com todas as suas contradições, com seu exterior duro e seus toques suaves. Ela nunca conhecera alguém como ele, e não porque era rico e poderoso.

Mas Jack nunca pertenceria a ela.

Respirando fundo, Callie pôs o relógio de volta onde o encontrara, desesperadamente tentando não se perder no gesto atencioso.

Encarando a pintura, tentou encontrar o entusiasmo adequado para a aventura em que embarcaria, mas levou um tempo até estar pronta para começar.

Com a documentação terminada, o próximo passo era remover a sujeira e a antiga camada de verniz. Primeiro, precisava determinar que tipo de verniz fora aplicado e escolher um solvente forte o bastante para remover a camada protetora, mas não tão intenso para retirar a camada de tinta. Usaria o canto inferior esquerdo para testar, numa área que seria coberta pela moldura.

Quando enfim tinha ido dormir na noite anterior, reviu os registros da pintura. O verniz fora aplicado no começo dos anos 1930, à época da última limpeza, e por isso tinha compostos naturais. Nada sintético teria sido usado e Callie estava preparada com substâncias adequadas para remover resina com base de seiva.

Ela tinha seis solventes de força diferente e pegou o mais fraco, abrindo a tampa e liberando o cheiro familiar e doce da substância química. Antes de começar, abriu duas janelas em alguns centímetros para garantir que Artie tivesse ar fresco. Colocando a máscara respiratória, que filtraria os vapores enquanto trabalhava tão próxima ao solvente, escolheu uma vareta da lata e enrolou um pouco de algodão na ponta, que depois molhou na solução, e com gentileza a passou sobre a tela. Não ficou surpresa quando nada aconteceu. Testou o próximo solvente.

Depois de considerar o efeito do solvente mais forte, reajustou a força mais uma vez até atingir a composição perfeita para dissolver a camada de verniz com segurança. Tomou cuidado para documentar os compostos químicos que testou, notando quando atingira o equilíbrio ideal.

E quando isso aconteceu, se aventurou na pintura em si. Sempre que o algodão se tornava sujo, Callie o jogava em um pote selado, amarrava mais na vareta e continuava. Era a parte do trabalho de que mais gostava. O foco quieto e intenso em uma área tão pequena, o trabalho delicado, a solidão. Dava-lhe paz, acalmando sua mente enquanto precisava usar as mãos. O mundo e seus problemas esvaneciam à distância – não mais címbalos, nem mesmo um sussurro.

Era só ela e a pintura.

Enquanto trabalhava, seus olhos passavam intermitentemente sobre o quadro. Estava aprendendo a paisagem da obra-prima, a vasta escuridão ao redor da cabeça de Nathaniel, os cinzas densos e os pretos profundos do casaco, o creme e o branco espumoso da camisa. Seu rosto bonito e atormentado era a parte favorita dela. Estava encantada com o leve tom de rosa nas bochechas dele, o veludo escuro de suas pupilas, os marrons e pretos grossos do seu cabelo.

Talvez até o fim do projeto eu me apaixone por ele, ela pensou, focada em seus olhos outra vez.

Eram tão parecidos com os de Jack.

Algumas horas depois, a paz do ateliê foi quebrada.

– Callie? – a voz de Thomas cortou o silêncio. – Posso subir?

– Oi! Você é sempre bem-vindo!

Ela se levantou, assim como Arthur. O cachorro fora um observador paciente toda a manhã, e quando se alongou, estendendo as patas da frente e abaixando os ombros, parecia ter grandes esperanças com a chegada do chef.

– Trouxe almoço pra você – disse Thomas enquanto subia pesadamente as escadas. Estava carregando uma cesta de piquenique e um cabo de telefone.

Arthur foi até ele, ignorando o fio e cheirando o vime. A abanação do rabo sugeria que ele estava emocionado pelo gesto.

– É muito gentil da sua parte – Callie disse, aceitando a comida e franzindo a testa quando Thomas se pôs de mãos e joelhos sob a mesa. – Não precisava. Ahn. Está tudo certo?

– Só estou instalando um telefone pra você – a cabeça dele emergiu sob a mesa e ele indicou a cesta. – Faz o favor? Está aí dentro.

Ela riu e apanhou um pequeno telefone sem fio.

– Mas não preciso de um.

– Jack ligou de manhã. Quer que eu instale um pra você.

– Ah.

Quando Thomas terminou de conectar os fios, verificou se havia um tom de discagem.

– Prontinho. E tenho um recado de Jack pra você. Queria saber se você pode encontrá-lo em Little Italy para jantar hoje. Às sete, no Nico's.

Nico's. Às sete. Seu coração pulou uma batida.

Pelo menos não estariam sozinhos. Havia pessoas em restaurantes. Muitas pessoas.

– Certo.

– E não se preocupe em ir até lá, eu levo você. Ei, posso ver o que está fazendo?

– Claro.

Enquanto Thomas estudava o retrato, Callie colocou a cesta numa mesa lateral. Arthur pôs o focinho bem ao lado, como que para lembrar a todos do papel fundamental que teria quando fosse aberta.

Callie estava afagando uma das orelhas do cão quando Thomas a olhou.

– Quanto tempo você levou para fazer esses dez centímetros?

– Umas duas horas.

– Tem bastante trabalho pela frente – ele disse com um sorriso. – Melhor deixá-la em paz.

– Obrigada pelo almoço. E pelo telefone.

– Sem problemas.

Thomas parou no topo das escadas. Quando olhou para trás, parecia sério, como se debatesse consigo mesmo os méritos de dizer algo. Evidentemente mudou de ideia, porque só ergueu a mão em um aceno e desapareceu.

Callie olhou nos olhos castanhos de Artie, dizendo a si mesma para não ficar ansiosa.

Era só um jantar. Em um lugar público. Onde não teriam como fazer algo errado.

Ela tentou não pensar sobre como seria se Jack fosse um homem livre e eles estivessem indo juntos para algum lugar.

Seria legal ter um encontro com alguém, ela pensou. Ela gostaria de se preparar para um amante. Queria entrar em um restaurante lotado no qual um homem a olharia e a tomaria nos braços só com os olhos. Queria saber como era sentir que era linda para alguém e que fora ansiosamente aguardada.

Callie xingou baixinho. É claro que, na sua fantasia, Jack sentava-se na mesa. A imagem a fez pensar em seus pais.

Em todas aquelas noites em que sua mãe se arrumara para o marido de outra mulher.

A preparação para a chegada do pai normalmente começava no final da tarde, e enquanto a mãe se arrumava na frente do espelho, o prazer fazia brilhar seus olhos em geral pálidos. Callie sempre a ajudava a decidir o que usar e como deixar o cabelo, mas não importava quão cuidadosa a escolha, sempre havia uma mudança de último minuto. Um vestido diferente, outro par de sapatos, o cabelo preso ao invés de solto.

Infelizmente, na maioria das vezes, as noites terminavam com um atraso, uma desculpa, uma decepção. Fora sempre terrível assisti-la se despir.

E mesmo assim ela esperara décadas pelo homem.

Callie se questionara várias vezes sobre o motivo disso, antes de conhecer Jack.

A resposta, ela sabia agora, era a paixão. Quando seus pais estavam juntos, havia magia e faíscas e ternura, mesmo em meio ao conflito eterno. Seu pai era muito alto e imponente, um homem poderoso com um peito largo e uma voz grave que ribombava como trovão. Normalmente era muito sério, mas em certas circunstâncias sua mãe conseguia tirá-lo de seu humor severo. Callie suspeitava que aquilo deveria ter sido parte da atração para sua mãe. Transformar alguém tão importante, tão poderoso, mesmo que por um curto período, deveria ser muito significativo.

E talvez a paixão, a emoção e as risadas fossem o que faltava a seu pai em sua família legítima, e que encontrava no pequeno apartamento delas.

Callie balançou a cabeça, pensando que jamais saberia. Talvez ele também tivesse aquelas coisas na casa de Grace.

Arthur encostou a cabeça na mão dela, mas quando Callie foi afagá-lo sob o queixo, ele olhou para a cesta de piquenique.

– Certo.

Ela despertou e abriu a cesta. Jogando um pedaço de frango para ele, começou a comer a salada e decidiu que era hora de fazer uma pausa. Considerou dar uma volta quando se lembrou dos documentos que estavam no armário.

Quando terminou o almoço, abriu a caixa no topo da pilha e a arrastou com esforço para o sofá. Enquanto removia a tampa, pensou que não tinha por que fingir não estar preocupada com o jantar, mas achou que não haveria problema em separar papéis com um cérebro distraído.

Era certamente mais seguro que brincar com substâncias químicas e a pintura.

Capítulo 12

Naquela noite, Callie olhou seu reflexo no espelho do banheiro e experimentou com o cabelo. Preso? Solto?

Deixou-o cair sobre os ombros, sabendo que não deveria importar.

Dois minutos depois, prendeu-o com as mãos outra vez. Não podia evitar, em grande parte pelo orgulho. Não queria encontrar Jack aparentando qualquer coisa exceto calma. Requinte. Elegância.

Mas isso exigiria outro guarda-roupa. Acabou escolhendo uma saia preta na altura do joelho, uma blusa branca discreta, e um suéter preto para jogar nos ombros. A meia-calça preta e os sapatos também não tinham nada de especial. Olhando-se no espelho, pensou que estava a um passo de parecer uma freira, não fossem seus cachos ruivos.

Definitivamente solto, pensou. E sem a meia-calça de velha.

Passou uma lâmina nas panturrilhas, colocou uma meia-calça cor da pele, e enfiou um par de sapatos com um salto moderado.

Colocou o suéter nas costas e pegou a bolsa, andando com pressa até as escadas porque Thomas já a esperava. Estava no primeiro degrau quando a voz da sra. Walker a fez parar.

– Vai sair hoje?

A mulher saiu no corredor e examinou o que Callie estava vestindo.

– Sim.

– Com meu filho?

Callie ergueu o queixo. Regra número dois para lidar com perseguição: não mostrar medo.

– Sim.

– Bem. Parece que realmente deixou uma impressão nele. Imagino que esteja satisfeita.

Como se o plano de Callie fosse, desde o início, seduzir o filho dela.

– Se me dá licença, não quero deixar Jack esperando.

Ela se virou e começou a descer as escadas.

– Não se engane, srta. Burke. Meu filho está muito apaixonado pela noiva. Você não tem nenhuma chance.

Regra número três para lidar com perseguição: se precisa corrigir a pessoa, faça com firmeza. Qualquer fraqueza é percebida como uma oportunidade e será imediatamente usada contra você.

Callie olhou por sobre o ombro e falou claramente:

– Não se ofenda, sra. Walker, mas a senhora está presumindo coisas demais sem motivo. Boa noite.

Ela se obrigou a descer as escadas com calma. A última coisa que queria era tropeçar e cair, e suas pernas já estavam moles.

Foi um alívio encontrar Thomas na cozinha usando uma jaqueta de motoqueiro, pronto para sair.

– Você vai gostar do Nico's – ele disse, abrindo a porta dos fundos para ela. – O dono é um amigo meu. Melhor ossobuco de Little Italy.

Esperando lá fora, com o motor ligado, estava o Pontiac GTO que ela vira na entrada antes.

– Carro legal – ela disse, entrando.

– Você tem ótimo gosto.

Vinte minutos depois, após guiá-lo por uma rede de ruas apertadas, ele parou em frente a uma porta vermelha.

– Obrigada pela carona.

Callie saiu e acenou enquanto ele cantava os pneus.

Quando entrou e seus olhos se ajustaram à penumbra, ela viu uma série de mesinhas e uma dúzia de garçons andando pelo ambiente segurando bandejas acima dos ombros. O lugar estava lotado de gente conversando e rindo e havia algum tipo de ópera tocando ao fundo.

Não – era um dos garçons cantando.

– Bem-vinda! – um homem se aproximou sorrindo. – Sou Nico! Venha por aqui, srta. Burke.

– Como você...

– Ele estava certo, é claro. A cor do seu cabelo é mesmo linda.

Perplexa, Callie seguiu o homem, passando na frente de pessoas que obviamente esperavam mesas e procurando Jack na multidão.

Mas ele não estava lá e ela não foi levada a uma mesa. Nico atravessou o restaurante e entrou na cozinha. Lá no fundo, em uma mesa coberta com uma toalha de linho, Jack estava sentado e rindo de algo que um dos cozinheiros dissera.

– O sr. Walker é um velho amigo – Nico explicou com um sorriso. – Sempre preparamos um lugar especial para ele.

Nico tirou o casaco dela bem quando Jack se virou e a avistou. Ele parou de rir e pareceu respirar fundo. Abruptamente, o som na cozinha diminuiu e ela sentiu os olhos da equipe sobre si.

– Vá até ele, sim? – Nico propôs alegremente. – Estava esperando você.

Jack se levantou, a examinando de cima a baixo. Ele usava um terno preto, uma camisa branca impecável e uma gravata vermelha brilhante. Por algum motivo, parecia mais alto do que ela lembrava.

Oh, Deus, pensou Callie. Ela realmente queria ir até ele.

Enquanto andava até a mesa, ouviu os chefs voltarem ao trabalho. *Ainda bem*, pensou. A atenção de Jack já era o bastante.

– Olá.

Ele puxou a cadeira para ela. Estava prestes a se sentar outra vez quando seu rosto se abriu em um sorriso.

– Gray! Você veio!

O alívio em sua voz era óbvio.

Callie olhou a mesa e viu que havia um terceiro lugar arrumado. Era isso, então. Ele ainda queria arranjá-la para o amigo e estava fazendo uma segunda tentativa.

Certo. Bom.

Quando se voltou, certificou-se de que o sorriso estava no lugar.

Bom, pelo menos Gray Bennett era um colírio.

O amigo de Jack era alto e seu cabelo estava ficando grisalho nas têmporas. Seus olhos claros eram perspicazes, o terno listrado e feito sob medida, e a gravata perfeitamente amarrada. Ela podia ver por que ele e Jack eram amigos.

– Jack me falou muito sobre você – disse o homem, oferecendo-lhe a mão.

– Ah, é? – ela não sentiu nada quando eles se tocaram, e ficou um pouco decepcionada.

Mas a noite mal começou, pensou.

Quando foi sentar, tanto Jack como Gray estenderam a mão para afastar a cadeira para ela. Com uma risada sem humor, Jack se afastou e deixou o amigo acomodá-la.

Gray sorriu para Callie ao se sentar.

– Jack me disse que você trabalhou no De Kooning com Micheline. Ela é uma grande amiga minha. Restaurou dois retratos da minha família.

É claro. Era Bennett, da Bennett Trust Company. Da Escola de Indústria Privada Bennett na Universidade de Harvard.

Ela franziu o cenho, pensando que já ouvira falar de Gray Bennett especificamente, mas não no setor financeiro. Onde tinha sido?

– Um pouco de vinho? – perguntou Gray, pegando a garrafa de tinto na mesa.

– Ela só gosta de branco – Jack disse, enchendo a taça dela com Chardonnay que estava esfriando em um balde.

Quando acabaram com os antepastos, Callie estava surpresa com o quão fácil era falar com Gray. Ele estava interessado no que ela tinha a dizer e fazia perguntas sobre seu trabalho e origens, mas não insistia como Jack. E, quando falou sobre si, ela descobriu de onde o conhecia.

Gray Bennett era um grande nome da política. Sendo um consultor especializado em eleições, sabia muito sobre Washington, e ela ficou fascinada por suas histórias escandalosas sobre esse meio, mesmo que ele editasse muitos dos nomes. Quando chegaram as entradas, Callie concluiu que jantar com ele não era uma tarefa tão maçante quanto imaginara.

Era Jack quem a estava deixando desconfortável. Ele era uma fonte constante de movimento, batendo o pé no chão, dobrando e redobrando o guardanapo, rearranjando os talheres. Parecia que mal podia esperar o fim da refeição, e quando um prato de massa foi colocado à sua frente, disse ao garçom para começar a preparar a sobremesa.

Gray sorriu para ela.

– Você tem que desculpar Jack. Ele odeia tempo livre. Qualquer momento perdido é um crime para ele.

Quando os lábios de Jack se contraíram, Gray ergueu uma sobrancelha.

– Quer ir embora? Garanto que Callie e eu ficaremos muito bem sozinhos.

A expressão de Jack sugeria que essa opção era tão atraente quanto ficar. Ele passou uma mão pelo cabelo e pareceu cansado.

– Só me ignore. Estou com muita coisa na cabeça.

Gray a olhou do outro lado da mesa.

– Jack contou que fomos colegas de quarto em Harvard?

Quando ela assentiu, o homem se serviu de mais vinho e se encostou na cadeira.

– E contou como fomos quase expulsos?

– Não, não contei – Jack disse.

– Ah, ótimo. Uma página em branco – Gray esfregou as mãos. – Imagine a cena: logo antes do Natal, perto da meia-noite. Jack, seu irmão Nate e eu decidimos que já tínhamos estudado demais. Saímos da Eliot House, convencidos de que havia mais na vida do que Aristóteles, Homero e seu grupo de pensadores de toga.

– Eu estudava estatística, na verdade.

Gray fez um aceno para ele se calar.

– Fomos parar no estaleiro e decidimos que pôr uns barcos no Charles seria um jeito ótimo de gastar um pouco de energia. Entramos cada um em um barco e decidimos fazer uma corrida entre pontes. Os perdedores teriam que tirar uma peça de roupa depois de cada corrida. O vencedor poderia se gabar e ganharia setenta e quatro dólares e cinquenta e três centavos, que era todo o dinheiro que tínhamos na hora.

– Deus, lembra como a noite estava fria? – Jack interveio.

– Agora, Nate e eu sabíamos contra o que estávamos competindo. Jack foi capitão do time de remo da faculdade. Podia remar mais rápido que qualquer um; talvez ainda possa. Considerando suas habilidades assustadoras, o obrigamos a começar uns vinte metros atrás. Mas você trapaceou, não foi?

– Como se eu precisasse trapacear com dois fracotes – Jack estava ficando mais animado agora, os olhos brilhando. – Acho que não.

– Então começamos a corrida – Gray continuou. – Depois de umas quatro voltas, Jack estava completamente vestido, e Nate e eu estávamos remando sem camisa nem sapatos. Começa a se formar uma plateia numa das pontes, então, naturalmente, começamos a nos exibir. Jack não perdeu uma única corrida, e Nate e eu fazíamos um show de strip cada vez que perdíamos. Estávamos só de cueca quando o acidente aconteceu.

Callie olhou para Jack e viu seu sorriso desaparecer. Gray também ficou mais sério.

– Nate tirou a cueca e estava agitando ela para a plateia quando seu barco virou. Ainda posso vê-lo caindo, inclinado num ângulo muito errado, os braços girando, os olhos arregalados. Bateu a cabeça num remo antes de cair no rio. Antes que eu pudesse me levantar, Jack já tinha tirado a jaqueta e pulado na água. Quão fria estava?

– Uns sete graus. A água ainda não tinha congelado, mas estava quase – Jack disse, levando a taça aos lábios.

– Enfim, Jack arrastou Nate para a margem. A polícia, alertada pelo barulho da plateia, apareceu bem quando eles tinham desabado no chão, ao lado da ponte. Os dois foram levados com as luzes da viatura piscando. Foi muito emocionante.

– Pelo menos nos deram cobertores.

Gray olhou pensativo para o amigo.

– Nunca vi ninguém se mover tão rápido na vida.

– Era meu irmão naquele rio.

Os dois caíram em silêncio.

– Vocês tiveram muita sorte – Callie disse, imaginando o que poderia ter resultado de um mergulho naquele tipo de água. – Mas o que aconteceu com você, Gray?

– Nada – ele abriu um sorriso largo. – Não sou idiota. Assim que vi que Nate estava bem, me escondi com o barco embaixo da ponte até o furor diminuir. Depois levei o barco de volta no estaleiro escondido. Nunca fui pego.

Jack sorriu.

– Não é típico de um consultor político?

– Ei, eu paguei sua fiança!

– É, pagou. Meu pai não tinha nenhum interesse em cuidar disso. Depois me disse que preferia que eu tivesse passado a semana na prisão – Jack olhou para Callie. – Felizmente, as acusações de ato obsceno e uso indevido de propriedade foram retiradas depois, mas só porque o pai de um dos meus colegas de time era juiz. Harvard nos colocou em liberdade condicional.

– Fomos heróis naquele semestre – Gray disse, rindo.

Quando o jantar terminou e os pratos estavam sendo tirados, Gray começou a falar sobre sua casa de férias nas montanhas Adirondack.

– Está na família há gerações. Jack passou bastante tempo lá, mas Blair ainda não a conhece, não é? – ele se recostou enquanto uma xícara de cappuccino era posta à sua frente. – Vocês dois têm que subir lá para umas férias de verdade. Fiquem por uma semana.

Callie desviou o olhar enquanto Jack dava alguma resposta descomprometida. Gray pressionou:

– Sabe, acho que ela gostaria de lá. Me parece que Blair ficaria tão confortável em botas de escalada quanto num vestido de festa.

A resposta de Jack foi baixa, algo como uma concordância.

– Callie, já conheceu a noiva dele? – Gray perguntou.

O coração dela parou e podia sentir os olhos de Jack queimando do outro lado da mesa. Ela se obrigou a sorrir.

– Ainda não tive o prazer.

– Vai adorá-la. É uma mulher extraordinária. E uma ótima companheira para Jack, considerando no que ele vai se meter agora.

Quando Gray levantou uma sobrancelha em dúvida, Jack limpou a garganta.

– Não mencionei nada, mas podemos falar na frente dela.

Callie teria preferido que ninguém falasse mais nada.

– Há grandes chances – Gray disse – de que nosso amigo aqui concorra a governador do nosso belo estado ano que vem!

Callie olhou para Jack. Ambições políticas. Que apropriado, considerando o histórico da sua família.

Tentou imaginá-lo liderando o estado e podia ver com clareza. Jack era carismático, inteligente, convincente. E provavelmente não pararia ali. Conhecendo-o, ele ambicionaria a Casa Branca.

Jack indicou o amigo.

– Estou formando minha equipe agora. Gray vai ser indispensável, não vai?

– E você vai precisar de toda a ajuda que conseguir. Vai ser uma briga feia, considerando seu concorrente.

– Quem vai enfrentar? – Callie perguntou.

– Bill Callahan. Melhor conhecido como Butch Callahan – disse Jack. – Gosta de jogar sujo, mas, felizmente, eu também gosto. Adorarei tentar derrotá-lo.

Ela se lembrou dele no escritório, o telefone no ouvido, parecendo que atravessaria os fios e pularia na garganta de alguém. E então se lembrou dele engatinhando no teto na garagem, determinado a consertar o som mesmo se levasse a noite toda. Era o tipo de homem que confrontava qualquer coisa e perseverava até conseguir o que queria. Quem quer que estivesse contra ele precisava tomar cuidado.

Gray balançou a cabeça.

– Como eu disse antes, vai ter que se preparar para ter muita lama jogada na cara. Butch e os amigos vão falar de tudo, especialmente do seu, ahn, passado.

Jack franziu o cenho enquanto o amigo olhava para Callie.

– Mas, felizmente, os dias selvagens de Jack estão para trás. Acabaram as farras com mulheres e Blair é um recurso ótimo. Fotogênica pra caramba, com um passado limpinho. Também é uma ótima pessoa, que é a parte mais importante.

– Que tal sobremesa? – Jack perguntou.

Que tal sair daqui agora, pensou Callie.

Enquanto Jack chamava o garçom, ela não tinha ideia de como se manteria sentada por mais um momento. Foi um alívio quando, enfim, terminaram de comer e Jack, que insistiu em pagar, os deixou e foi falar com Nico.

Gray a examinou calmamente e sorriu.

– Estarei na cidade pelas próximas semanas. Gostaria de sair novamente?

Ela hesitou, mas então Jack voltou à mesa.

– Sim.

– Sim o quê? – Jack perguntou.

Antes que Gray pudesse dizer qualquer coisa, ela se levantou.

– Foi um prazer conhecê-lo.

O que era parcialmente verdade. Sob circunstâncias diferentes, ela teria apreciado Gray. Ele era charmoso e engraçado, embora pudesse muito bem ser um ogro, considerando o quão pouco ela se sentia atraída por ele.

Não, sortuda que era, Callie reservava sua atração para os homens inatingíveis.

Depois de agradecer os chefs e Nico, ela e Gray esperaram lá fora enquanto Jack foi pegar o carro.

– Então, o que acha de trabalhar para Jack? – Gray perguntou.

– Amo a pintura – era o máximo de verdade que ela podia dizer no momento.

– É uma obra-prima. Quando faliu e a vendeu, Jack ficou irado. Na época, ele tinha acabado a faculdade e estava começando a trabalhar na J. P. Morgan em Nova York. Trabalhava dia e noite, mas não tinha dinheiro suficiente para cobrir o preço. Esperou anos para recuperar aquele retrato.

Callie olhou para Gray com surpresa. Falência e o nome Walker eram duas coisas que nunca achou que veria relacionadas.

– Como o sr. Walker entrou em... ahn, o que o sr. Walker fazia da vida?

– Não muito. E não digo isso de modo pejorativo – Gray esfregou o queixo e deu de ombros. – Bom, talvez diga, sim. O homem era um filantropo. Doava dinheiro para caridade e universidades como se fosse sua profissão. Ele fundou a Cadeira Walker em História da Arte na Universidade de Nova York. Você estudou lá, né? Deve ter ouvido sobre isso.

– Sim – ela limpou a garganta. – Se o sr. Walker perdeu todo seu dinheiro, como pagou por...

Ela não continuou. Não conseguia acreditar que quase tinha feito uma questão tão intrometida.

– Jack. Jack pagou por tudo. Ainda paga.

– O sr. Walker deve ter ficado agradecido – apesar de tudo que Jack dizia sobre o relacionamento deles.

– Nem um pouco. Ele achava que Jack era um réprobo ganancioso, o que era muito irônico. Se o filho não fosse tão bom nos negócios, teria passado seus últimos anos em um lugar muito mais modesto que Buona Fortuna – Gray lhe deu um olhar significativo. – O pai de Jack era um filho da puta, pra falar a verdade, e alcoólatra. Acho que poucas pessoas de fora da família sabiam como a situação era ruim. Em público, era um cavalheiro perfeito. Guardava a feiura para os mais próximos.

– Que horror!

– É. Gosto de pensar que Jack se saiu bem *apesar* do pai, não *graças* a ele. Embora me preocupe.

Ela esperou que ele se explicasse.

– Com o quê? – perguntou depois de um momento.

Gray cruzou os braços sobre o peito, o olhar perdido através dos transeuntes que passavam por eles.

– Ele está sob muita pressão. O Fundo Walker emprega várias centenas de pessoas, e sei que Jack se sente pessoalmente responsável por cada uma. Se concorrer mesmo às eleições, alguém terá que tomar seu lugar, e ninguém jamais terá o mesmo comprometimento. E se ganhar, vai ter que pensar seriamente sobre o futuro dos seus negócios – Gray franziu o cenho. – Tem a eleição em si, ainda por cima. Ele acha que está preparado, mas não sei se entende realmente como a coisa pode ficar feia. Jack é um homem extraordinário, mas todo mundo tem seus limites e o estresse faz coisas estranhas com as pessoas.

Houve uma pausa.

Gray a olhou, sorrindo lentamente. Seus olhos se animaram.

– Mas já falamos demais sobre Jack.

Callie ficou aliviada ao ouvir o ronco do Aston Martin virando a esquina.

– Foi um prazer conhecê-lo – ela disse.

– O prazer foi meu, acredite. Ligo para você na casa de Jack.

Com uma pequena reverência, Gray abriu a porta do carro e ofereceu a mão para ajudá-la a entrar.

– Quer uma carona? – Jack perguntou, se inclinando sobre o assento de Callie para encontrar os olhos do amigo.

Callie se encolheu, tentando evitar contato com ele, e viu a boca de Jack se contrair.

– Obrigado, mas não acho que vou caber nesse banco traseiro. Além disso, do jeito como você dirige, é mais seguro percorrer becos escuros a pé! – Gray fechou a porta com um sorriso e andou na direção oposta.

Jack deu partida no carro e eles não tinham percorrido dois metros quando perguntou:

– Então, o que achou de Gray?

– Acho que vocês dois foram separados ao nascer – ela disse, olhando para fora da janela.

Na calçada, as pessoas caminhavam no frio, entrando e saindo de restaurantes. Um casal atraiu a atenção de Callie, um homem e uma mulher caminhando próximos. Ele olhava para a frente, ela inclinava a cabeça na direção dele, e ambos tinham sorrisos largos. *São jovens*, ela pensou. Vinte e poucos anos. Tão próximos da idade dela.

– Mas, sobre ele – Jack insistiu. – Alguma conexão?

A mulher na calçada deu um empurrãozinho no cara, o desequilibrando, e ele passou um braço ao redor dela, a trazendo para perto. Quando o Aston Martin virou a esquina, Callie perdeu o casal de vista.

– Callie?

Ela balançou a cabeça.

– Desculpe, estava pensando em outra coisa.

– Em quê?

Sonhos, ela pensou. *Os meus e os dos outros.*

– Nada. Gray é simpático. Muito inteligente. Bonito.

Jack lhe deu um olhar ríspido.

Quando se focou na rua outra vez, ele murmurou:

– Concordo que seja bonito. Mas saiba que a cicatriz do apêndice dele é assustadora.

Quando eles entraram em um tipo de estrada, ela não tinha ideia de onde estavam e ficou feliz com o trânsito leve. Encostou-se contra o macio apoio de cabeça e torceu para que voltassem para Wellesley sãos e salvos.

Blair. A noiva dele se chamava Blair.

Que adequado. Que elegante.

Mas o que ela esperava? Que ele casasse com uma Irma? Uma Gertrude?

Enquanto visões de uma socialite alta e bem vestida com dicção perfeita e uma raiz genealógica impecável passavam por sua mente, Callie fechou os olhos e rezou por uma distração.

E pensou que talvez encontrasse uma em Gray Bennett.

Enquanto os levava para casa, Jack sentia-se pouco satisfeito com o óbvio sucesso da noite.

Então ela achava Gray bonito.

Aquele maldito.

Ele queria se chutar por colocá-los juntos. Agora que seu plano de arranjá-la com alguém podia estar funcionando, Jack odiava que ela achasse outro homem bonito. Inteligente. E o que mais? Simpático.

Simpático. Que merda isso significa?

Jack a olhou. Ela estava com a cabeça inclinada contra o assento e parecia observar a rua. Luzes nas calçadas e faróis de carros passavam sobre seu rosto.

– Callie?

Ela virou a cabeça.

– Você vai sair com ele?

Ela deu de ombros e se virou.

Ele tentou adivinhar a resposta nas linhas do seu rosto.

– Jack! Preste atenção!

Ele virou a cabeça com tudo e girou a direção, bem em tempo de desviar de um carro quebrado no acostamento.

– Meu Deus! – ele respirou quando parou de cantar os pneus. – Foi perto!

Callie apertava o peito com a mão.

– Tem que aprender a ir mais devagar!

– Eu sei.

E provavelmente deveria parar de fazer planos brilhantes, também.

Ficaram em silêncio até que ele entrou na garagem de Buona Fortuna e desligou o carro.

– Obrigada pelo jantar – ela disse, abrindo a porta.

– Então, você vai?

Callie saiu e colocou a cabeça dentro do carro. Uma cortina longa e grossa de cabelo ruivo caiu para a frente e balançou no ar. Jack queria passar os dedos por ela, puxar Callie para sua boca e beijá-la até que ela não achasse que seu amigo era tão inteligente ou simpático ou bonito.

– Quer dizer, se vou sair com Gray? – quando ele assentiu, ela disse: – Sim, vou.

E então fechou a porta na cara dele.

Jack pulou para fora do carro e a alcançou em três passos largos. Ela estava andando rápido, os saltos altos batendo no chão.

– Quando? – perguntou.

– Não sei.

– Vai ligar pra ele?

– Ele vai me ligar.

– Aonde vocês vão?

Ela o olhou irritada.

– Qual é a do interrogatório?

– Você gosta mesmo dele?

Callie parou e pôs as mãos nos quadris.

– Não. Achei que é um imbecil completo, e por isso decidi vê-lo outra vez. Mais alguma coisa que deseja saber?

Você se sente atraída por ele? Jack pensou. *Vai deixar que ele lhe beije? Vai fazer amor com ele?*

Seu estômago se revirou. A ideia de Callie ficar com seu amigo, com qualquer outro homem, fazia Jack se sentir como se uma bigorna o tivesse atingido em cheio.

E se Callie se apaixonasse por Gray? O homem tinha jeito com as mulheres. E sua série de sucessos era quase tão lendária quanto a de Jack. Assim como suas infidelidades.

Meu Deus, talvez ele devesse ter arranjado outra pessoa para Callie. Como Charlie Feldman, seu contador, que era praticamente um eunuco.

– Só tenha cuidado – Jack disse, pensando que mataria Gray se ele a machucasse.

Callie inclinou a cabeça e estreitou os olhos.

– Você é louco, sabia? Me arranja com um dos seus amigos e então diz pra eu ter cuidado? Se ele é tão canalha, por que nos apresentou?

– Não quero que você se machuque. Gray já machucou mulheres antes.

– E você sabe tudo sobre machucar mulheres – ela murmurou, retomando o passo.

Jack xingou, desejando ter uma réplica, e rapidamente percorreu a distância entre eles.

– Se sente melhor agora? Depois da indireta?

– Não muito, na verdade. Odeio me lembrar do que você é tanto quanto você. E no momento gostaria que nunca tivesse me apresentado a Gray.

Engraçado, ele sentia o mesmo.

Jack cerrou os dentes.

– O que é tão ofensivo em eu tentar arranjar um encontro pra você?

Tirando o fato de que ele talvez tivesse de assistir o começo de um romance entre a mulher que desejava e seu melhor amigo. Ah, que alegria.

– O que você fez não é o problema. O problema é como está agindo agora.

– Acha que dar conselhos é errado?

Ela parou outra vez e o encarou.

– Acho que você está sendo possessivo, não prestativo.

E era exatamente o que ele estava fazendo.

– E me faz pensar – ela continuou – onde está com a cabeça. Você tem alguém na sua vida. Por que se importa com o que eu faço ou não faço com Gray Bennett?

Porque estou claramente louco, Jack pensou.

– Isso não tem nada a ver comigo – ele disse.

– Aí é que está errado – ela enfiou um dedo no peito dele. – Tem tudo a ver com você. Você tem um problema sério com esse seu noivado, se está agindo com ciúmes de outra mulher.

Ela andou com rapidez até a casa e abriu com força a porta dos fundos. Ele a seguiu de perto e os dois entraram na cozinha.

– Dá pra esperar um minuto? – ele perguntou.

– Vou dormir. Obrigada por uma noite muito estranha, Jack.

– Callie, pelo amor de Deus...

Ela se virou, os olhos brilhando de raiva, e o interrompeu.

– Chega. Agora eu não aguento mais. Amanhã, quem sabe? Talvez você convença outro homem e tente nos arranjar um encontro e a gente possa fazer essa dança estúpida outra vez. Pelo menos já teremos praticado os passos.

– Amanhã vou para Nova York.

Ela ficou em silêncio.

– Ver Blair?

Ele assentiu lentamente.

Ela levantou o queixo.

– Bom, divirta-se. Tenho certeza de que vocês dois têm muitas novidades a discutir, embora me pergunte se alguma delas será sobre mim – ela deu uma risada sombria. – Deus, não acredito que isso está acontecendo. Sou o segredinho sujo de uma pessoa outra vez!

Jack franziu a testa.

– Outra vez?

A mão dela cortou o ar e o interrompeu.

– Não importa. Não é problema seu. Assim como o que quer que aconteça entre Gray e eu não é problema seu.

Ela deixou a cozinha, os cachos ruivos balançando de um lado para o outro enquanto se afastava apressada.

Capítulo 13

Sentindo-se absolutamente horrível, Jack entrou no escritório, se serviu de um pouco de bourbon e sentou.

A noite tinha ido bem. Callie estava irritada e ele, bebendo sozinho.

Se continuasse gerindo sua vida desse jeito, não serviria nem para vender *donuts*, muito menos dirigir um estado.

Ele virou a cadeira para olhar pela janela, estendeu as pernas e observou o luar através das árvores. Os galhos balançavam no vento suave, projetando sombras no jardim, mas a paz da cena não aliviou seu estado de espírito.

Callie tinha razão. Ele estava com ciúmes sem direito nenhum.

E o pior era que, independente de seu relacionamento com Blair, e apesar da sua tentativa imbecil de colocar uma barreira arbitrária entre eles, ainda estava correndo atrás de Callie. E não achava que conseguiria parar até tê-la.

– Merda – ele murmurou, apoiando o bourbon na perna e deixando a cabeça cair para trás. Encarou o teto ornado até o querubim e as nuvens ficarem embaçados.

Ele planejara ir a Nova York para confessar a Blair o que acontecera e reestabelecer seu compromisso com ela. Com o futuro deles.

Porém, depois daquela noite, sabia que não poderia. Não depois do jantar com Callie e Gray. Vê-la sorrir para o amigo fora uma tortura e Jack tivera que se controlar a noite toda para não competir pela atenção da mulher. A cada coisa engraçada que Gray dizia, a cada gesto cavalheiresco que fazia, Jack quisera interrompê-lo.

Callie estava certa. Ele estava sendo extremamente possessivo.

E ele precisava encarar a verdade. Callie não era só mais uma conquista. Para ele, era muito mais que isso. Primeiro, pensava nela bastante, e não só sexualmente. Lembrava-se de algo que ela dissera e que lhe parecera inteligente ou engraçado e ficava refletindo sobre aquilo, lembrando-se da expressão dela ao falar. Ou lia ou ouvia algo e queria compartilhar com ela, só para saber o que achava daquilo. E sorria simplesmente por estar preso no trânsito, tentando chegar em casa para jantar com ela.

Mas o sinal mais revelador estava ao sul da cabeça e ao norte dos quadris. Recentemente, Jack vinha sentindo uma sensação estranha no peito sempre que pensava em Callie e aquele peso curioso era algo que nunca experimentara antes. Suspeitou que aquilo significava que ele estava se tornando emocionalmente envolvido de alguma forma.

"Amarrado" seria uma palavra melhor.

Ele estava se enganando se achava que poderia forçar aqueles sentimentos a desaparecer e continuar com a vida. Poderia manter o noivado com Blair, caso tivesse apenas se distraído com outra mulher. Mas Callie não era uma distração.

Longe disso.

Na verdade, para um homem com um passado como o dele, ela não era nada menos do que uma revelação. A prova definitiva de que mesmo o filho da puta mais apático e cínico podia encontrar o...

Jack balançou a cabeça, não acreditando que realmente pensara na palavra "amor".

Ele virou o bourbon e discou o número da suíte de Blair no Cosgrove. Quando caiu na secretária eletrônica, ele deixou uma mensagem dizendo que estaria em Nova York pela manhã e que precisava vê-la imediatamente. Em seguida, ligou para Gray.

O amigo atendeu no segundo toque.

– Tem que ser você, Jack.

– Como sabia?

– Porque imaginei que ligaria para saber detalhes. Sim, acho ela linda. Sim, perguntei se queria sair comigo. E sim, a tratarei bem. Mais alguma coisa?

Merda.

– Tem certeza de que gosta dela?

– Claro. O que tem pra não gostar? – houve uma pausa. – Algum problema? Achei que tinha sido ideia sua nos apresentar.

Sim, ele tinha um problema com aquilo, mas Callie acabara de anunciar que sairia com Gray. Que direito Jack tinha de dizer quem ela podia namorar? Mesmo que fosse romper o noivado, ele tinha certeza de que Callie não apreciaria que ele lhe afastasse de outros homens.

– Não, não tem problema – Jack tomou um longo gole. – Quais seriam as repercussões se eu concorresse solteiro?

Houve uma pausa, como se a pergunta tivesse surpreendido Gray.

– Não acho que seria necessariamente um problema. Ter uma família é uma vantagem, é claro, em especial considerando os escândalos em que você esteve envolvido. Os eleitores gostam de candidatos com esposa e filhos; é toda aquela ilusão de estabilidade. E ter uma família também dá maior credibilidade em relação a assuntos como educação e saúde. Mas nada disso importa porque você tem Blair – outra pausa. – Certo?

– Ligo pra você amanhã.

– O que está acontecendo, Jack?

– Amanhã.

Ele desligou.

Imaginou dizer para Callie que tinha sentimentos por ela quando voltasse de Nova York. Será que ela lhe daria uma chance, caso ele se explicasse? Não era uma certeza; seu passado e seu presente falavam muito bem por si mesmos. Depois de como se comportara, Jack não estava certo de que ela ouviria qualquer coisa que tivesse a dizer.

Além disso, ela iria sair com Gray.

Jack pegou o copo e uma sensação de desconforto se assentou em seus ossos. Perguntou-se o que tinha a oferecer a alguém como ela, afinal. Todas as mulheres com quem já ficara tinham se contentado com joias e roupas e viagens e festas, coisas que ele podia fornecer em abundância. Mas Callie não se importaria com nada daquilo.

Mas, tirando essas coisas, o que sobrava? Apenas ele. Um homem governado por suas ambições. Alguém que trabalhara até cair, noite após noite, durante a última década, sem diminuir o passo. Um homem que demonstrara total falta de consideração pelos sentimentos das mulheres desde os vinte até os trinta e poucos anos e que agora rompia seu noivado de três semanas.

Que ótimos atrativos.

Jack ficou imóvel.

Era muito provável que Callie não o escolhesse. Talvez Gray ou qualquer outro homem, mesmo ela tendo gostado do seu beijo. E quem a culparia? Jack tinha todo o sucesso e sofisticação do mundo, mas isso não era suficiente para ela. Porque ela queria mais de um homem do que uma carteira gorda e um nome antigo. E, na verdade, ela *merecia* mais.

Raiva contra si mesmo o atingiu em uma onda negra, trazendo bílis até sua boca.

Jack apertou o copo que segurava. Olhando a parede em frente à mesa, se ergueu e jogou-o com o máximo de força. O copo quebrou no impacto, bebida e cacos de vidro voando em todas as direções.

Passando uma mão pelo cabelo, apenas um pouco aliviado, ele desabou de novo na cadeira.

Na manhã seguinte, Callie estava sentada no assento ao lado da janela em seu quarto, olhando pelas janelas límpidas ao lado do vidro manchado, quando uma limusine passou pela entrada e parou sob o pórtico. Do outro lado do corredor, a porta de Jack se abriu e fechou; então passos ritmados soaram e gradualmente desapareceram. Instantes depois, a limusine acelerou para longe da casa como se não houvesse um segundo a desperdiçar.

Ela fechou os olhos e encostou a testa contra o vidro.

Quando era mais jovem, passava muito tempo sozinha, pois era filha única e tinha uma vida familiar estranha. A tendência à solidão só continuou, ao longo do Ensino Médio e da universidade. E depois da turbulência da morte de sua mãe, Callie gostara da paz e facilidade da própria companhia enquanto se reajustava a uma vida que não era apenas sofrimento.

Mas solidão não era o mesmo que ser abandonada.

Ela tentou imaginar como Blair reagiria ao saber que Jack beijara outra mulher. Claro que ele diria que não tinha significado nada, que fora um erro, que nunca aconteceria outra vez. De que outro modo ele poderia se explicar? Será que a mulher choraria e o expulsaria? Ou teria gelo nas veias, como a mãe dele?

Parte dela queria culpar Jack e ficar com raiva dele por colocá-los em uma situação tão ruim. Mas não podia ignorar o próprio papel na farsa. Na penúltima noite, na cozinha, ele tentara não a beijar. Fora ela quem o havia puxado para sua boca, então não era bem uma vítima inocente. Era cúmplice naquilo, e a ideia de que tinha estragado o relacionamento de outra pessoa a enojava. Parecia vazia aquela velha história de que, para haver infidelidade, deveria haver algo inerentemente errado entre o casal.

Havia poucas coisas de que Callie de fato se arrependia. Mas, sentada na luz clara da manhã, cercada por coisas que a lembravam de Jack, ela desejou nunca o ter conhecido. Poderia muito bem ter continuado a vida, perfeitamente feliz em seu casulo de isolamento.

Em vez disso, estava dividida.

Enquanto continuava a pensar sobre ele, todo tipo de cena veio à sua mente, nenhuma fácil de aguentar. Quando já lhe parecia que estava sentada ali desde sempre, verificou o relógio. Só meia hora havia passado.

Como ela sobreviveria àquele dia? Ou pior, à noite? Embora se odiasse por isso, sabia que só estava matando tempo até que Jack voltasse. E, assim como a distinção entre estar sozinha e ser abandonada, também era grande a diferença entre entender que ele tinha outra mulher e saber que estava com ela naquele momento.

Callie pensou em todas as vezes que viu a mãe esperar uma visita que era cancelada. Todas aquelas noites passadas ao lado de um telefone que nunca tocava. Todas aquelas traições, grandes e pequenas, que decorriam do fato de ela ser a segunda opção. Sua mãe vivera uma meia vida enquanto se segurava a um homem que nunca fora realmente dela. Depois de tantos anos vendo os efeitos daquele relacionamento, Callie achava que teria aprendido com um exemplo tão ruim e que nunca se colocaria em posição semelhante.

Ela fechou os olhos e encostou a bochecha contra o vidro, arrebatada por uma memória da infância.

Era seu aniversário de nove anos. Sua mãe preparara um bolo com cobertura de chocolate e lhe disse para arrumar a pequena mesa de fórmica com três lugares. Callie sabia o que aquilo significava e mal conseguira conter a animação.

Ele viria. Desta vez, seu pai realmente viria.

Em uma inversão de papéis, a mãe a ajudara a escolher um vestido e elas passaram um tempo enrolando o cabelo dela e o prendendo com laços. O humor da mãe estivera mais leve naquele dia e Callie aproveitara o momento, ciente de que não duraria.

Os bons momentos raramente duravam.

Elas estavam na sala, sua mãe folheando uma revista velha sem parar, Callie forçada a brincar com seus bichos de pelúcia na cadeira em vez do chão, por causa do vestido, quando o telefone tocou. Ela parou de brincar quando a mãe atendeu e disse algumas palavras curtas. O sorriso congelado que deu para Callie significava que os planos tinham mudado e que sua mãe estava tentando ser boa e não gritar na frente dela.

A mãe tinha recuado para o quarto, arrastando o telefone, e rapidamente se fechado lá. Enquanto palavras abafadas e iradas escapavam pela porta, Callie fora à cozinha, até o lugar extra na mesa. Pegou o guardanapo que havia dobrado com tanto cuidado, a faca de aço inoxidável e o garfo e a colher desemparelhados, e os guardou. Não conseguia alcançar o armário para guardar o prato dele, então o escondeu sob a pia.

Sua mãe tinha emergido algum tempo depois, os olhos vermelhos e o rosto inchado. O bolo foi tirado da geladeira, as velas acesas e apagadas e os presentes abertos, mas não foi uma festa.

Callie tinha ido dormir cedo e foi acordada quando a porta do quarto foi aberta. A luz do corredor tinha caído sobre os cobertores e a mãe estava de pé, sua figura magra uma silhueta escura. A primeira coisa que Callie notara fora o cabelo dela, que tinha sido arrumado em um coque elaborado durante a noite e agora estava desarrumado. Fios caíam ao redor da cabeça como um halo ou uma coroa bagunçada.

– Levante-se, Callie – a voz da mãe tremeu com urgência.

– O que aconteceu?

– Temos que sair – a mãe fora até a cômoda e começara a puxar casacos e calças, jogando-os em desordem no chão. – Venha, rápido. Vista alguma coisa.

Callie sabia que era melhor não fazer mais perguntas. Quando a mãe ficava daquele jeito, a coisa mais fácil era fazer o que ela mandava. E, naquela noite, a raiva no ar estivera tão ruim quanto ela se lembrava.

Na rua, no vento gélido de janeiro, a mãe chamara um táxi. Quando se apertaram lá dentro, ela dissera um endereço que Callie não reconheceu. Durante a viagem de dez minutos, o táxi tinha avançado e parado nos semáforos e ela quisera estar de volta em casa. Ficava pensando sobre sua cama quente para se distrair do cheiro do táxi e de como a mãe murmurava para si mesma.

O táxi tinha parado em frente a uma enorme casa em um bairro muito melhor que o delas. Naquela parte da cidade, não havia lixo nas sarjetas e todas as casas estavam enfeitadas para as festas. Cada porta de entrada tinha uma coroa bonita com um laço de veludo, e árvores de Natal brilhavam atrás de janelas largas e limpas.

A mãe a tinha pegado pela mão e subido as escadas da casa. Quando chegaram à porta lustrosa, ela apertou a aldrava e Callie torceu para que não a quebrasse. Era uma cabeça de leão dourada com um anel atravessado no nariz, mais majestosa que assustadora.

Sua mãe erguera o anel e Callie se preparou para a batida. Mas a mãe tinha parado. Apenas ficara lá em pé, congelada, uma mão na aldrava de bronze, a outra apertando o braço de Callie.

Quando o aperto interrompeu sua circulação, Callie soltara um queixume.

– Mamãe, está me machucando.

A mãe olhara para baixo e piscara, como que se perguntando o que Callie estava fazendo ali. Então a porta se abriu, arrancando da mão dela a aldrava, que caiu com uma batida forte.

Do outro lado havia um casal como os que Callie via no jornal ou na TV. A mulher usava um casaco de pele longo e escuro e o homem, um terno e um cachecol branco ao redor do pescoço.

Eles tinham parecido tão surpresos quanto sua mãe.

– Boa noite – o homem dissera, se dobrando levemente na cintura. Ele abrira a porta e o calor e a luz de dentro tinham escapado. Enquanto a esposa saía na entrada, ele pacientemente segurava a porta aberta. – Madame?

– Não vamos... – a mãe tinha hesitado. – Não vamos entrar.

O homem franzira o cenho e então a mulher o impelira, puxando-o pelo braço. Antes que a porta fechasse, Callie tivera um rápido vislumbre de algumas das pessoas lá dentro. Todas pareciam tão bonitas. Como bonecos em um bolo de casamento.

Enquanto a mãe olhava para o nada, Callie vira o casal passar por duas casas e então desaparecer dentro de outra mansão chique com uma guirlanda bonita. Ela teria gostado de explorar o bairro, mas o vento gélido penetrava pelo casaco e ela começara a tremer. Perguntava-se por que a mãe não estava com frio. Nem colocara um casaco sobre o vestido.

– Mamãe? Podemos ir pra casa agora?

– Sim.

Sua mãe começara a percorrer a rua, todo o tempo olhando através das grandes janelas da mansão. Antes de segui-la, Callie tinha ficado na ponta dos pés, tentando descobrir o que a fascinara tanto.

E então vira seu pai.

– É o papai! – ela pulara de animação. – Vamos ver o papai!

Sua mãe a tinha silenciado.

– Venha.

– Quero ver o papai!

A mãe tinha subido as escadas correndo e a apanhado. A voz de Callie se erguera em um lamento:

– Mas por que não podemos ver o papai?

De repente, a mãe se agachou no nível dela.

– Eu disse não! – ela disparou, agarrando os ombros de Callie e a sacudindo. – Não vamos entrar lá. Não entende? Ele teve uma chance de vê-la hoje, e a desperdiçou!

Callie tinha rompido em lágrimas.

– Então por que viemos aqui? – ela soluçara.

A mãe imediatamente parou. Com um gemido triste, apertara Callie contra o peito.

– Sinto muito, querida. Sinto muito mesmo.

Com um susto, Callie voltou ao presente. Seu pai nunca a visitara em seu aniversário. Teve vinte e sete chances, e não apareceu uma única vez.

Ela suspirou e tirou o cabelo do rosto.

Deus, ela odiava se lembrar do passado. Isso causava sensações horríveis em seu peito, como se ela estivesse respirando com um pano enfiado na garganta.

Pulando do assento da janela, se vestiu e foi ao ateliê. Quando chegou à garagem, decidiu colocar uma música e trabalhar nos documentos. Investigou a coleção de CDs e decidiu que Norah Jones não seria uma boa escolha, se não quisesse chorar o dia inteiro. Quando o som de uma banda de swing começou a sair do teto, Callie sentou à frente da caixa que tinha levado ao sofá.

Ela começara a separar os papéis cronologicamente, e era uma coleção fascinante. Recibos manuscritos de mercadorias do século XIX. O contrato de compra de 1871, do terreno sobre o qual Buona Fortuna se erguia hoje. Um diploma de Harvard com o nome Phillip Constantine Walker e o ano 1811. Um pedaço de papel com uma assinatura Walker rabiscada.

Enfiando a mão cegamente na caixa, puxou uma pilha de papéis e os colocou no colo. O primeiro era o começo do inventário de uma casa e ela sorriu enquanto lia a lista de roupas de cama, cômodas e afins. As avaliações eram incríveis: vinte dólares por uma escrivaninha de mogno e dez centavos por um cobertor. Considerando a caligrafia e o tipo de papel, que era similar a outros que vira, imaginou que o documento provavelmente remetia ao final do século XIX e era um registro de Buona Fortuna. Ela torceu para encontrar o resto do documento.

Cinco outras páginas de inventário se seguiram, uma sobre artigos de cozinha.

A próxima folha foi uma surpresa. Era mais antiga e a letra era difícil de ler, as palavras inclinadas e a tinta esvanecida quase impossíveis de decifrar. Ela estreitou os olhos e leu a página.

Enquanto esperava, não vendo sua face se aproximando da minha janela, mas apenas sombras, eu pensei sobre o amor e expus memórias de grandes perdas. Para forjar a independência, me ofereço à guerra à nossa frente, mas não posso fazer esse sacrifício sem você. Esperei em vão e devo agora ir para o norte, para Concord, com meus homens. Não se preocupe. Nosso segredo está a salvo. Seu general jamais ficará sabendo. Não por mim.

N.W.

Callie releu a carta e olhou para a pintura, surpresa.

Poderia ser o primeiro Nathaniel? Escrevendo a caminho da batalha de Concord?

Ou ela estava mais uma vez vendo cascos e pensando em zebras?

Ela pôs a carta de lado e examinou rapidamente o resto dos papéis, dando uma olhada nas folhas sem se incomodar em separá-las. Colocou a mão na caixa várias vezes, mas, duas horas depois, atingiu o fundo sem encontrar a primeira página da carta.

– Droga.

Sua mente revolveu o conteúdo do fragmento outra vez. Seu conhecimento de história americana era mediano. Claro que sabia quem fora Nathaniel Walker e se lembrava um pouco da batalha de Concord. Mas quem era o grande general que ele acompanhara na batalha?

Grace, ela pensou. Grace saberia.

Callie voltou para a casa, determinada a pegar seu livro de endereços no quarto. Quando entrou na cozinha, encontrou Elsie, que falava com Thomas, claramente angustiada.

– O que aconteceu? – Callie perguntou.

Os olhos de Elsie se voltaram para Thomas, que estava de pé em frente à pia, enxaguando espinafre.

O homem deu de ombros, resignado.

– O sr. Walker morreu exatamente cinco anos atrás. A patroa sempre acha esse dia difícil.

Callie ficou surpresa. Era um pouco difícil imaginar a mãe de Jack em luto por qualquer coisa.

Thomas se virou para Elsie.

– Tente Côte Basque. Diga a Billy que eu a enviei. Ele me deve uma e vai arranjar um lugar para ela. Então ligue para a mãe de Curt Thorndyke, Fiona. As duas vão lembrar os velhos tempos e ela vai ficar contente.

Elsie respirou fundo.

– Certo.

– E não leve o que ela disse pro lado pessoal. Sabe como ela é.

– Sim, eu sei. Mas, sinceramente, quando ela fica desse jeito, não me importo.

Depois que a mulher saiu, Thomas disse:

– Estava prestes a levar um recado para você. Gray Bennett ligou. O número dele está naquele bloquinho.

– Ah, obrigada. Ouvi o telefone tocando na garagem, mas não sabia se podia atender.

Ela arrancou a folha, pensando que aquela noite seria ideal para sair com Gray. Qualquer coisa para tirar Jack da cabeça.

Ela estava saindo quando se lembrou do que Gray dissera sobre Nathaniel VI.

– Sei que não é assunto meu, mas como ele era? O sr. Walker, quero dizer.

Thomas desligou a torneira e apoiou o quadril contra o balcão.

– Ele ajudou muitas pessoas. E amava a sra. Walker. Costumava dizer que ela era a melhor criação dele – houve uma pausa e Callie não sabia dizer se ele estava tentando evocar o passado ou escolher as palavras com cuidado. – Era um homem bonito. Um bom atleta. Morreu de repente. Acordou uma manhã, sentindo-se bem. Vinte minutos depois, foi encontrado morto no chuveiro. Um aneurisma cerebral. Simplesmente morreu.

Embora o tom fosse casual, o homem abanava a cabeça, como se lamentasse a perda.

– Ele me tratava muito bem. Conheci Nathaniel quando passei um verão em Osterville. Eu tinha acabado de sair da Marinha e trabalhava como carregador de tacos de golfe, no Wianno Club. Uma tarde, em julho, carreguei a bolsa dele. Estava um calor infernal naquele dia. Trinta e sete graus e sem vento, mas ele estava determinado a completar dezoito buracos. O resto do grupo e seus carregadores desistiram, mas ele e eu fizemos todo o circuito. Depois daquilo, ele não deixava mais ninguém ser o seu carregador. Fomos ele e eu, o verão inteiro. Chegamos ao fim de agosto e ele me perguntou o que eu queria fazer da vida. Eu disse que gostava de cozinhar e ele me deu uma bolsa no Culinary Institute of America, que suspeito que criou só pra mim. Quando saí, trabalhei em alguns restaurantes em Nova York, e era muito bom no que fazia. Até que perdi o braço.

Thomas abaixou os olhos.

– Uma manobra infeliz numa moto e fui do topo do mundo para não conseguir abrir uma garrafa sozinho.

O sorriso dele era calculado e ela não podia imaginar pelo que o homem tivera de passar para superar aquilo.

– Enfim, depois que me recuperei, recebi uma carta dele. Tínhamos mantido contato todo esse tempo. Eu tinha lhe contado sobre o acidente. Dois dias depois da carta, ele me ligou e ofereceu um emprego como seu chef pessoal. Foi uns trinta anos trás. O salário é bom. Tenho minha própria cozinha. Sou um homem feliz.

O homem deu um sorriso torto, como que encabulado por ter falado tanto.

Ela sorriu de volta.

– Parece sentir falta dele.

– Acho que sinto. Ele era bom comigo, mesmo que fosse... difícil com outras pessoas – Thomas apertou os lábios. – Se você quiser um telefone com uma linha privada, tem um na biblioteca.

Callie agradeceu, e depois de pegar sua agenda de telefones, encontrou a biblioteca, sentou em uma poltrona de couro e apanhou o telefone. Gray atendeu e a convidou para jantar às sete. Ela aceitou.

Em seguida, ligou para a Hall Foundation e a assistente de Grace a transferiu imediatamente.

– Callie! Como está? Acabei de voltar de uma viagem e ia ligar pra você nesse exato minuto. Estou tão feliz que tenha aceitado o trabalho!

– E eu preciso agradecê-la pela recomendação.

– Era o mínimo que eu podia fazer. Como você e Nathaniel estão se dando?

– Bastante bem. Ele é calado, mas seus olhos me seguem por todo canto.

Grace riu.

– E como o resto da família está tratando você?

Callie abaixou a voz.

– A sra. Walker está sendo um desafio.

– Posso imaginar. E Jack?

– Bem. Sem problemas. Perfeitamente bem. Mas como está você?

Houve uma pausa.

– Não tão bem, pra falar a verdade. Sinto que todo mundo que conheço está tentando lucrar às minhas custas. Meu ex-marido está ameaçando escrever um livro de revelações sobre nosso casamento, apesar das cláusulas de confidencialidade no nosso acordo de separação. Meu ex-chefe de desenvolvimento estava tentando vender uma reportagem sobre a Hall Foundation e tive que pedir uma injunção contra ele. E um porteiro contratou um *ghost writer* e vai escrever suas memórias sobre o tempo que trabalhou no meu prédio. As quais, é claro, vão incluir detalhes sobre mim e sobre meu casamento.

Callie abanou a cabeça.

– Grace, isso é horrível. Especialmente considerando tudo pelo que você vem passando. Deve estar exausta.

– Estou. Com todas essas propostas de livro por aí, a imprensa está em polvorosa. "Sem comentários" virou meu nome do meio. – Houve uma pausa. – Sabe, Callie, você é a pessoa que poderia fazer o maior estrago para mim, para a Hall Foundation, para minha mãe. Seria tão fácil pra você lucrar com sua história e acabar com a reputação do nosso pai, mas não fez isso. Nem posso dizer o quanto isso significa para mim.

Callie sorriu com gratidão.

– Eu nunca trairia você, Grace. Não direi nada a ninguém. Nunca. Pode confiar em mim.

– Sabe, muitas pessoas me disseram isso ao longo dos anos. Mas vindo de você, eu acredito de verdade – Grace ficou em silêncio por um momento. – Confiança não é algo com que eu tenha muita experiência. Exceto com Ross, e agora você.

– Ross?

– Lembra? Meu guarda-costas.

– Ah! Achava que o nome dele era outro.

– Era, mas agora ele é conhecido como Ross.

Callie ficou tentada a fazer perguntas, mas imaginou que não deveria se intrometer.

Elas conversaram mais um pouco e, então, Callie disse:

– Queria perguntar uma coisa. Estou arrumando uns antigos papéis da família Walker e encontrei parte de uma carta do primeiro Nathaniel Walker para uma mulher. Pelo menos *acho* que é o primeiro, mas não tenho certeza. Ele menciona a batalha de Concord e um general. Você se lembra de quem lutou com Walker em Concord? Antes de ele ser capturado pelos britânicos?

– Claro. Foi o general Rowe. Era um cavalheiro rico de Boston, um dos pais fundadores – a voz de Grace se animou. – Mas conte mais sobre a carta!

Callie compartilhou os detalhes e as duas discutiram sobre diversos pontos.

– Acontece – Callie disse – que essa carta tinha um tom muito íntimo. Mas ele não se casou até depois da guerra, correto?

– Certo. Casou com Jane Hatte com quase cinquenta anos, o que naquela época era considerado idoso. Eles tiveram quatro filhos.

– Então talvez Nathaniel não tenha escrito a carta. Ou talvez estivesse escrevendo para Jane – ela sugeriu.

Grace riu baixinho.

– Duvido que tenha sido para a esposa. A batalha de Concord aconteceu em 1775. Quando os dois se casaram, em 1793, ela tinha vinte anos. Ele estaria escrevendo para uma criança de dois anos.

– Bom, espero que eu encontre o resto da carta.

– Eu também. Pode ser uma revelação e tanto. Correspondência entre Walker e qualquer um de seus contemporâneos atrairia uma atenção tremenda, em especial se revelasse um relacionamento anteriormente desconhecido – Grace hesitou. – Diga, o que acha do retrato, agora que teve a chance de trabalhar nele?

– Copley é um gênio. Agora que estou tirando o verniz antigo, seu uso de cor, especialmente nas partes mais escuras da pintura, está se revelando. É extraordinário. Ele consegue fazer uma manga preta projetar sombra. E suas pinceladas são fantásticas.

– Encontrou algum problema?

– Na verdade, não. O apoio da tela é sólido. A tinta está em boa condição, na maior parte. Há uma pequena área da qual estou suspeitando, mas não acho que é nada demais. É possível que tenha acontecido uma repintura.

– Sério?

– Mas não tenho certeza. Estou limpando as bordas primeiro, então vai demorar até ter uma visão clara dessa área. No momento, é só meu instinto falando.

– Bem, não se subestime – Grace disse. – Olhos novos podem encontrar coisas surpreendentes.

– Talvez.

– E adivinha? Vou para Boston depois da Ação de Graças. Para a festa Walker. Jack convidou Ross e eu para ficar com vocês.

– Ah. Quer dizer, isso é ótimo! – era a primeira vez que Callie ouvia sobre uma festa dessas e lhe ocorreu que deveria ir para Nova York durante o feriado. Se Jack estava convidando pessoas para ficar na casa, poderia querer usar o quarto dela.

Então franziu a testa, preocupada.

– Espera. Seu guarda-costas vem com você? Ainda precisa de proteção?

– Na verdade, ele é muito mais que isso – a felicidade coloriu as palavras de Grace, dando-lhes uma entonação que expressou tudo o que Callie precisava saber.

Ela sorriu.

– Parece que está apaixonada.

– Estamos. Demoramos um pouco para resolver as coisas e ainda estamos trabalhando nisso. Mas minha vida não estaria completa sem ele.

– Estou muito feliz por você. De verdade.

Depois que desligaram, Callie olhou para fora da janela. Era o fim da tarde e o céu estava branco. Ela ficou surpresa por a Ação de Graças estar tão perto e se imaginou em Chelsea enfiando um prato congelado no forno e pensando sobre Jack.

Não é exatamente um feriado dos sonhos, ela pensou.

Capítulo 14

Quando Jack voltou para casa àquela noite, estava cansado. Nada ocorrera como esperado. Nem particularmente bem.

Blair nem estava em Nova York.

Ele tinha ligado para ela no caminho para o aeroporto, tentado tanto o hotel como o celular, para se certificar de que ela sabia que ele estava a caminho. Quando caiu no correio de voz em ambos, não pareceu tão estranho, e pensou o mesmo quando ela não ligou de volta. Estavam se desencontrando ultimamente e às vezes passavam um dia ou dois sem se falar.

De qualquer modo, fora uma surpresa quando ele fora informado na recepção do Cosgrove que a srta. Stanford e o sr. Graves tinham ido para Londres na noite anterior. O gerente explicara que eles foram visitar a nova mansão de Graves em Belgravia e que voltariam em breve. Quão breve o homem não soube dizer, e considerando seus olhos ansiosos, claramente desejava ter uma resposta melhor.

Baseado nos planos de viagem indeterminados de Blair, Jack imaginara que, ao retornar para o país, ela iria direto para Boston. Então não fazia sentido ele ficar esperando em Nova York quando tinha negócios para fechar e planos para fazer com Gray. Estava no aeroporto quando o celular tocou. Pelo visto, o funcionário de Graves tinha ligado antes que ele pudesse. Blair se desculpou, ansiosa pela sua visita inesperada. Sabia que aparições não programadas não eram um hábito de Jack.

Quando ela o pressionou por detalhes, ele só tentou descobrir quando ela voltaria. Embora fosse chegar no dia seguinte, Blair tinha se recusado a desligar e não parava de perguntar qual era o problema. Quando ficou claro que ela não esperaria até que pudessem se encontrar, ele disse a verdade tão gentilmente quanto pudera. Silêncio fora a primeira resposta, e então ela foi tipicamente estoica. Ela só perguntou se ele tinha conhecido alguém e ele respondera com honestidade.

A verdade terrível era que ela não parecera muito surpresa com nada daquilo.

Quando a ligação terminou, Jack entrara no avião e dissera ao piloto para levá-lo a Chicago. Havia uma empresa lá que ele pretendia visitar há algum tempo e imaginou que a viagem seria um alívio para sua mente. Não funcionou. Ele continuou arrependido por ter machucado Blair, embora estivesse mais triste por perder sua amizade do que pelo lado íntimo do relacionamento.

Fechando a porta da frente de Buona Fortuna, Jack pôs a mala no chão e começou a afrouxar a gravata. Queria uma bebida. Algo para comer.

E queria ver Callie.

Foi à cozinha e encontrou Thomas, que estava pondo sua jaqueta de couro de motoqueiro e lhe informou que a sra. Walker tinha saído para jantar. A ansiedade em sua voz revelou a Jack que Mercedes não estava muito bem, mas ele não pediu detalhes. Tinha problemas suficientes na própria vida.

Thomas se voltou na porta.

– Ah, e Callie saiu com Gray.

Jack sentiu como que atingido por uma onda.

– Ah, é? Onde eles foram?

– Disseram algo sobre o Biba's – Thomas hesitou. – Vai ficar bem aqui sozinho?

– Sim – em seu humor atual, era mais seguro para todo mundo que ele ficasse sozinho.

Quando a porta fechou, Jack se dirigiu não à geladeira, mas ao seu bar privado. Apesar de estar faminto, procurava mais o esquecimento do que comida.

Quando chegou ao escritório, tirou o terno, pendurou-o em uma cadeira e foi direto ao bourbon. Atravessando o cômodo, notou que o vidro quebrado ainda estava no chão. Odiava que mexessem em seu escritório, então só era limpado uma vez por semana, e ele fez uma nota mental para cuidar daquilo sozinho.

Mas não agora.

Pegou um decantador e um copo e decidiu ficar completamente bêbado.

Era o jeito perfeito para terminar um dia que até então tinha sido horrível.

Estava na metade do terceiro copo, e começando a sentir os efeitos do álcool, quando lembrou que era o aniversário de morte do pai.

O que explicava por que Thomas estava tão preocupado com sua mãe.

Jack pôs o copo na mesa e sentiu o anel sinete fazer contato com o móvel, as batidas soando no ar quando o ouro atingiu a madeira. Virou a mão e olhou para o brasão que fora pressionado profundamente no metal. O anel deveria ser usado por um Nathaniel, como sempre fora, incluindo seu pai.

Mas quando morreu, o sétimo Nate declarara que, como Jack era o chefe da família para todos os efeitos, ele deveria usar o anel. Jack nunca gostara de joias, exceto sua coleção de abotoaduras, mas ter aquele anel na mão parecia correto.

Olhando os arranhões no ouro e pensando em quantos homens em sua família o haviam usado, se lembrou da última vez que vira o pai vivo. Tinha sido a noite anterior à sua morte. Para variar, eles discutiram, porque o pai tinha bebido uísque e Jack estava determinado a ser linha dura em relação a dinheiro.

Depois de anos vendendo ações para o filho para financiar seu hábito filantrópico, não tinha mais nada com que barganhar. Depois que as últimas ações da casa em Palm Beach tinham sido transferidas, Jack dissera ao pai que estaria disposto a apoiar despesas razoáveis, mas que não mais pagaria por presentes. E, por algum tempo, não houve nenhum.

Naquela noite, no entanto, o Nathaniel sênior tinha anunciado que prometera meio milhão de dólares ao Museu de Belas-Artes. Ele enfatizara que tinha dividido o pagamento em valores mensais, claramente pensando que desse jeito pareceria uma despesa normal. Quando Jack se recusara a ajudá-lo com o compromisso, o pai tinha ficado lívido.

A situação teria sido difícil em qualquer momento, mas eram dez horas da noite, e seu pai estava bebendo há cinco horas. O homem tinha passado do ponto de conversa racional. Quando Jack estava saindo do quarto, Nathaniel acusara o filho de ser um capitalista ganancioso que virava as costas para os necessitados.

Jack tinha lembrado o pai de que aquelas batalhas gananciosas no mundo financeiro haviam permitido a presença contínua de Nathaniel em Buona Fortuna. Também apontara que não havia muitos "necessitados" no Museu de Belas-Artes e que, se o pai estava verdadeiramente preocupado com o bem-estar social, deveria ter se voluntariado para dar sopa aos pobres ou ajudar algum abrigo digno.

Quando os insultos bêbados continuaram, Jack ficou frustrado por terem sempre a mesma conversa, e acabou perdendo a paciência. Então disse algo sobre o pai fracassar em tudo que tinha feito na vida exceto ter o saco puxado por pessoas atrás de dinheiro.

Aquilo tinha acabado com a discussão. O pai tinha ficado tão chocado que caíra em silêncio por um momento, mas então revidara. Jack nunca se esqueceria das palavras ou do tom da voz dele.

Meus filhos são uma fonte de tristeza inestimável para mim, meu maior fracasso. Pelo menos seu irmão tem a decência de manter distância.

E, na manhã seguinte, ele morreu.

Um jeito e tanto de deixar as coisas, Jack pensou, trazendo o copo de volta à boca e terminando o bourbon. Era difícil entender como o pai fora capaz de acolher tantos desconhecidos enquanto tinha tanto desdém pelos filhos. Claro que às vezes as pessoas faziam coisas sem sentido – o que Jack estava começando a entender com as próprias escolhas.

Servindo-se de outro copo, Jack ergueu as pernas e cruzou os tornozelos sobre a mesa. Estava contemplando a cor do licor quando, do outro lado da casa, ouviu a porta da frente abrir e vozes no corredor.

Levantando-se, saiu no corredor e viu Gray e Callie na entrada. Estava prestes a dizer algo quando o amigo colocou uma mão no ombro dela e abaixou a cabeça.

Jack fechou os olhos, sentindo uma queimação no estômago que não tinha nada a ver com o bourbon. Voltou ao escritório e esperou.

Quando finalmente ouviu a porta fechar, correu de volta para o corredor, preparando-se para encontrar os dois subindo juntos. Em vez disso, Callie estava sozinha, tirando o casaco.

– Divertiu-se? – ele perguntou, aproximando-se até estar iluminado.

A cabeça dela virou imediatamente. Como se estivesse recuperando o controle, colocou um cacho atrás da orelha.

– Você voltou.

Os olhos dela o avaliaram, pausando no colarinho aberto da camisa.

– Sentiu minha falta? – ele perguntou. – Ou estava ocupada com outras coisas?

Ela franziu a testa, notando o copo na mão dele.

– Quanto você já bebeu?

Ele olhou para o bourbon.

– Um pouco.

Ela colocou o casaco no corrimão e deu um passo à frente, estendendo a mão.

– Acho que já foi o bastante.

– Não tenho certeza.

– O que você acha que vai conseguir bebendo até entrar em coma?

Os olhos de Jack passaram do topo da cabeça de Callie para o resto do seu corpo. Então voltaram aos lábios e aos seios dela.

– Talvez consiga esquecer você por um minuto.

Ele inclinou a cabeça para trás e tomou outro gole.

A voz dela era gentil.

– Me dê o copo, Jack.

Ela continuou a encará-lo com calma, até que ele obedeceu. Ela tinha razão. Ficar bêbado não resolveria nada. Pior, só o lembrava do pai e aumentava suas chances de fazer algo estúpido.

Como cair de joelhos e implorar que Callie o escolhesse em vez de Gray.

Callie passou por ele e foi até a cozinha. Enquanto a seguia, Jack acompanhou cada movimento, seus quadris mexendo-se elegantemente, as pernas tão longas na saia preta que vestia. Quando seu sangue começou a esquentar, ele pensou que deveria se afastar. Apenas subir para o quarto e desmaiar.

Porque, na penumbra silenciosa, tudo o que ele conseguia pensar era em fazer amor com ela. E se queria que ela o considerasse digno de algum modo, precisava se comportar como um cavalheiro, não como um homem das cavernas.

Callie estava enxaguando o copo na pia quando perguntou, em voz baixa:

– Você está bem?

Ele mal ouviu as palavras sobre o barulho da água corrente.

– Poderia estar bem mais bêbado – ele disse casualmente. – O plano é beber até cair e esquecer de tudo. Nem estou enxergando duplo ainda. E ainda estou de pé.

Callie puxou uma toalha da gaveta e o olhou com olhos semicerrados enquanto secava o copo.

– Sei que deve ser uma noite difícil pra você.

Ele lembrou do amigo a beijando. Sentiu uma pontada de ciúmes, que tornou sua resposta mais dura do que ele gostaria.

– Que magnânimo da sua parte. A maioria das mulheres não teria pena de um homem que viajou seiscentos quilômetros para acabar com a competição.

Callie franziu a testa, como se não o tivesse ouvido direito, e então seus olhos se tornaram diretos – e sua voz mais ainda.

– Vou deixar essa passar porque você bebeu demais. E estou falando do aniversário da morte do seu pai, não sobre o que quer que tenha acontecido hoje entre você e Blair.

Jack se encostou contra a porta, sentindo-se um idiota.

O arrependimento trouxe um pouco de sobriedade de volta e ele reconheceu como estava no limite do autocontrole. Callie era sexy e linda e estava a apenas alguns metros dele. Ele lutava contra uma vontade terrível de puxá-la para seus braços e colocar a boca na dela até que ela esquecesse o beijo de Gray.

Só a ideia de tocá-la o deixava duro.

– Acho melhor você ir embora – ele disse.

– Por quê?

– Só acredite em mim.

Callie deu de ombros e colocou o copo no balcão.

– Sabe, perdi meu pai recentemente – ela disse. – E nosso relacionamento não era nem um pouco corações e flores. Mas, mesmo que tenha sido há muito tempo, e mesmo que ele tenha tido um papel complicado na sua vida, é difícil superar a morte de um pai.

Jack quase riu. Era verdade, ele estava vivendo com as consequências das desavenças com o pai. Mas um problema muito mais imediato estava à sua frente, olhando-o com ansiedade e compaixão.

Ela limpou a garganta.

– Há muitas coisas que eu queria ter dito ao meu pai e muitas respostas que nunca terei dele. Isso gera raiva e frustração. Sei que você sente algo parecido, porque está claramente chateado e nunca vejo você beber assim. Talvez ajude se falar sobre isso.

Jack se moveu antes que soubesse o que estava fazendo e cruzou a cozinha em dois passos. Pegou-a pelo pescoço e pela cintura e a puxou contra o corpo. Garantindo que ela sentisse sua ereção, ele a olhou nos olhos e não fez nada para manter o tesão longe do rosto ou da voz.

– Não estou a fim de conversar, e não tem nada a ver com meu pai.

Ele deliberadamente olhou para os seios dela. Imaginou sua boca em um mamilo que tinha começado a aparecer sob o tecido fino do suéter dela. Então imaginou como seria lamber sua pele até que Callie gemesse seu nome sem parar.

Callie engoliu e seus lábios se entreabriram. Ele quase podia sentir o gosto dela.

Jack se afastou, xingando. O que precisava fazer era falar com ela, não tentar levá-la para a cama. Como ela poderia considerá-lo algo além de um playboy, se Jack não conseguia manter as mãos longe dela?

– Puta merda! Estou tentando fazer a coisa certa. De verdade.

A expressão dela caiu.

– Por causa de Blair.

– Não. Rompi o noivado hoje. Estou tentando fazer a coisa certa por você.

Os olhos dela se voltaram para ele em um instante.

– O que disse?

– Que rompi o noivado.

Ele se afastou e passou uma mão pelo cabelo. Quando um metro de separação não pareceu o suficiente, recuou até a porta.

Houve um silêncio longo e tenso.

– Está acabado mesmo?

– Sim. Terminei.

– *Por quê* – as palavras não foram ditas como uma pergunta. Eram uma exigência.

Jack sentiu que sua resposta de algum modo determinaria o futuro deles, então falou com cuidado, desejando poder confiar mais em si mesmo. Ele era capaz de ser persuasivo, mas Callie merecia honestidade total.

– Eu nunca a amei. Sabia disso quando a pedi em casamento. Pensei que respeito e amizade seriam suficientes, mas conhecer você me fez perceber o que eu estava perdendo.

A voz dela se tornou um sussurro.

– E o que você está perdendo?

Ele deu uma risada sem humor, pensando que deveria calar a boca. Jack tinha bebido demais para ter uma conversa tão complicada. Quem sabia o que poderia sair dele? De jeito nenhum ela o levaria a sério, por exemplo, se ele dissesse que a amava.

E aquelas palavras estavam na ponta da língua dele.

Não, ele precisava começar devagar. Dar uma chance para ela considerá-lo algo além de um pêndulo entre extremos.

– Não me peça para explicar agora. Especialmente como me sinto – ele disse. – Não estou muito eloquente hoje.

– Tente mesmo assim – ela se encostou contra o balcão, como se precisasse do apoio.

Quando ele ficou em silêncio, ela disse:

– Não acredito que vou perguntar isso, mas Jack, pra onde estamos indo com isso?

Ele pensou no amigo se inclinando e beijando Callie.

– Se importa se eu perguntar sobre Gray? – ele perguntou, o tom sombrio.

Ela corou.

– Ele não é pra mim.

– Mas achei que ele era inteligente e bonito e simpático.

Deus, ele odiava aquelas palavras.

– Muitos homens são. Não significa que quero namorá-los.

Jack soltou uma risada curta.

– Bem, eu recentemente fiquei disponível e não tenho nada a ver com pelo menos duas dessas características. Tive momentos de verdadeira estupidez nas últimas semanas e você com certeza passou algum tempo me odiando, e com bons motivos, devo dizer. Sobre a parte da beleza, não posso comentar – sentindo-se um imbecil, ele abanou a cabeça. – Merda. Não estou fazendo sentido nenhum agora.

Callie sorriu gentilmente.

– Não tem problema. Gosto de você quando está meio fora do ar.

Jack olhou-a nos olhos.

Não conseguia acreditar, mas ela o estava olhando com afeto. A tensão nos ombros ainda expressava cautela, mas a sinceridade em seu rosto sugeria que talvez, inesperadamente, ele tivesse uma chance.

– Meu Deus, Callie. Só quero ficar com você – ele disse, tentando encontrar as palavras certas. – Tanto. Já. Você é a única mulher que me fez sentir desse jeito e só quero uma chance com você. Sei que fiz muita coisa errada, mas quero tentar fazer você feliz. Quero fazer promessas, mesmo que não possa esperar que acredite nelas, considerando… toda a minha história.

Ele ficou quieto. Ela não precisava ouvir mais detalhes sórdidos sobre seus fracassos com monogamia.

– Não tem problema – ela disse, pegando-o de surpresa. – Não preciso de promessas. Não estou procurando uma fantasia.

Jack sentiu uma pontada de esperança, à qual se agarrou.

– Sei que não sou a melhor aposta se você está procurando um relacionamento…

– Não diga. E eu aqui já planejando o casamento!

Ele a estudou por um longo momento. O pequeno sorriso no rosto já era o bastante para derretê-lo.

Queria tocá-la, mas resistiu.

– Você, ah... me faz acreditar em coisas de que eu costumava rir.

– Papai Noel? – ela perguntou, os olhos brilhando.

Jack sorriu de volta.

– Estou falando de amor. Eterno.

A expressão dela mudou, um pouco do prazer desaparecendo.

– Não diga isso. Não agora.

Ele abriu a boca, mas fechou quando ela se afastou do balcão. Callie deu um passo, e outro, e então estava indo na direção dele.

– Não quero conversar – ela murmurou, a voz rouca.

E o corpo de Jack praticamente explodiu.

Através de olhos arregalados com descrença e gratidão, ele a viu se aproximar, todo aquele cabelo ruivo, aqueles quadris, a cintura pequena. Ela se movia como se soubesse o que estava fazendo, e não era atravessar a cozinha. Também parecia tímida, mordendo o lábio enquanto seus olhos passavam do rosto de Jack para o peito e de volta.

Inocência e sensualidade natural é uma combinação e tanto, ele pensou, sentindo a boca ficar seca.

– Você não respondeu à minha questão – ela disse em voz baixa.

Uma nova gota de suor apareceu na testa dele.

– Qual?

– O que você estava perdendo?

E, então, ela o tocou no peito, acima do coração, que começou a bater como uma britadeira.

Outras mulheres já haviam tentado seduzi-lo antes, mas não tinha sido nada parecido. Parada à frente dele, com o braço preenchendo o espaço entre seus corpos, ela tinha poder total sobre Jack. Poderia destruí-lo.

Simplesmente se afastando.

– Você – ele gemeu. – Estava perdendo você.

Ele inclinou a cabeça para um beijo, mas ela o parou.

– Lembra de quando me perguntou que tipo de homem eu procuro? – ele assentiu. – Quero alguém que só me trate com carinho e amor. Que me respeite e faça qualquer coisa por mim. E quero poder confiar nele completamente.

Jack deu um passo para trás, mas ela colocou a mão em seu pescoço e o acariciou.

– Mas quer saber? – ela disse. – Nunca encontrei esse homem. Nem cheguei perto. E não vou fingir que é você. Não há muitos heróis românticos no mundo real – sua mão subiu para o rosto dele e ele virou os lábios para a palma dela. – Eu quero você.

Ele fechou os olhos, pensando que aquelas três palavras faladas na voz rouca de Callie eram mais sedutoras do que qualquer corpo nu que já vira.

– Jack, não quero que me prometa nada, mas vou pedir um favor.

Ele abriu os olhos, torcendo para que, o que quer que fosse, estivesse ao seu alcance.

– Diga.

– Me avise quando perder o interesse, antes que a próxima mulher entre na sua vida – ela inclinou a cabeça, os lábios tão próximos dos dele que Jack podia sentir sua respiração na própria boca. – Estou encarando isso como um caso rápido, então não tenho grandes expectativas. Só quero manter minha dignidade, tudo bem?

Ele estava prestes a dizer que não a deixaria, quando viu um brilho de desconfiança nos olhos dela. Claro que não acreditaria na palavra dele por enquanto.

– Sim, claro. Prometo.

Com um gemido, colocou os lábios contra os dela, enfiando a língua na sua boca. Quando tocou seus quadris, sentiu Callie apertar seus ombros e se aproximar. Erguendo a cabeça, ele fez um som no fundo na garganta, pronto a cair de joelhos e implorar, se precisasse.

– Vamos subir? – ele mal conseguiu perguntar.

Quando ela assentiu, ele tomou sua mão com urgência e a guiou pela casa até o Quarto Vermelho. Nem tinha fechado a porta atrás deles quando a tomou nos braços de novo e lhe deu um beijo longo e forte, abraçando-a e segurando-a contra o corpo.

Fechou a porta com o pé e mal a ouviu bater porque estava enfiando as mãos sob a blusa de Callie, encontrando pele quente e suave. Soltou um gemido enquanto puxava a blusa dela e tirava os próprios sapatos. Quando tirou a blusa e a jogou no chão, precisou fechar os olhos para retomar um pouco do controle.

Se continuassem assim, ele ainda estaria meio vestido quando gozasse dentro dela.

As mãos dela passaram ao redor do pescoço e o puxaram para os lábios enquanto ele a guiava para a cama. Eles trombaram em uma cadeira e ele teve que apanhar uma lâmpada para que não caísse quando bateram em uma mesa. Mantendo contato com os lábios de Callie, abriu a própria camisa com um único movimento, mas as mangas ficaram presas pelas abotoaduras.

Ele xingou em frustração e ela riu baixinho enquanto ele puxava e se contorcia para tirar a camisa.

– Pare de se debater e deixe que eu faço – ela disse.

Ele olhou as mãos dela, desejando que seus dedos se movessem rápido. Enquanto ela o libertava, ele murmurou:

– Talvez eu nunca mais use essas coisas malditas. E foda-se essa camisa também.

O sorriso dela estava trêmulo enquanto colocava o par de brincos de ouro sobre o criado-mudo. A camisa caiu ao chão como uma nuvem branca, e quando seus olhos arregalados encontraram o corpo dele, Jack teve vontade de ir mais devagar, para poder se lembrar de cada instante com ela. Ela o olhava como se nunca tivesse visto o peito de um homem antes, e a maravilha em seus olhos azuis o fez sentir como se estivesse fazendo amor pela primeira vez. De repente, sentiu vontade de ser paciente.

Não fariam sexo apressado hoje. Jack queria que ficassem juntos do jeito certo. Lentamente. Reverentemente.

Mas quando viu que ela ainda o olhava, sentiu um pouco da urgência voltar.

– Você é lindo – ela suspirou, a voz abafada. Ergueu a mão à boca, como que tentando esconder sua reação.

Jack estava perdido.

– Vem aqui – ele disse.

Tomando a mão dela, sentou na cama e a acomodou entre suas pernas. Seus seios estavam cobertos por uma fina renda branca e ela estava resplandecente na luz suave; os contornos de seu corpo eram sombras sedutoras.

Ele colocou as mãos nos quadris dela e as desceu lentamente até a beira da saia. Deslizando-as para dentro, alisou os joelhos e então passou para as coxas, sentindo o calor da pele dela. Colocando os lábios em seu estômago, procurou o zíper e os botões atrás da saia.

E, então, a peça caiu ao chão, e depois a meia-calça.

Tomando Callie nos braços, ele a puxou para cima de si e eles caíram na cama. Enquanto a beijava profundamente, rolou-a e gentilmente tocou seus seios. Ela apertou seus braços, o corpo se contraindo com prazer, e ele impacientemente enfiou uma mão dentro do sutiã e tomou o seio na boca, olhando seu rosto. Os olhos dela estavam arregalados com espanto enquanto ela arqueava o corpo, abrindo as pernas. Era como se não tivesse ideia de que seu corpo pudesse reagir daquele jeito, e Jack quase perdeu todo o controle.

Com mãos trêmulas, rapidamente abriu o sutiã e se acomodou sobre ela, sentindo seus dedos no cabelo enquanto ela absorvia seu peso sobre os quadris. No momento que sentiu os seios nus contra o peito e o calor dela através das calças, teve o pensamento vago de que poderia não ser o mesmo homem depois daquilo.

E que isso não seria nem um pouco ruim.

Capítulo 15

Callie sentiu Jack se abaixar sobre si e passou as mãos sobre a pele suave das costas dele. Quando ele beijou seu pescoço, ela soube que tinha tomado a decisão certa. Ela queria Jack, ele a queria. Fantasias adolescentes de amor perfeito não tinham lugar no mundo real. Tudo o que se tinha era o aqui e o agora.

E o que ela tinha era Jack nu e a tocando com mãos trêmulas.

Ele beijou um caminho até os seios dela e suas mãos alcançaram a calcinha. Impaciente, ela ergueu os quadris, pensando em como seria bom não ter nada entre eles. Deslizou o tecido pelas pernas e, assim que se livrou da peça de seda, começou a esfregar as coxas dela.

– Preciso de você – ele disse, rouco. – Ah, Deus...

Ela sentiu a boca dele, quente e doce, sobre o umbigo, e o choque do beijo foi encoberto por uma onda de calor quando os dedos dele tocaram seu centro. Jack soltou um som baixo de satisfação e ela tocou seu rosto, precisando do beijo dele.

Quando ele recuou, ela soltou um protesto, mas ele só estava tirando as calças. Elas foram jogadas no chão, seguidas pela cueca, e então seu corpo nu estava sobre Callie. A sensação dura e direta daquele corpo a fez arquear, e ela ficou instantaneamente frustrada quando ele parou de beijá-la e se afastou.

– Não posso esperar, não... me mande parar agora ou eu vou...

As veias no pescoço dele estavam retesadas e seus ombros largos, rígidos com tensão. Ele estava se controlando. Por pouco.

Por um segundo, Callie ficou com medo. Era o momento.

Ela o olhou nos olhos. Podia simplesmente dizer não e eles parariam ali. Ela acordaria amanhã sem um pedaço do céu. Acordaria sozinha. Ainda virgem.

Mas a vida era curta demais para viver nas sombras. Então tocou o rosto dele, o puxando para sua boca.

– Faça amor comigo – sussurrou.

Ela o sentiu relaxar de alívio. Jack começou a beijá-la de novo enquanto subia nela. Num ímpeto, penetrou seu corpo.

Uma dor aguda a fez gemer, mas a pontada foi seguida por uma sensação diferente de tudo que ela já tinha experimentado. Ela soltou um murmúrio de prazer e, então, percebeu que Jack tinha congelado.

Não gostou da expressão dele. Seus olhos estavam arregalados com choque enquanto se focavam em algum ponto atrás dela.

– Jack? – ela perguntou suavemente.

Ele a olhou estranhamente calmo. Callie quase não o reconheceu, e encarar um desconhecido era perturbador, considerando que ele ainda estava dentro dela.

– Você está bem? – ele perguntou com uma voz vazia.

Quando ela deu um aceno, ele saiu de seu corpo devagar e envolveu-a com cuidado no cobertor.

– Me diga que não é... que você não é...

– Virgem? – ela se focou nas mãos dele, apoiadas nos joelhos. – Bem, sim.

Ele a olhou de lado.

– E não achou importante mencionar?

– Não estava pensando muito na hora.

Ele começou a abanar a cabeça de um lado para o outro.

– Deus...

– O que importa que é a primeira vez? Você não teria se importado se eu... se eu tivesse tido outro homem antes de você, não é?

Ele riu sem humor.

– Não acredito que estou dizendo isso, mas fico feliz por não ter tido ninguém antes – ele balançou a cabeça. – Só queria que tivesse me contado. Eu teria feito as coisas de outro jeito.

– Eu achei... ah, que você estava indo muito bem.

Houve um longo momento de silêncio. Ela começou a se sentir fria quando o imaginou pegando as roupas e fugindo, como aquele cara da faculdade.

Mas Jack não faria isso, ela disse a si mesma. *Claro que não.*

Ele a olhou outra vez.

– Você merece algo digno de ser lembrado.

– Não sei, Jack. Você estava sendo inesquecível.

Ela deliberadamente tentou manter o tom leve, não querendo indicar o desespero que sentiria se ele a deixasse. Insatisfeita. Sozinha.

Os olhos dele a mediram com seriedade. Ela podia ver que ele imaginava se a tinha machucado.

Ele limpou a garganta.

– Gostaria de... tentar de novo.

Ela sorriu e o puxou para si.

Movendo-se com cuidado, como se pudesse quebrá-la, ele se aproximou. Passou um dedo pela bochecha dela e então colocou um cacho do cabelo ruivo atrás da orelha. Ele desceu a mão ao seu queixo e passou um dedo sobre o lábio inferior, erguendo o rosto de Callie. Havia uma gentileza nele, uma preocupação que temperava a urgência que havia retornado ao seu rosto.

Quando a beijou, pôs a boca de leve sobre seus lábios, a pressão suave a ponto de ser frustrante. Ele se recusava a aprofundar o contato. Embora Callie quisesse mais, e se contorcesse para chegar mais perto, ele ficava fora de alcance. Suas mãos começaram a esfregar o pescoço e a clavícula dela, e então abaixo dos seios, e uma languidez sensual a tomou quando os lábios dele fizeram o mesmo.

Não importava o quanto ela tentasse, Jack se mantinha elusivo, lhe dando prazer com as mãos e a boca sem deixar que ela retribuísse o favor. Mesmo quando Callie soltava uma queixa, ele se recusava a trazer o corpo contra o dela. Callie agarrava os seus braços para puxá-lo, mas ele ficava sobre ela, beijando seus seios e depois sua barriga, enquanto acariciava suas coxas. A tortura era deliciosamente frustrante e a pressão no corpo dela começou a crescer e crescer até marcar a pele dele com as unhas enquanto se segurava a ele.

E, então, ele a beijou onde ela nunca tinha sido beijada antes.

Uma explosão de calor a atravessou e só depois que as ondas tinham parado de sacudir seu corpo Jack se acomodou sobre ela. Desta vez, quando a penetrou, ela sentiu apenas uma pontada doce de prazer.

– Callie – ele disse, rouco –, está tudo bem?

Era como se estivesse falando através de dentes cerrados. O corpo dele estava tremendo. Ela podia senti-lo sobre si. Dentro de si.

– É tão bom – ela murmurou contra o pescoço dele.

Jack não se mexeu. Passando as mãos sobre os músculos tensos das costas e dos ombros dele, Callie foi atingida pela ideia súbita de que ele a deixaria outra vez.

– Você... está bom pra você? – ela perguntou.

A cabeça dele caiu sobre o pescoço dela.

– Meu Deus. Sim.

Ela se moveu sob ele e o ouviu gemer com a fricção entre os corpos.

Ele a agarrou com força e começou a se mexer dentro dela. Quando seus movimentos ganharam força, a levaram a um frenesi de calor. Ela soltou um grito rouco quando sentiu a explosão dentro dela outra vez, e ouviu um som gutural escapar de Jack enquanto o corpo dele tremia.

Na calma que se seguiu, ela o sentiu relaxar, embora estivesse ofegante.

– Você está bem? – ele perguntou.

Callie assentiu, não confiando em sua voz.

Ela estava feliz por tê-lo esperado.

Quando uma lágrima caiu de um dos olhos, ela agradeceu a escuridão. Não queria ter de se explicar. Teria sido difícil fazê-lo entender como aquilo tinha sido bom. Como ele fora bom para ela.

Jack mudou de posição, deitando ao seu lado, e ela desviou o olhar, observando a luz que entrava pela janela de vidro manchado. Ele acariciou seu rosto, e parou quando encontrou as lágrimas dela.

– Callie, o que foi? – ele perguntou com urgência.

O som engasgado que ela fez deveria ter sido um *nada*.

Ele inclinou a cabeça para ela.

– Me diga o que está acontecendo.

Ela soluçou e limpou as lágrimas.

– Só estou um pouco emocionada, é só isso.

– Eu machuquei você? – a voz dele era profunda e masculina, como veludo na escuridão. Cheia de preocupação.

Ainda não, ela pensou. E esperava muito que ele nunca fizesse isso.

– Callie?

Enquanto Jack limpava outra lágrima, ela disse:

– Não quero me apaixonar por você.

– Como se eu pudesse ter tanta sorte... – a voz dele sumiu. – Sabe que não quero machucar você, não é? – ela assentiu. – E farei o meu melhor.

Ela começou a se preocupar com o que aconteceria entre eles, mas então se forçou a parar. O presente. Ela tinha o presente. Ele estava ali, segurando-a com força. Pensamentos sobre o futuro só estragariam o que eles tinham no momento. Fechando os olhos resolutamente, ela se aproximou para descansar a cabeça no braço dele.

Ele a tranquilizou com carícias suaves e ela acabou caindo no sono.

Era cedo na manhã seguinte quando o sentiu levantar da cama. Na luz cinza da aurora, o viu vestir as calças, a cabeça abaixava enquanto subia o zíper e fechava os botões. Quando se virou e a viu assistindo, ele sorriu.

– Tenho que ir, mas posso dar um beijo de bom dia?

Aquele tom sedoso tinha voltado à voz dele.

– Por favor.

Jack sentou na cama ao lado dela e se inclinou. Ela ergueu a boca para um beijo, mas ele apanhou sua mão. Abrindo seu punho, pressionou os lábios à pele suave da sua palma.

– Bom dia, Callie – ele disse. Fechou os dedos dela outra vez e apertou. E então a beijou suavemente na boca e saiu do quarto.

Quando Callie acordou de novo e se alongou, sentia no corpo uma tensão desconhecida mas nada incômoda. Ficou deitada de costas, olhando o dossel acima da cama e pensando sobre Jack. Imagens do que eles tinham feito na noite anterior eram impossíveis de resistir.

Ela tinha razão. Ele era um amante incrível, embora não necessariamente pelas razões que imaginara a princípio. O modo como a abraçara depois tinha sido a melhor parte da experiência.

Quando por fim se levantou, ela viu a camisa de Jack no chão e a apanhou. Levou o algodão fino ao nariz e respirou fundo, cheirando sabonete de cedro e algo mais elusivo, distintamente Jack.

Ela olhou ao redor, notando os botões que haviam estourado e estavam caídos sobre o tapete oriental. Ser pega pela empregada segurando a camisa rasgada de Jack em seu quarto revelaria coisas com que nenhum deles queria lidar. Callie rapidamente limpou o chão, tomou um banho e se vestiu.

Com a camisa enfiada embaixo do braço, atravessou o corredor. Não houve resposta quando bateu, então enfiou a cabeça no quarto dele e chamou-o em voz baixa.

As antiguidades em mogno e pinturas a óleo ela já esperava; o que a surpreendeu foi o anonimato do quarto. Não havia fotos de Jack em férias, nenhuma roupa jogada nas costas de uma cadeira, nenhum livro ou revista aberto no criado-mudo. Poderia muito bem ser um luxuoso quarto de hotel e ela ficou decepcionada que o cômodo não revelasse nada sobre ele.

O que seria demais para exigir de uma combinação de cores, ela pensou secamente, observando as paredes verde-escuras. Mesmo um tão bem pensado como aquele.

A única coisa desarrumada era a cama. As cobertas tinham sido puxadas e os travesseiros postos contra a cabeceira de veludo, como se ele tivesse passado algum tempo sentado, refletindo.

– Posso ajudá-la? – a sra. Walker disse alto.

Callie se virou, se preparando enquanto a mulher atravessava o corredor como se a ordem natural das coisas tivesse sido perturbada.

A sra. Walker viu a camisa e seus olhos se estreitaram.

– Precisa de algo do meu filho?

Num ímpeto de levianidade, Callie pensou: *Não, já o tive na noite passada.*

Endireitando os ombros, ela se lembrou da regra número quatro para lidar com perseguidores: a ignorância é uma benção. Não pode haver um problema se você se recusar a reconhecer a existência dele.

Ela foi calmamente até a cama e colocou a camisa sobre as cobertas amarrotadas.

– Tenha um bom dia, sra. Walker – ela murmurou enquanto saía.

Pela primeira vez, a mulher ficou sem palavras.

Enquanto ia até a cozinha, Callie desejou que o *timing* da sra. Walker não tivesse sido tão bom. Ou talvez ela não devesse ter sido tão cuidadosa. Se tivesse apenas deixado a camisa no seu quarto, a enfiado em uma gaveta até que pudesse devolvê-la a Jack...

Droga! Era como sofrer um acidente de carro porque você estava distraído colocando o cinto de segurança.

Jack estava lendo o jornal e bebendo café quando ela entrou na cozinha, e assim que o viu, Callie sorriu. Ele estava de terno, sua gravata azul com um nó preciso, parecendo civilizado demais para ter feito as coisas que fizera na noite anterior.

Mas então ele a viu e seus olhos brilharam com energia.

– Bom dia – o sorriso dele era lento e sexy enquanto abaixava o *Boston Globe*. – Dormiu bem?

Callie sentiu um calor como um incêndio no rosto.

– Bem. Muito bem.

– Venha aqui – ele murmurou.

Ela olhou para trás para se certificar de que ninguém estava por perto e foi até ele. Assim que estava ao seu alcance, as mãos dele a puxaram para perto. Instintivamente, as de Callie tocaram seu cabelo, e então ela parou, não querendo desajeitá-lo.

– Não, me toque – ele disse. – Onde quiser.

Quando ela enfiou os dedos nos fios grossos, ele a olhou.

– Desculpe não passarmos mais tempo juntos de manhã, mas achei que você gostaria de um pouco de discrição.

– Obrigada – ela abaixou os lábios contra os dele e o beijou de leve, mas ele não a deixou se afastar. Quando aprofundou o contato com a língua, ela relutantemente recuou.

A frustração dele era evidente quando a soltou.

– Você me faz querer subir de novo e começar o dia do jeito certo. Ou melhor, nem sair da cama.

Ela estava sorrindo quando Thomas saiu das escadas dos fundos. Enquanto ele e Jack conversavam, Callie preparou seu café da manhã e pensou sobre o dia à sua frente. Quando se lembrou da carta que tinha encontrado, teve vontade de mostrá-la a Jack.

– Tem um minuto antes de ir? – ela perguntou quando ele se levantou. – Tenho algo pra mostrar na garagem.

Ele apanhou a maleta e correu até a porta.

– Que ideia fantástica!

Ela riu enquanto ele a apressava, Arthur indo na frente. A manhã estava fria e sua respiração saía em nuvens enquanto atravessavam a entrada.

– Aliás, Jack, acho que podemos ter um problema.

– Com a pintura?

– Não. Sua mãe me encontrou no seu quarto hoje de manhã – as sobrancelhas dele se ergueram. – Eu estava devolvendo sua camisa.

– Ah.

– Achei que gostaria de saber. Ela não pareceu feliz.

– Não, imagino que não tenha ficado.

– Você não parece muito preocupado – ela disse, abrindo a porta da garagem.

Ele deu um sorriso amargo.

– Lembre-se de que minha mãe é problema meu. E não se preocupe com isso. Ela ladra muito, mas é essencialmente inofensiva.

Callie lembrou do calculismo nos olhos da mulher e não teve tanta certeza.

Quando subiram as escadas estreitas, ela sentiu agudamente a presença dele atrás de si e percebeu que não estava interessada em falar sobre o que tinha encontrado na caixa de documentos.

É por isso que dizem pra não misturar negócios e prazer, ela pensou. Ela estava tão preocupada em fazer amor com o homem que teria sorte se conseguisse formar uma frase coerente.

E ficou decepcionada quando ele foi diretamente para a pintura.

Enquanto Jack examinava o quadro, ela ligou a lâmpada de halogênio para que ele enxergasse melhor. O trabalho que vinha fazendo no canto inferior esquerdo tinha se espalhado até o lado da pintura.

– Já fez bastante.

– Está indo bem. Acho que acertei em cheio o solvente. A única coisa saindo é o verniz antigo e fico feliz em dizer que a tinta embaixo dele é sólida. Mal posso esperar pra começar o rosto.

Ele se empertigou.

– E o que queria me mostrar?

Os olhos dele estavam focados nas roupas de Callie e, considerando a expectativa em seu rosto, ele a estava imaginando sem elas. Ela sorriu e foi até a mesinha ao lado do sofá.

Pegando o fragmento de carta, ela disse:

– Não quero tirar conclusões apressadas, mas é tentador pensar que Nathaniel escreveu essas palavras.

Jack leu o fragmento, segurando o papel com cuidado pelas bordas.

– Estava torcendo para que você encontrasse algo assim.

Ela franziu a testa, não entendendo o que ele queria dizer.

– Venha comigo.

Capítulo 16

Callie o seguiu até o escritório. Ela ia se sentar do outro lado da mesa quando viu cacos de vidro no chão.

– O que aconteceu aqui?

Ela se curvou e começou a recolher alguns dos cacos maiores. Ele fez o mesmo.

– Evidentemente, eu não lido bem com introspecção – ele lhe deu um sorriso irônico quando ela hesitou e encontrou seus olhos. – Mas não se preocupe. Se eu começar a fazer terapia, tranco as porcelanas.

– Sobre o que estava pensando?

Ele passou o dedo sobre alguns pedaços de vidro em sua palma.

– Em como você é diferente.

– Ah.

Não era uma resposta exatamente reconfortante, considerando que ele acabara jogando um copo na parede.

– Sabia que uma mulher uma vez quis que eu comprasse um carro pra ela?

Callie balançou a cabeça e voltou a apanhar o vidro. Ela não estava nem um pouco a fim de ouvir sobre uma amante dele.

– Não me surpreende.

– Ela queria para fazer compras. Estávamos na Itália e ela nem queria ouvir falar de alugar um carro. Achava parecido demais com transporte público.

Callie abriu um sorriso pequeno, embora embrulhasse seu estômago pensar em Jack em uma viagem romântica.

– E deixe-me adivinhar. Não estamos falando de um Ford Escort, não é?

Ele abanou a cabeça.

– Uma Ferrari. Ela queria uma amarela.

Ela ergueu uma sobrancelha.

– Para combinar com o cabelo, sem dúvida. O que você fez?

– Comprei o carro.

– Ela deve ter ficado contente – então ouviu a censura na própria voz. – Quero dizer...

– Ela ficou feliz mesmo, mas não porque queria o carro. Era um teste, um pedido absurdo pra ver até onde eu iria – Jack deu de ombros. – E tive o maior prazer em mostrar a ela onde ficavam meus limites. Sabia que ela nunca esqueceria aquele carro que não fez nenhuma diferença pra mim, especialmente se a deixasse usá-lo por um dia. Comprei a Ferrari, embrulhei com um laço vermelho e disse pra ela se divertir. Naquela noite, depois que ela chegou, eu disse que não queria vê-la de novo e fui embora com o carro. Ela me ligou por meses depois disso.

Callie se ergueu e jogou os cacos na lixeira. Aquele tipo de jogo sujo, de ambos os lados, estava além da sua compreensão.

– Tem certeza de que era um teste? Talvez ela estivesse sendo sincera.

– Ela usou o carro pra ver o outro amante. Sem dúvida pra tentar convencê-lo a cobrir a oferta da concorrência.

– Ah.

– O que interessa é que você nunca faria isso.

Ela riu.

– É verdade.

Jack colocou no lixo os cacos que estava segurando.

– Esta manhã eu estava na cama e percebi que queria coisas de você. Coisas que nunca pedi a nenhuma outra mulher.

– Como o quê? – ela segurou a respiração.

– Tive muitos relacionamentos que pareciam perfeitos quando vistos de fora – ele hesitou, sorrindo com frieza –, provavelmente porque estávamos com roupa de festa a maior parte do tempo. Mas o que acontecia atrás de portas fechadas não era mais do que sexo atlético. Mesmo com Blair, que eu respeitava, faltava alguma coisa. Com você – seus olhos encontraram os dela – sei que há mais, e quero tudo. Sei que está encarando isso como um caso rápido, mas não quero você só na minha cama. Quero na minha vida também. Quero acordar de manhã e ver seu rosto. Quero voltar pra casa no meio do dia porque estou impaciente para vê-la e saber que você está aqui. Quero que confie em mim. E quero merecer essa confiança.

Ele jogou as mãos para cima e revirou os olhos antes que ela pudesse responder.

– Eu sei, eu sei. Isso tudo vindo de um homem que na noite passada disse que não era uma boa aposta pra um relacionamento. Mas realmente pensei sobre isso. Na verdade, estou pensando nisso sem parar há semanas.

Acreditar nele e imaginar um futuro juntos era tentador. Mas Callie tentou se lembrar de que considerar Jack um amante casual ainda era a coisa mais esperta a fazer. Eles tinham falado sobre sentimentos e passado uma ótima noite juntos, mas ainda era cedo demais para prever como seria um relacionamento entre eles.

– Vai levar algum tempo, Jack.

– Eu sei. E estou disposto a investir nisso, se você estiver.

Ela o examinou.

– Estou.

– Bom.

Ele a beijou com força e então abriu uma gaveta da escrivaninha.

– Jack?

Ele se virou.

– Só pra você saber, o transporte público está mais do que bom pra mim. Mas não quer dizer que eu queira que me compre um ônibus para provar seus sentimentos, ok?

Ele riu enquanto tirava um envelope da gaveta.

– Combinado.

A folha de papel que retirou era muito menor que a carta que Callie descobrira, mas tinha a mesma cor marrom clara.

– É um fragmento de carta que encontrei cinco anos atrás enquanto jogava fora as coisas do meu pai.

Ela se aproximou enquanto Jack lia a carta.

– "Meu coração, é claro que gostaria de encontrá-lo. Foi medo, não falta de amor, que me manteve a distância. Arriscar tudo para vê-lo parece uma troca pobre, mas ele acharia o nosso amor uma traição imperdoável. Sua amizade, como a de filho com um pai e a de pai com um filho, seria arrasada. E como, depois, você poderia lutar sob o comando dele? Mas depois de Concord nos encontremos de novo em..." – Ele ergueu os olhos. – É só isso.

Ela o encarou, maravilhada.

– Posso ver?

Jack lhe passou o documento. A letra era diferente, mais curvilínea. *De mulher*, ela pensou.

– Guardei a carta – Jack disse – porque era antiga e curiosa, mas nunca achei que tivesse algo a ver com Nathaniel. Muitos membros da família serviram no exército e lutaram no final do século XVIII e no início do XIX. Mas a folha que você encontrou me faz pensar...

– Com certeza – ela comparou as duas e notou que a tinta tinha desbotado de modo semelhante.

Jack deu de ombros.

– Li todos os diários de Nathaniel. Ele nunca menciona uma mulher até se casar com Jane Hatte. Mas fala sobre o general Rowe, o homem com quem lutou contra os britânicos na batalha de Concord. Os dois eram próximos e Rowe tinha uma esposa, Sarah.

Callie olhou para ele.

– Então talvez Nathaniel e Sarah tivessem um caso.

– O que pode explicar por que ele não casou até muito tempo depois – ele olhou de volta para as duas cartas e as colocou no envelope. – Que bom que Grace está vindo para a festa semana que vem. Talvez ela possa esclarecer alguns detalhes.

Callie limpou a garganta.

– Olha, sobre a Ação de Graças, sei que você vai receber convidados, então vou voltar à cidade...

– Mas não quero que vá embora. Se não tiver que visitar a família, fique aqui.

As palavras dele saíram rápidas e incisivas, e ela não pôde deixar de sorrir.

– Não vai precisar do meu quarto?

– Não. E mesmo que não pudéssemos acomodar todo mundo, eu mandaria os outros para um hotel em vez de tirar você daqui.

O sorriso dela aumentou.

– E o jantar?

– Não fazemos toda aquela coisa com o peru desde que meu pai morreu. O grande evento é nossa festa anual no dia seguinte. Para a qual, é claro, você está convidada.

Callie assentiu, feliz.

– Certo. Fico para os dois.

Ele sorriu com satisfação.

– E janta comigo hoje?

– Adoraria.

– Que bom. Tenho que enfrentar umas reuniões difíceis, mas prometo estar de volta umas seis. E estarei faminto.

Quando ele a olhou sob pálpebras pesadas, o corpo dela esquentou. Movendo-se com intenção clara, Jack contornou a mesa, tomou Callie nos braços e a beijou até que ambos respirassem com dificuldade.

– Vou pensar em você – Jack disse. – O dia todo.

O sentimento era mútuo.

Callie passou a maior parte do tempo trabalhando na pintura, com imagens de Jack flutuando na mente. Às quatro, fez uma pausa e foi brincar com Arthur no jardim. Ela estava do lado da casa, jogando o galho preferido dele tão longe quanto conseguia, quando uma limusine preta imbicou na entrada. Quando Arthur saiu correndo atrás do galho, Callie viu o carro parar sob o pórtico. Um motorista de uniforme saiu e abriu a porta.

Uma mulher alta e loira saiu do carro. Mesmo através do jardim, era óbvio que se tratava de alguém importante. Estava usando um terninho e, com seu cabelo curto e estilizado, era muito chique.

Callie pensou de repente que já vira a mulher em algum lugar. Talvez na galeria de Stanley?

A porta da casa se abriu e a sra. Walker saiu com os braços estendidos. Enquanto as duas se abraçavam, Arthur voltou com o galho e o jogou aos pés de Callie.

Ela o lançou outra vez e se virou, mas não havia mais o que ver. As duas mulheres tinham desaparecido dentro da casa e o motorista da limusine se apoiou no carro, como se estivesse acostumado a esperar.

Callie voltou ao trabalho, ansiosa para que aquelas duas horas passassem e Jack e ela pudessem sair da casa. Era curioso como mil metros quadrados podiam ser sufocantes. Ela mal podia esperar para estar a sós com ele. Tinha decidido que dar uns beijos no Aston Martin seria um ótimo jeito de começar e terminar uma noite. Embora, seguindo aquela lógica, fosse uma pena que o homem não tivesse uma perua Volvo.

Ou uma minivan.

Uma hora depois ela ouviu a porta da garagem abrir e o ronronar baixo do carro de Jack. Tirou a máscara respiratória e passou os dedos no cabelo, deixando-o cair sobre os ombros.

Quando ele chegou ao segundo andar, ela adorou o sorriso largo em seu rosto.

– Senti sua falta – ele disse. – Como foi seu dia?

– Consegui trabalhar bastante à tarde. Olhe para o topo da cabeça dele. Os cachos no cabelo são incríveis. – Callie se aproximou da tela, apontando a área com sua vareta.

Jack se aproximou por trás e ela sentiu suas mãos nos ombros. Quando ele falou, sua voz soou bem ao lado do ouvido dela.

– Tenho algo pra você.

Ela o olhou, sentindo a ansiedade esquentar o sangue. Mas, em vez de beijá-la, Jack colocou sobre a mesa uma sacola brilhante com alças de cetim.

Callie ficou tensa quando leu o nome Cartier.

– O que é isso?

– Só um presentinho. Veja o que tem dentro.

Ela tirou uma grande caixa de couro vermelho, e quando abriu, abanou a cabeça. Dentro havia um relógio de ouro.

– Jack, não posso aceitar isso.

– Por que não? – ele tirou a peça incrível de sua cama de cetim. – Você precisa de um relógio.

– Não um como esse. – Devia ter custado uns 10 ou 20 mil dólares.

– Experimente.

Ele fechou o relógio no pulso dela. Era pesado e dava uma sensação estranha.

– Serve perfeitamente – ele disse, satisfeito.

– Jack, é demais.

Uma expressão de impaciência passou de relance no rosto dele.

– Ele mostra as horas. É tudo o que importa.

– Um Timex também faz isso.

Jack franziu a testa.

– Por que não posso comprar um presente pra você? As pessoas dão e recebem presentes toda hora. É a base da nossa economia de mercado, na verdade.

Callie se ergueu da cadeira.

– Você pode. Mas... sua versão de um presente e a do resto do mundo são bem diferentes.

– Não me importo com o resto do mundo.

– Que seja. A *minha* versão de um presente, então – ela o encarou. – Jack, vou ser sincera com você. Não tenho um centavo na minha conta além do que você vai me pagar ao final do trabalho. Aquele lugar em Chelsea é onde moro. O terninho Chanel é de uma amiga. Não faço parte do seu mundo. Nem chego perto.

– Eu sei.

Ela estreitou os olhos.

É claro, ela pensou. *Ele não é estúpido.*

Jack cruzou os braços sobre o peito.

– Sei onde você quer chegar com tudo isso, então deixe-me dizer logo que não me importa de onde você vem. Nem um pouco.

Callie o examinou atentamente e, então, olhou para o relógio.

– Você entende que não vou mudar? Não importa o que compre pra mim, nunca serei uma socialite que se interessa por vestidos e sapatos e festas. Pra começo de conversa, odeio fazer compras.

– Então não faça.

– E meus pés são rediculamente largos, então de qualquer jeito nunca entrariam naqueles sapatos estilo *Sex and the City*.

– Quer dizer que você fica estável em rampas. Uma virtude tremenda – ele disse, sério.

Ela revirou os olhos.

– E odeio multidões. Pra ser honesta, sou uma antissocial pacífica. As pessoas não me incomodam, mas prefiro não ter muitas delas por perto.

– Então não vamos na Times Square no ano-novo? Que decepção.

A expressão de horror no rosto de Jack a fez rir.

– Não acredito que não se importa com nada disso.

– Bem, estou um pouco abalado por não irmos ao especial de ano-novo do Dick Clark, mas sempre podemos vê-lo na TV.

Jack estava sorrindo quando a puxou contra ele e a beijou.

– Gosto de você como é – ele indicou o pulso dela. – Se realmente odeia o relógio, posso devolver, contanto que prometa que vai almoçar todo dia. Mas é um presente meu pra você e espero que pelo menos o experimente.

Ela jogou os braços ao redor dos ombros dele.

– Está bem. E obrigada.

Jack abaixou a cabeça para a pele sensível do pescoço dela.

– Você está cheirando bem. Que perfume é esse?

– *Eau* de isopropanol.

Ele recuou.

– O que é isso?

– O solvente que estou usando para remover o verniz de resina oxidado da sua pintura.

– Ah, certo. Achei que tinha reconhecido – ele mordeu o lóbulo da sua orelha gentilmente. – Então por que não começamos de novo?

Em um instante, eles estavam no sofá. Com mãos impacientes, jogaram as roupas no chão e tiraram os sapatos. Quando ele se acomodou entre as pernas dela, hesitou, os olhos acalorados mas preocupados.

– Tem certeza de que… você vai ficar bem? – ele perguntou.

Sua preocupação encabulada a fez sorrir.

– Só há um jeito de descobrir – ela murmurou, movendo os quadris contra os dele.

Ele a penetrou devagar, com cuidado – apesar da paixão que ela podia sentir em seu corpo. Callie estremeceu de prazer. Sentiu o peso de Jack sobre ela e gostava da sensação. Quando ele começou a se mover, ela se segurou nele e acompanhou o ritmo com os próprios quadris até que o ouviu gritar seu nome com voz rouca. Quando os braços dele se contraíram ao seu redor, ela se deixou ser tomada pelo prazer.

Mais tarde, quando a respiração dela não estava mais ofegante e seu coração não batia tão rápido, Callie abriu os olhos. Jack tinha mudado de posição e se estendido ao lado dela, tomando a maior parte do sofá. Seu rosto estava relaxado e contente, os olhos brilhando de satisfação.

– Como se sente? Bem? – ele perguntou, a voz grave.

– Melhor que bem.

– Não queria machucar você.

– Sou mais forte do que pareço.

Ele beijou a ponta do seu nariz.

– E não parece pouca coisa, não.

O estômago dela roncou.

– Hora de comer?

Quando ela assentiu, Jack se sentou e lhe deu o suéter que ela estivera usando.

– Pensei que podíamos experimentar uma lanchonete que anda fazendo sucesso.

Por ela, podiam ir ao McDonald's e comer com garfos de plástico.

Abraçando o suéter, Callie estava contente em ficar deitada e observar Jack. Quando ele apanhou a camisa e a vestiu, suas costas largas se flexionaram e ela notou as marcas que deixara nele na noite anterior.

– O que está olhando? – ele perguntou.

– Parece que cometi uns danos estéticos nas suas costas.

Jack a puxou em pé, estreitando-a contra si.

– E pode trabalhar na frente hoje à noite.

Os lábios dele desceram para um beijo rápido que logo se inflamou de paixão.

– Talvez possamos adiar o jantar um pouquinho – ele murmurou. Suas mãos deslizaram sobre os quadris de Callie e ela o sentiu, duro e pronto, quando seu corpo se curvou sobre ela. – Meu Deus, você me deixa insaciável.

E que palavra maravilhosa é essa, Callie pensou, deixando cair o suéter e passando os braços ao redor de Jack. Ele a empurrou contra as portas do armário e a ergueu, suspendendo-a do chão com os braços. Quando ela envolveu as pernas ao redor dele, Jack a penetrou outra vez e os corpos tomaram conta. O movimento crescente era frenético e ela gritou enquanto as ondas de energia a atingiam.

Quando parou de tremer, estendeu as pernas e sentiu os pés tocarem o chão.

– Deus – Jack murmurou, apoiando as mãos no armário. Ele estava ofegante.

Passando uma mão no cabelo dela, tirou alguns cachos da frente de seu rosto e beijou-a na testa. Seus braços, que antes usaram tanta força, agora a seguravam com gentileza.

– Callie – a respiração dele era suave contra sua pele.

Antes de fechar os olhos para aproveitar o momento, ela viu o lindo terno de Jack jogado no chão, as calças sobre a caixa Rubbermaid aberta, e a gravata amassada enfiada no sofá.

Aquelas marcas de riqueza não significavam nada para ela. Era Jack que ela queria. Nu e tremendo com paixão. A voz sem cultura nem refinamento, o nome dela saindo daqueles lábios em um gemido gutural.

Ela se inclinou para ele, abraçando-o. Queria Jack Walker, o homem. Não a lenda dos negócios. Não a estrela mais nova de uma família de prestígio.

Quando se afastou, ele disse:

– Você sempre me surpreende.

Passou os dedos sobre o rosto dela e levantou seu queixo para beijá-la. Seus lábios estavam tão suaves quanto seus olhos.

– É melhor irmos – ela disse. – Eu o encontro na casa. Tenho que trancar o salão de beleza de Nathaniel e quero me trocar.

Ele lhe deu outro beijo demorado e pôs as calças. Depois de enfiar a camisa para dentro com movimentos rápidos, vestiu a jaqueta do terno e casualmente deslizou a gravata azul ao redor do pescoço.

Mas não saiu imediatamente. Só a encarou, um sorriso brincando de leve nos lábios.

– Venha aqui – Callie disse, gesticulando. – Parece que secou o cabelo com um ventilador.

Jack foi até ela e abaixou a cabeça, esperando pacientemente enquanto ela o arrumava.

– E precisamos amarrar essa gravata direito. Vai parecer menos que foi atacado – com um sorriso sedutor, ela virou o colarinho para cima, deslizou a seda no lugar, e rapidamente deu um nó Windsor bastante bom. Fez um aceno quando viu o resultado. – Quase perfeito. Mas o terno e a calça não têm solução.

Jack a abraçou, envolvendo-a por inteiro.

– Parece que não consigo soltá-la.

– Não tenho problema algum com isso.

Depois que ele finalmente saiu, ela levou dez minutos para ajeitar tudo e ir para casa. Quando emergiu no ar frio da noite, sentia-se tão viva que queria rir. O mundo parecia ter se expandido e ela encontrava possibilidades e emoções em tudo, mesmo no céu escuro. Havia coisas pelas quais ansiar, planos que podia fazer, lugares que de repente queria visitar.

Tudo com Jack, é claro.

Ela os imaginou indo para o norte do estado e ficando em alguma pousada no inverno. Haveria uma lareira no quarto deles e uma cama grande com muitos cobertores e travesseiros. Eles fariam amor por dias enquanto a neve caía lá fora.

Callie estava sorrindo quando abriu a porta dos fundos.

Então congelou.

Jack e a loira estavam se olhando no balcão da cozinha. Sobre a pedra de granito entre eles havia um grande anel de diamante.

Ambos se voltaram para ela.

– Então você é a Callie – a mulher disse suavemente. – É você.

Capítulo 17

Olhando de um para o outro, Callie entendeu. A mulher era a loira do corredor do Plaza Hotel. O cachecol e os brincos no quarto de Jack eram dela.

De repente, Callie sentiu-se nauseada.

– Sou Blair Stanford – a mulher disse, estendendo a mão e estreitando os olhos.

Provavelmente porque ela também estava se lembrando do breve encontro.

Callie a cumprimentou encabulada, olhando de soslaio para Jack. Ele encontrou seus olhos e abanou a cabeça, como que se desculpando pela situação em que a pusera.

– Queria poder dizer que é um prazer conhecê-la – Blair disse, com mais honestidade que hostilidade. – Mas foi uma decepção, como pode imaginar.

Callie não sabia como responder e, quando desviou o olhar, viu novamente o diamante. Tinha o diâmetro de uma moeda de cinco centavos.

– Acho melhor eu subir – ela murmurou.

– Não é necessário – Blair disse. – Jack e eu só estávamos fazendo uma despedida oficial.

Ela apanhou uma bolsa Vuitton e deu um aceno curto para Callie. Então, olhou para Jack e disse:

– Cuide-se. Sei que é bom nisso.

– Acompanho você até a porta.

– Não precisa. Na verdade, prefiro ir sozinha.

Antes de sair, ela hesitou e se virou para Callie.

– Tenha cuidado, querida. Ele é um homem maravilhoso de muitos modos, mas deixa um grande vazio quando vai embora.

Callie pensou que a mulher provavelmente estava certa.

O som da porta da frente sendo aberta e fechada foi seguido por um longo silêncio.

Callie olhou para Jack. Sua cabeça estava abaixada e ele apertava a borda do balcão.

– Você está bem? – ela perguntou.

O peito dele subiu e desceu.

– Sim.

Ela esperou que dissesse algo mais. Como ele continuou em silêncio, Callie murmurou:

– Quer adiar o jantar?

Ele a olhou.

– Talvez. Não sei se seria uma companhia muito boa.

Seu coração pulou uma batida e Callie se perguntou se ele mudara de ideia. Mas talvez estivesse apenas constrangido por Blair ter aparecido ali.

– Entendo.

Ele se aproximou e a beijou rapidamente.

– Obrigado.

Depois que ele saiu, Callie olhou para o anel e se imaginou usando aquilo. Não conseguia vê-lo no seu dedo.

O que não era algo necessariamente ruim. Jack não tinha falado nada sobre casamento, afinal.

Ela resmungou. Casamento?! Eles tinham feito amor três vezes e ela já estava pensando sobre altares? Estava claramente louca. Uma escapada de fim de semana era uma coisa. E, mesmo assim, talvez estivesse esperando demais.

Ela se forçou a considerar há quanto tempo eles se conheciam e não gostou da resposta. Era uma questão de semanas, não meses. Tinham muito caminho a percorrer antes que ela pudesse pensar no futuro com pelo menos dias de antecedência.

Jack entrou no escritório e tentou fingir que se acomodar com um copo de bourbon não estava se tornando rotina. Depois de alguns goles, empurrou o copo e o decantador para longe, sentindo-se parecido demais com o pai. O que queria daquela bebida era um pouco de paz, não um mecanismo de sobrevivência com consequências perigosas.

Contudo, quando a mãe apareceu na porta, ele apanhou o copo outra vez. Ela usava um vestido de festa e muitas pérolas, e ele viu a roupa como um bom sinal de que ela estava saindo.

O que poderia não acontecer rápido o bastante, considerando o desagrado no rosto dela.

– Onde está Blair? E por que isso – ela mostrou o diamante – estava na cozinha?

Merda. Ele devia ter guardado o anel quando teve a chance.

– O noivado foi cancelado.

– Por que motivo? – ela exigiu.

– Não é problema seu.

Mercedes começou a balançar a cabeça.

– Jack, não. Não faça isso. Não se apaixone por uma mulher insignificante, especialmente quando tem alguém como Blair. Os sacrifícios não valem a pena.

Ele encheu o copo outra vez.

– Garanto a você que estar com Callie não é nenhum sacrifício para mim.

A expressão da mãe se contraiu.

– Talvez na privacidade da sua casa. Mas e no mundo real? Você precisa de alguém que entenda o tipo de vida que você leva. Blair pode apoiá-lo...

– E você acha que Callie não? Meu estilo de vida não é nada muito complicado. Vejo as mesmas quinhentas pessoas nas mesmas festas todo ano. Posso fazer isso com os olhos fechados, e qualquer um com meio cérebro também consegue.

– Você sabe que está simplificando demais as coisas. Ouça, Jack, sei como foi difícil para seu pai e eu...

Jack não se deu ao trabalho de disfarçar o tédio.

– Meu pai a adorava e você se divertiu fazendo o papel de grande dama pelos últimos quarenta anos. Então não aja como se tivesse sido uma obrigação, tudo bem?

Ela respirou fundo.

– Não precisa falar comigo desse jeito.

– Você tem mais alguma coisa a dizer, mãe?

Assim que disse as palavras, se arrependeu.

Claro que ela tinha mais alguma coisa a dizer.

– Jack, você não pode mesmo fazer isso. Especialmente se for candidato a governador.

Ele levantou as sobrancelhas, e ela explicou:

– A mãe de Gray Bennett ligou e me disse que ele está em Boston para se encontrar com você. É óbvio o que está planejando.

– Ah, se não é a rede de ex-alunos da Smith College em ação.

Mercedes foi até a escrivaninha com sua urgência típica, claramente preparada a forçar sua vontade sobre Jack. Embora nunca tivesse funcionado, estava sempre disposta a tentar.

Nesse momento, Jack pensou que seu pai de fato não tivera nenhuma chance depois que pôs os olhos nela.

– Você sabe que sempre tive esperanças de que você concorresse – ela disse –, e não só dentro do estado. Não vê o que uma função pública faria por você? O poder que lhe daria? O respeito? Não quer tudo isso?

– Já tenho poder, então muitas pessoas me respeitam – ele respondeu secamente. – E sinto que você está mais interessada em ser a mãe de um senador, não é? Mas sua lógica não está me impressionando. Não vejo como casar com Blair sem amá-la me faria ser eleito, nem como estar com Callie impediria isso.

O tom da mãe ficou mais severo.

– Não pense que sua vida amorosa não terá um papel na eleição. Deus sabe que já será difícil o bastante superar seu passado. Você não deveria dificultar as coisas ainda mais perdendo uma mulher como Blair porque quer dormir com um membro das classes mais baixas.

– Basta – ele disse rispidamente, batendo o copo na mesa.

Isso não desencorajou a mãe.

– Jackson, não posso deixar você cometer um erro desses. Há jeitos de consertar essas coisas.

Ele estreitou os olhos.

– É muito nobre da sua parte querer me salvar de mim mesmo, mas tenha isto em mente: se quer continuar morando aqui, vai abandonar esse assunto e parar de se intrometer na minha vida. Entendido?

As sobrancelhas finas de Mercedes se ergueram.

– Mas você tem que perceber que nunca daria certo entre você e aquela... Callie – ela disse, gesticulando vagamente com uma mão cheia de anéis.

– Desculpe, não concordamos que você não iria interferir? Ou está de mudança?

Mercedes parecia quase desamparada. Ele podia imaginar a frustração dela em estar tão perto dos seus sonhos, mas incapaz de controlar a situação.

– Jack, sou sua mãe...

– O que não significa que esteja no controle aqui. Feche a porta quando sair.

Ela continuou olhando para Jack e ele levantou uma sobrancelha.

– Agora.

Quando estava sozinho, terminou a bebida e foi procurar Callie. Mesmo que estivesse meio perturbado, não queria estar em nenhum outro lugar.

Uma semana depois, Callie estava voltando à casa depois de uma tarde produtiva com o retrato. Após trabalhar nas bordas da pintura, tinha avançado o suficiente para o interior e alcançado o rosto de Nathaniel. Mesmo com a sujeira, ele tinha sido bonito, embora um tanto soturno. Mas agora, revelado em toda sua glória, era resplandecente. Seus olhos eram cor de mogno escuro, as bochechas um pouco rosadas, o cabelo grosso era uma série de marrons. Copley destacara o melhor de seu modelo, mas ela suspeitava que houvera bastante com o que trabalhar. E, sem o verniz antigo, a expressão taciturna era menos intensa.

Quando Callie abriu a porta dos fundos, o silêncio absoluto na cozinha a lembrou de que era o dia de folga de Thomas. Isso significava que a sra. Walker sairia para jantar, e Callie sorriu. Embora ela e Jack tivessem planos de ir ao cinema e jantar fora, talvez devessem só ficar em casa. Parecia uma pena desperdiçar a privacidade.

Ela olhou para o novo relógio. Estava se acostumando com ele, realmente servia o propósito de lembrá-la da hora do almoço. Mais do que qualquer coisa, no entanto, ela gostava do acessório porque a lembrava de Jack.

Sentando-se à mesa, começou a folhear o jornal, acariciando a orelha de Arthur com a mão livre.

Uma hora depois, olhou para o relógio de novo e começou a andar de um lado para o outro da cozinha. Jack nunca se atrasava e dissera que estaria em casa uma hora e meia atrás. Callie estava se perguntando se deveria ligar para o escritório dele quando o telefone tocou.

Embora não tivesse o hábito de atender ligações na casa, ela apanhou o receptor, esperando que fosse ele.

– Alô?

– Callie, é o Jack. Preciso da sua ajuda.

No fundo, ela ouviu vozes abafadas e o som de algo estridente. Alarmes?

– O que aconteceu? – ela perguntou, pondo uma mão na testa.

– Bati o carro.

Os pulmões dela imediatamente pararam de funcionar.

Calma, ela disse a si mesma, *fique calma. Pelo menos ele ainda consegue segurar o telefone.*

– Meu Deus, você está bem?

– Estou, tirando que quebrei a droga do meu braço. Pode vir me pegar? Estou no hospital Beth Israel.

– Onde? Que carro posso pegar?

– Pegue o outro *Jag*.

Ele disse onde ficavam as chaves e deu as direções até o hospital. Quando saiu correndo da casa, Callie imaginava todo tipo de cenários com consequências horríveis. Do jeito que ele dirigia, poderia ter sofrido algo muito pior do que um braço quebrado.

O "outro *Jag*" era um conversível e, para azar dela, tinha câmbio manual. Enquanto saía aos trancos, torceu para que durasse o bastante da transmissão quando chegasse a Boston para levá-los de volta para casa. O trajeto foi interminável. Ela era uma motorista relutante na melhor das circunstâncias, e o estresse não melhorava suas habilidades. Atrás da direção de um motor poderoso, pisando na embreagem e no acelerador com toda a *finesse* de uma principiante, não era nenhum Jeff Gordon.

Uma vida depois, Callie estacionou na ala de emergência do enorme complexo do hospital. Imaginou que teria de sair do carro para encontrar Jack, mas então ele saiu mancando das portas duplas, o braço em uma tipoia. Ela puxou o freio e pulou do carro.

– Você machucou mais do que o braço – ela disse, olhando o curativo na cabeça dele.

– Você tinha que ver o DB9 – ele abanou a cabeça e fez uma careta. – Parece que passou por um compactador. De manhã era um carro esportivo. Agora é um acordeão.

Callie abriu a porta para ele e Jack estremeceu ao se sentar cuidadosamente. Ela entrou de volta no carro, mas hesitou antes de dar partida, porque queria dar uma boa olhada nele. A jaqueta cobria os ombros, a gravata estava enfiada no bolso, e a camisa, que estava fora das calças, tinha um pouco de sangue seco no colarinho. Ela imaginou que tipo de machucados estavam escondidos sob as roupas.

– Podemos ir agora?

Ele encostou a cabeça no assento e fechou os olhos. Parecia cansado e desconfortável, mas longe da beira da morte.

Assim que se convenceu de que ele estava bem, Callie ficou irada.

– Em que você bateu?

Ele estremeceu quando a voz dela ressoou dentro do carro.

– Como sabe que foi culpa minha? – ele perguntou em voz baixa.

– Eu já estive num carro com você. Jack, você podia ter morrido!

– Primeiro, não morri. E sei disso porque meu corpo inteiro dói. Segundo, o motorista que entrou na minha pista teve alguma coisa a ver com o acidente também. Podemos ir logo?

Mordendo os lábios para não xingar, Callie apertou a direção e entrou na Brookline Avenue.

– Como aconteceu? – ela resmungou.

– Foi na Storrow Drive. Um cara numa SUV entrou na minha pista, e quando tentei contorná-lo atingi a grade de segurança, girei 360 graus, acho, e parei na esplanada – ele se voltou para ela. – É a área verde entre a Storrow e o rio Charles. Normalmente é reservada a pedestres, então eu não fui o único surpreso por estar num carro na pista de corrida. Graças a Deus ninguém mais se machucou.

Ela abanou a cabeça.

– Você dirige rápido demais.

– Eu sei.

– É muito agressivo.

– Eu sei.

– Poderia ter morrido – ela repetiu, irritada com as respostas lacônicas. – E não diga "eu sei"!

– Certo.

Ela lhe lançou um olhar duro. Sob o brilho do painel, viu que Jack estava com os olhos fechados. Parecia acabado e a vontade de gritar com ele desapareceu. Focando-se na estrada, Callie pensou que o levaria para casa e o colocaria direto na cama.

Isso se ele não dormisse no carro.

Quando entrou em Buona Fortuna, ela pensou que teria de acordá-lo, mas ele ergueu a cabeça e deu um longo suspiro. Cuidadosamente estacionando o *Jag* na garagem, Callie se perguntou se precisaria ajudar Jack a sair do carro, mas ele levantou sozinho e saiu mancando na noite. Fechando a porta da garagem, ela notou que o carro da sra. Walker estava de volta, e imaginou qual seria a reação da mulher ao ver todo estropiado o seu filho perfeito. Provavelmente teria um ataque.

Quando Callie chegou ao seu lado, Jack olhava para as estrelas com uma expressão pensativa, seu braço bom segurando o machucado apesar da tipoia ao redor do pescoço.

Ela gentilmente pôs a mão no ombro dele. Precisava tocá-lo, e não por cima das roupas. Precisava sentir o calor da sua pele, ter o corpo dele contra o seu, *sentir* que ele estava bem, não apenas supor à distância.

– Obrigado – ele murmurou baixinho. – Por me pegar.

– É claro.

Ela o seguiu em direção à casa, medindo o jeito como Jack favorecia o pé direito e a rigidez com que se movia. Quando ela abriu a porta para ele, Jack parecia visivelmente aliviado por estar em casa.

– Quer comer alguma coisa? – ela perguntou.

– Pode me levar algo lá em cima? Quero tirar essas roupas e deitar.

Quando Callie chegou no quarto, o homem confiante e elegante que conhecia estava de pé ao lado da cama, completamente enrolado nas próprias roupas. A tipoia caía torta do ombro, a camisa estava presa ao redor do pescoço, e o cinto meio aberto.

– Precisa de ajuda? – ela colocou o prato e o copo no criado-mudo, disfarçando um sorriso.

Um olho a censurou de dentro da bagunça.

– Sim. Por favor.

Callie rapidamente abriu os botões, tirou a camisa e removeu a tipoia.

E parou de respirar quando viu um machucado na clavícula de Jack.

– Deve ter doído – ela o tocou, passando os dedos de leve ao redor da marca vermelha.

Ele não disse nada. Os olhos estavam fechados e seu rosto indicava uma concentração intensa, como se absorvesse o toque dela.

A voz de Jack estava rouca.

– Quando o carro parou de girar eu estava tão atordoado que nem sabia o quanto tinha me machucado.

Ela estremeceu, tentando não pensar no corpo quebrado de Jack sendo puxado do carro pelos paramédicos.

Os olhos dele se abriram lentamente.

– A primeira coisa em que pensei foi você. A ideia de não ver você de novo foi... insuportável.

Callie tocou o rosto dele, sentindo a barba não feita, a cavidade acima do maxilar, o pulso batendo na garganta.

Quando abaixou a mão, ele a pegou e pôs de volta.

– Me toque – ele disse. – Você faz a dormência desaparecer.

Ela passou a mão sobre os ombros dele até o bíceps. Traçando de leve os peitorais, parou sobre o coração e desceu até o estômago. Podia sentir o corpo dele se contrair sob seus dedos e ouviu-o ofegar. Quando passou os nós dos dedos sobre seu umbigo, ele soltou o ar, mordendo o lábio inferior.

Ela parou, com medo de estar machucando-o.

– Não pare – ele disse, a voz embargada. Seus olhos estavam selvagens, beirando a violência. – Por favor, não pare.

Ela abriu a fivela do cinto, sentindo o couro flexível enquanto o tirava. As calças dele caíram no chão em um instante e ela o olhou. Uma camada fina de suor tinha brotado na testa dele.

Jack a pegou com o braço bom, apertando-a contra si e enfiando a cabeça em seu cabelo. Sentindo a parede sólida do seu peito, ouvindo as batidas do seu coração, Callie estremeceu e abriu a boca.

Sabendo que corria o maior risco de sua vida, sabendo que era cedo demais e que talvez estivesse apenas inspirada por paixão e alívio, ela sussurrou:

– Eu te amo.

Jack congelou e ela imediatamente desejou se retratar.

No que estava pensando? Claro que ele se importava com ela. E sentia paixão por ela. Mas amor?

Callie deu um passo para trás, tentando disfarçar o que dissera, mas os olhos dele a prenderam no lugar com uma intensidade que ela nunca vira em Jack antes.

Ele a trouxe de novo contra si.

– Não acredito, nunca achei que isso fosse acontecer, mas... também te amo.

Ele a puxou para perto e ela quis chorar. Era mais do que a bênção de tê-lo em casa a salvo. Era o fato de que ele sentia o mesmo. De suas palavras não serem uma promessa, mas uma declaração. Não, era a sensação de que o mundo não era o lugar duro e frio que ela sempre achara que fosse.

Depois de tantos anos sozinha, ela tinha alguém que lhe pertencia.

Capítulo 18

Na noite seguinte, Jack abriu a porta da frente para Gray Bennett. Era óbvio que o amigo não estava feliz.

– Onde você se enfiou? Não me ligou de volta e… Deus, o que aconteceu com você?

– Acidente de carro.

Ele conduziu Gray ao escritório e fechou a porta.

Jack lentamente se acomodou na cadeira, pensando que queria muito voltar a se mover com liberdade. Os machucados sumiriam logo, mas o maldito braço ainda encheria o saco por um mês e meio.

– Meu Deus – Gray o examinou por um minuto e então tirou o casaco e o jogou no sofá. – Você está bem?

– Sim, só meio batido.

– Bem, fico feliz que não tenha sido pior. Mesmo assim você deveria ter me ligado de volta. O que você está fazendo começou a ganhar vida própria e você precisa se manter atualizado, para seu próprio bem.

– Eu sei – mas apaixonar-se fazia um homem pensar em outras coisas além de política. – Agora sente-se e me diga o que preciso saber.

Gray sentou em uma poltrona e cruzou as pernas. Então, começou a bater o pé no chão.

– Preciso me preocupar com alguma coisa? – Jack perguntou calmamente.

– Recebi uma ligação de Nova York e tive que vir conversar pessoalmente. Há um boato de que você e Blair terminaram o noivado. Quer me contar o que está acontecendo?

O telefone ao lado de Jack começou a tocar e ele o silenciou.

– Terminamos. Eu terminei, na verdade. Eu tinha cometido um erro terrível e, como a maioria dos lapsos de julgamento, não percebi até que alguém saísse ferido. Sinto muito pelo que aconteceu, mas terminar tudo foi a decisão certa.

O pé de Gray parou.

– Sou antes de tudo seu amigo, então tenho que perguntar: como você está?

– Bem. Mas me sinto um merda por ter feito Blair passar por tudo isso.

– Bem, sinto muito que não deu certo. Ela é uma ótima mulher – houve uma pausa. – Agora, como sou também seu consultor político, precisamos falar de negócios.

– Diga.

Jack puxou a tipoia e reposicionou o braço quebrado em cima do peito, tentando aliviar a tensão no ombro. Já era tempo de ter uma reunião com Gray, e ele estava preparado a passar uma hora ou duas com o amigo, se necessário.

– Falaremos sobre as consequências do término do noivado daqui a pouco. Primeiro, a eleição. Está chegando a hora de decidir. Os boatos estão crescendo, embora ainda falte um ano para a abertura das urnas. Quero saber, sinceramente, o que você tem em mente. Vai se candidatar?

– A não ser que alguma coisa drástica aconteça, sim.

– Bom. A partir desta semana, vou procurar discretamente por um diretor de campanha. Conheço uns bons, e se dermos sorte ainda não estarão ocupados. Isso é outro motivo pelo qual é importante decidir agora.

Gray juntou a ponta dos dedos e observou Jack.

– Agora, sobre Blair. Fico feliz por não ter anunciado o noivado, mas, se teve que terminar um relacionamento tão perto de uma eleição, é bom que tenha sido com ela. É uma mulher de integridade, então podemos supor que não aparecerá de surpresa com um livro de revelações sobre você.

Jack inclinou a cabeça.

– Blair nunca faria nada assim. Não temos nada com que nos preocupar.

– Da parte dela, talvez – Gray se levantou e começou a andar pelo escritório. – Acho que precisamos fazer certo controle de danos mesmo assim. Outras pessoas sabem que você a pediu em casamento. Se vazasse a notícia que você terminou o noivado por causa de outra mulher...

– Quem disse algo sobre outra mulher?

O amigo o olhou secamente.

– Nem tente me enganar.

– Não estou negando. Só quero saber sua fonte.

– Karl Graves.

Jack contraiu os lábios.

– Então todo mundo em Manhattan sabe?

– Acho que não. Conheço Karl há algum tempo e ele ligou porque estava preocupado com Blair e queria saber o que tinha acontecido entre vocês – Gray colocou as mãos sobre a escrivaninha e se inclinou. – Mas você não quer esse tipo de atitude de playboy nos jornais, e é isso que importa. Acho que, por enquanto, é melhor que eu seja seu representante de imprensa. Melhor eu responder às questões, supondo que haja alguma. Isso vai lhe dar alguma proteção.

– Certo.

Jack olhou para fora da janela.

– Olhe, não quero que se preocupe. Posso lidar com o que quer que aconteça. Meu trabalho é garantir que as pessoas o levem a sério, e estarei preparado.

Jack abanou a cabeça, pensando em todas as manchetes sobre si ao longo dos anos. Um noivado rompido se adequava perfeitamente ao padrão.

– Gray, acha que sou louco por concorrer?

– Não. Mas você tem algumas desvantagens para superar – o amigo se endireitou. – Nunca teve um cargo público, o que é um argumento contra você. É bem-sucedido nos negócios, e Deus sabe que o nome da família trabalha em seu favor, mas será julgado por aqueles anos de *bad boy*. O bom é que, enquanto você esteve com Blair, só apareceu nos jornais por bons motivos. Só estou preocupado agora, porque não quero que essa história com ela comece uma avalanche antes de você revelar suas propostas. Quanto mais os eleitores souberem sobre você antes de ser lembrados do seu passado, melhor. O que é mais um motivo para fazer o anúncio logo.

– Você mencionou controle de danos. Quer que eu fale com Blair?

– Não, não estou preocupado com ela – houve uma pausa. – Quero que fale com Callie.

Jack franziu o cenho.

– Sobre o quê?

– Foi ela que o fez mudar de ideia sobre o noivado, não foi?

Quando ele assentiu, Gray disse:

– Planeja ficar com ela por muito tempo? Ou é só uma distração temporária?

– Que merda de pergunta é essa?

– Uma bem importante. E mais tarde podemos falar sobre por que quis me arranjar para a mulher se estava tão interessado nela.

Jack se levantou e foi ao bar.

– Quer um pouco de bourbon?

– Bradford's?

– Tem outro tipo?

Jack deu a bebida a Gray e se sentou.

– Callie é muito mais que um caso. Estou apaixonado por ela.

O copo de Gray parou a meio caminho da boca.

– Meu Deus. Você está falando sério.

– Muito! Ela é tudo pelo que eu não estava procurando e exatamente quem eu quero.

Gray abanou a cabeça tristemente.

– Estou feliz por você. Muito feliz. Se pareço surpreso…

Jack riu.

– É inteiramente compreensível. E lembre-se, se pode acontecer comigo, pode acontecer…

– Não termine essa frase – Gray tomou um gole longo da bebida e cerrou os dentes. – De volta ao que interessa. Vou supor que Callie será um fator na eleição ano que vem. Ela precisa saber no que está se metendo, se ficar com você. Vai ser arrastada para o meio da briga, e é justo que esteja preparada.

Jack assentiu, mesmo odiando a verdade. A última coisa que queria era submeter Callie à avalanche da mídia, mas não podia ignorar o inevitável.

- Falarei com ela.

- E seria útil saber um pouco sobre o passado dela.

- Fácil.

Ele deu de ombros e recitou o currículo de Callie.

- E a família dela?

- Ela não fala muito sobre eles.

- Descubra por quê.

- Gray, não vou brincar de detetive particular com minha... - ele não sabia como terminar a frase. Amante? Namorada? Pareciam palavras tão fracas quando pensava no que sentia ao lado dela!

Enquanto ele lutava, o amigo disse suavemente:

- Precisamos saber.

Jack xingou baixinho, e Gray balançou a cabeça.

- Isso é só o começo. Pensou de verdade sobre o que a eleição vai fazer com sua vida? Tem certeza de que está pronto para o escrutínio?

- Quero ganhar – Jack tomou um gole. – Farei o que for necessário para conseguir. Mas não quero que Callie seja arrastada para esse jogo sujo. Estou disposto a aguentar os golpes, mas não aceitarei que ninguém a ataque.

Gray hesitou.

- Bem, talvez você deva considerar mais um pouco em que está se metendo. Sabe que eu nunca pensaria mal de você se desistisse. Pode fazer isso em qualquer momento antes de anunciar oficialmente a candidatura.

Houve uma batida na porta.

- Entre – Jack disse.

Callie enfiou a cabeça para dentro.

- Gray! Não sabia que viria. Vai ficar pro jantar?

Gray deu um sorriso fácil, terminou a bebida e colocou o copo na mesa.

– Não, estava de saída – ele apanhou o casaco. – Falo com você depois, Jack?

Jack assentiu, olhando para Callie.

Quando estavam sozinhos, ela franziu a testa.

– Por que está me olhando desse jeito?

Porque estou preparado para matar qualquer um que tente ir atrás de você, ele pensou.

– Jack?

Ele estendeu o braço bom.

– Desculpe. Venha aqui para eu te beijar.

Ela fechou a porta e atravessou o cômodo. Enquanto a via, Jack sentiu o sangue pulsar nas veias e olhou fixamente para sua boca. Ele não conseguia acreditar que sua atração estivesse ainda fresca depois de ficarem juntos tantas vezes. Que ele pudesse querer tanto alguém, mesmo quando já a tivera, era uma novidade.

É o amor, Jack pensou.

Ele a colocou no colo e passou uma mão sobre a perna dela.

– Sabe de uma coisa?

– O quê?

– Você é linda.

Ele pressionou a boca contra a dela.

Enquanto ela se ajeitava sobre seu colo, Jack pensou sobre o que Gray dissera. Ele considerara as consequências de concorrer? Butch Callahan não desistiria sem uma briga séria, e todos os outros candidatos queriam vencer tanto quanto Jack.

O que significava que as luvas seriam retiradas. E seria um vale-tudo.

A questão era: o quanto ele queria ganhar? E o quanto estava disposto a sacrificar para garantir que isso acontecesse?

– Jack?

– Hmmm?

– Você sai de férias de vez em quando?

Ele afastou o cabelo de Callie e beijou seu ponto preferido no pescoço dela, atrás da orelha.

– O que tem em mente?

– Talvez depois das festas pudéssemos ir ao Norte do estado. Só pelo fim de semana. Não ficaríamos longe por tanto...

Ele a interrompeu com um beijo demorado.

– Vamos tirar uma semana.

O sorriso que ela deu fez Jack pensar que não seria má ideia ficar longe por mais tempo ainda.

Mais tarde, naquela semana, eles estavam na cama e Callie estava prestes a cair no sono quando ele disse:

– Quero perguntar uma coisa.

– O quê?

– Por que esperou tanto para tran... fazer amor com alguém?

Por um momento, ela não soube como responder. Diria a verdade, é claro, mas era difícil encontrar as palavras certas.

– Bom, além de ser introvertida, eu tive que trabalhar pra me sustentar durante a faculdade, então parecia que todo minuto do dia tinha algo pendente pra fazer. Quando me formei, minha mãe ficou doente e piorou rápido. Tinha esclerose múltipla, e quanto mais debilitada ficava, mais precisava de mim. Não tínhamos dinheiro para contratar uma enfermeira em tempo integral – ela deu de ombros. – É preciso tempo e energia para ter relacionamentos, e eu não tinha nenhum dos dois

Pelo desagrado na voz de Jack, ela sabia que ele estava franzindo a testa.

– Não deveria ter precisado lidar sozinha com a doença da sua mãe. E seu pai, onde estava?

– Era, ah... uma situação complicada.

Jack apoiou a cabeça na mão e deixou o gesso entre eles. Na penumbra, ela podia ver que ele a olhava com aquela intensidade característica.

– Então lidou com tudo sozinha?

– Não tive escolha – ela disse. – Lidei como pude, e às vezes não muito bem. Havia noites em que eu não conseguia suportar a pressão e teria feito qualquer coisa para sair de perto da minha mãe. Odeio lembrar de algumas coisas que senti. Ela não escolheu ficar doente, sofrer, murchar na própria pele até morrer. Mas eu me sentia tão... presa. Não queria deixá-la porque temia que algo acontecesse, mas às vezes só queria sair da casa. Eu poderia ter sido melhor. Poderia...

– Você ficou – ele retrucou. – É isso que conta.

Callie soltou a respiração em um suspiro.

– Queria refazer tanta coisa.

– Acho que está sendo dura demais consigo mesma – Jack pressionou os lábios de leve nos dela. – E não sei como seu pai pôde não fazer nada.

– Sinceramente, era mais fácil se ele não se envolvesse. As coisas às vezes ficavam bagunçadas quando ele estava por perto.

– Como ele era?

Ela olhou para o teto, pensando que provavelmente não havia problema em revelar alguns detalhes.

– Era... maior que a vida. Quando eu estava perto dele, sempre me sentia na presença de alguém grande. Era um homem alto, quase tanto quanto você, e eu me sentia minúscula. Insignificante.

– Vocês eram próximos?

– Nem um pouco. Ele era confiante, seguro de si, mas quando tentava falar comigo ficava encabulado. Acho que me evitava porque não gostava de como se sentia quando estava comigo. Pessoas poderosas tendem a ficar confortáveis só quando estão no controle de suas emoções.

– Que jeito para um pai se comportar! – Jack murmurou. – O que ele fazia da vida?

Ela o olhou nos olhos e começou a pensar em como mudar de assunto.

– Era um homem de negócios. Mas não sei muito sobre isso.

– Ele viajava muito? A trabalho?

– Acho que sim.

– Que tipo de negócios ele fazia?

Ela não respondeu, e Jack franziu a testa.

– Está escondendo bastante coisa, não é?

Callie continuou em silêncio, e ele a encarou por um longo momento.

– Vamos falar sobre outra coisa – ela sugeriu baixinho.

– Certo.

Ela ficou aliviada, até que ele disse:

– Por que não quer me falar sobre seu pai?

Callie se sentiu irritada.

– Só não quero, tudo bem?

– Não confia em mim?

– O que você quer dizer com isso?

– Se você precisa perguntar, acho que sei a resposta.

Ele se virou, deitando de costas.

– Simplesmente não estou interessada em falar sobre ele.

Jack virou a cabeça.

– Mas talvez eu queira saber.

Callie se sentou e abraçou os joelhos.

– Por quê? Está no passado. Ele morreu e eu superei quaisquer problemas que tivesse com ele. Não é mais um problema.

Houve uma longa pausa.

– Callie, precisamos conversar.

O tom dele era sério e ela sentiu-se encolher.

– Sobre o quê?

– Nós. O futuro.

Ela o olhou. Jack tinha ajeitado a cabeça na palma da mão boa e o peito nu estava só parcialmente coberto.

– No que está pensando? – ela perguntou, esperando poder suportar a resposta. Na noite do acidente, ele dissera que a amava, mas eles não tinham conversado sobre o que fariam depois que ela terminasse o retrato.

– Já considerou morar em Boston? – ele perguntou. – Poderia trabalhar daqui tanto quanto em Nova York.

O sorriso dela retornou.

– Verdade.

– E poderíamos nos ver bastante.

Ela se sentiu relaxar.

– Eu gostaria disso, Jack. De verdade.

Ele a puxou para baixo.

– Eu também – disse, contra a boca dela.

Beijou-a uma vez, e então parou.

– Sobre a eleição – ele alisou o cabelo dela para trás –, se eu decidir concorrer, vai ser difícil. Se estiver ao meu lado, precisará estar preparada.

– Para me abaixar se jogarem tomates em você?

– Bem, sim – ele riu baixinho. – Mas estava pensando mais sobre a imprensa. Você precisa estar preparada quando eles investigarem a sua vida.

Callie sentiu uma onda de terror frio que cancelou seu alívio momentâneo.

– O que quer dizer?

– A mídia e meus oponentes vão escrutinar tudo sobre mim. Meu passado, nosso relacionamento, suas origens, tudo vai ser examinado de perto.

Ela se endireitou em um instante, tentando imaginar o que aconteceria se alguém investigasse sua vida. O segredo do pai, que ela protegera por tanto tempo, seria um escândalo perfeito para os repórteres, se descobrissem. Ela já podia imaginar a cobertura.

E havia Grace para considerar. Callie prometera que nunca a trairia e, embora não fosse entregar a meia-irmã de propósito, o resultado seria o mesmo. O mundo inteiro saberia os detalhes da infidelidade do pai e Grace seria o alvo de mais ataques da mídia.

Jack se sentou, obviamente notando a preocupação dela.

– Será pior comigo, é claro, e Gray e eu cuidaremos de você.

Ela o examinou.

– Você disse *se* você concorresse. Há alguma chance de não concorrer?

Ele pareceu surpreso.

– Por que não me diz com o que está preocupada?

Ela considerou explicar tudo para ele e sentiu um nó na garganta. Provavelmente era melhor ficar quieta. A história não era só dela. Jack e Grace podiam ser amigos, mas quão próximos eram? Ela não quebraria a promessa de nunca falar com ninguém sobre o passado.

– Só não quero a imprensa na minha vida – ela disse. – Só isso.

Jack franziu a testa, os olhos brilhando.

– O que exatamente está escondendo?

Ela desviou o olhar.

- Conte-me, Callie.

- Não posso.

Houve uma pausa demorada e tensa.

- Por que não?

Como ela permaneceu em silêncio, Jack saiu da cama e começou a colocar a calça.

- Onde está indo? – ela perguntou.

- Não sei o que aconteceu no seu passado, mas é difícil imaginar que tipo de coisa você não poderia compartilhar comigo.

- Jack, não faça isso! – ela estendeu a mão, mas ele a rejeitou e colocou a camisa com movimentos rápidos. – Não sei por que importa tanto. Ainda não decidiu concorrer, não é?

Ele lhe deu um olhar duro.

- O que me preocupa é o quão pouco você confia em mim.

- Mas eu *confio* em você.

- Então me conte!

Quando ela continuou quieta, ele desviou o olhar.

- Meu Deus! – ele murmurou, enfiando os pés em chinelos. – Achei que, com você, eu nunca precisaria me preocupar com honestidade. Não acredito que está agindo desse jeito.

"Agindo desse jeito?". Como se ela tivesse escolhido ser filha de um pai que ficara horrorizado com sua mera existência!

Uma onda de raiva defensiva impeliu Callie para fora da cama e ela enrolou o corpo em um cobertor.

- O que está realmente acontecendo, Jack? Está preocupado com nós dois? Ou que o meu passado possa influenciar seu sucesso nas urnas?

Ele parou.

- Vou tentar esquecer que você disse isso.

Ela fechou os olhos, imediatamente desejando retirar as palavras.

- Sinto muito.

- É, eu também – ele disse, indo para a porta.

- Jack, espere.

- Não quero conversar agora, se me dá licença.

Depois que ele saiu, Callie sentou-se na cama e fechou os olhos, sentindo o coração bater com força.

A necessidade de manter o segredo fora inculcada nela por tanto tempo que Callie não conseguia falar sobre ele com qualquer pessoa. Nem mesmo Jack.

Como ela tinha sido bem treinada! E desde cedo.

Ela se lembrava de ter onze anos e estar na Grand Central Station com a mãe. Enquanto esperavam o trem, Callie vira um homem de negócios lustrando os sapatos. O homem tinha um jornal na frente do rosto, mas ela percebera que era alguém como seu pai porque vestia o mesmo tipo de roupa.

Ela ficara observando o homem, perguntando-se como seria limpar os sapatos enquanto estavam nos pés, quando ele virara o jornal e ela vira uma foto do seu pai. Animada pela imagem, fora até lá e orgulhosamente começara a explicar ao homem de quem era filha.

A mãe a tinha puxado com força, se desculpando e sorrindo.

– Ela acha que todo homem de gravata é o pai.

– Não acho, não.

– Me perdoe.

O homem tinha assentido e voltado a ler, mas, enquanto Callie era arrastada para longe, viu que ele tinha abaixado o canto do jornal e lhes dava um olhar pensativo. A mãe havia notado e feito o máximo para bloquear a visão dele, levando Callie a um canto.

Ela estava obviamente perturbada.

– Você não pode fazer coisas assim. Lembra como eu disse que seu pai é um segredo? Um segredo entre nós três?

Claro que Callie se lembrava, mas estava cansada de ficar calada. O pai dela era o único que tinha que ficar escondido.

– Só estava contando para um desconhecido!

– Mas se você conta um segredo, o que acontece? – a mãe tinha perguntado.

– Você não tem mais que mantê-lo – ela retrucara, colocando as mãos no quadril.

– Não. Não, Callie, olhe pra mim. Se compartilha um segredo, o que acontece? Você perde algo especial.

Callie começou a abanar a cabeça. Estava cansada do sermão, de manter o segredo estúpido. Além disso, não era como se estivesse ganhando alguma coisa por ser uma boa menina. Não importava se ela seguia ou não as regras do pai, ele ainda não a olhava nos olhos quando vinha visitá-las.

– Callie, estou falando sério.

Naquele momento, ela não tinha se importado com quão brava a mãe estava.

– E daí? Se eu contar para as pessoas sobre o papai, vou perdê-lo? Quem se importa?

A mãe tinha apertado os ombros dela e se aproximado tanto que o nariz delas quase se tocaram.

– Se contar, *nós duas* vamos perdê-lo.

Olhando o rosto pálido da mãe, Callie sentira a luta se esvair dela.

De volta ao presente, ouviu o som de Artie caçando marmotas em sonho. Ela olhou para o lado da cama, vendo as patas dele estremecerem e ouvindo um resmungo profundo sair da sua garganta.

Como gostaria de ter outra história para contar! Mas não tinha.

E quebrar com todos aqueles anos de educação cuidadosa não era algo que podia fazer com facilidade. Depois de uma vida mantendo o segredo, parecia errado contar, mesmo que para Jack.

Se ela pudesse contar para alguém, certamente seria ele.

Mas e a eleição? A imprensa? Não era certeza que um repórter descobriria o que ela estava escondendo. Mas considerando o que havia a perder – no caso, a paz de espírito e a segurança de Grace – ela realmente estava disposta a arriscar que alguém descobrisse a verdade?

Artie estremeceu e soltou algo parecido com um latido.

– Acorde – ela murmurou, abaixando a mão e acariciando o cachorro. – Acorde, vamos!

Os olhos do cão se entreabriram e ele pareceu agradecido quando a viu. Talvez as marmotas estivessem perseguindo-o dessa vez.

De repente, Callie sentiu que sabia como era ser perseguida. Tentara superar o legado dúbio do pai por algum tempo, mas, droga, a história vinha se provando inescapável.

Ela acariciou a cabeça de Artie até ele cair no sono outra vez, então colocou um travesseiro contra a cabeceira e se encostou. Enquanto olhava o Caravaggio acima da lareira, deixou o debate entre o passado e o presente preencher as horas escuras e silenciosas.

Capítulo 19

Na manhã seguinte, Callie colocou uma coleira em Artie e saiu cedinho para dar uma volta com ele. Quando voltaram a Buona Fortuna, o cão estava exausto. Ao contrário dela, ele não precisava caminhar para se distrair da ansiedade e da inquietação, dois grandes energéticos ao lado da cafeína e de combustível de foguete.

Eles caminharam ao lado da estrada por quilômetros, até Weston, a cidade vizinha. Finalmente, Callie se forçou a voltar. Por mais nervosa que estivesse, andar até a fronteira de New Hampshire não faria nada além de desgastar seus tênis de caminhada. Além disso, Artie começava a ficar ofegante.

Quando se aproximaram da casa, as portas da garagem estavam abertas e o Jaguar da sra. Walker não estava lá dentro, o que significava que Jack tinha saído. Ele começara a usar o carro da mãe porque era automático, e ele não conseguia mudar de marcha com o braço engessado. Olhando a vaga vazia, Callie ficou decepcionada por ter perdido uma oportunidade de tentar se desculpar outra vez.

Depois de levar o cachorro à cozinha, disse bom dia a Thomas e voltou à garagem. Acabara de ligar as luzes e se sentar quando ouviu passos nas escadas. Virou-se e ficou surpresa ao ver Jack.

Seus olhos se encontraram, mas ele não sorriu.

– Achei que você tinha saído – ela disse, abaixando a vareta que estava prestes a enrolar com algodão.

– Vou trabalhar em casa hoje. – Ele atravessou o cômodo até uma janela, a mão no bolso da calça jeans, um suéter grosso destacando a cor preta do cabelo. A fraca luz do sol caiu sobre seu rosto enquanto ele examinava o céu.

– Sobre ontem à noite – ela começou –, quero me desculpar. Estava frustrada e brava…

– E sincera, talvez? – ele a olhou por sobre o ombro.

– Jack…

– Preciso deixar algo claro.

– Certo – ela disse, colocando as mãos nos joelhos e se inclinando para a frente para aliviar a tensão nos ombros.

– Eu disse que queria mais desse relacionamento do que sexo e um pouco de afeto. Sou ganancioso por natureza e não vou aceitar nada menos que o melhor. Nunca aceito. Quero você por inteiro, Callie. Não só as partes bonitas – ele a encarou. – Quero saber sobre seu passado, porque faz parte de você. Não porque estou preocupado sobre como isso vai me afetar.

– Acredito em você.

– Então converse comigo.

Ela começou a abanar a cabeça.

– Não é tão simples.

– Você diz que me ama, mas como pode me amar se não confia em mim o bastante para compartilhar sua vida comigo? Está achando que minha opinião sobre você mudará? Porque nada fará isso. Nada que você possa dizer me fará desistir de você.

Ela abaixou os olhos para as mãos e se perguntou se não estava realmente preocupada com isso. De fato achava que ele fugiria só porque ela era filha ilegítima? Claro que não.

A voz de Jack ficou mais dura.

– Vou dizer uma coisa, no entanto. Esse silêncio pode me afastar.

Callie o olhou, procurando em seu rosto a coragem que precisava encontrar em si mesma. Ela respirou fundo.

É Jack, ela disse a si mesma. É Jack. É Jack. É...

Sentindo como se pulasse em um buraco negro, ela disse de repente:

– Meus pais nunca foram casados.

A expressão dele mudou imediatamente. Era como se tivesse relaxado e se entristecido ao mesmo tempo.

– Meu pai era casado com outra mulher. Ele tinha uma família, toda uma vida, longe da minha mãe e de mim, e nós éramos a parte menor. Ele nunca me reconheceu de nenhum modo formal; seu nome nem está na minha certidão de nascimento.

Jack se aproximou e pôs a mão forte no ombro dela.

– Sinto muito.

– Eu... cresci sabendo que era a segunda escolha. Que ele amava minha mãe só o bastante para nunca deixá-la livre – ela se inclinou para Jack, descansando a cabeça no seu quadril. Ele deu um murmúrio baixinho, um incentivo para ela continuar falando misturado com a compaixão que estava obviamente sentindo. – Assisti o funeral dele de uma fileira de bétulas, a uns quarenta metros do túmulo. Só fiquei sabendo da cerimônia porque seguia minha meia-irmã sem que ela soubesse.

Ele afastou o cabelo dela do rosto.

– Eu... é difícil pra mim falar sobre isso porque nunca contei a ninguém antes. Fui ensinada a ficar quieta. Era o único jeito de mantê-lo em nossas vidas – ela tentou sorrir mas não conseguiu. – Velhos hábitos, sabe como é.

– Fico feliz que me contou.

Pondo os braços ao redor da cintura de Jack, ela murmurou:

– Eu também.

A mão dele esfregou círculos nas suas costas.

Callie inclinou a cabeça para encarar seus olhos.

– Não sei o que pensei que aconteceria se contasse a alguém. Contei pra você. Não é como se minha cabeça tivesse explodido. Acho que pensei que isso aconteceria – ela tentou rir, mas a tristeza ficou aparente. – Foi difícil quando eu estava crescendo. As outras meninas falavam dos pais com tanta... propriedade. *Meu* pai fez isso, *meu* pai fez aquilo. Eu tinha *um* pai. Depois de muito tempo esperando que ele se transformasse em quem eu queria que fosse, percebi que aquele pronome possessivo nunca soaria certo. Falar dele como "meu pai" era como criar alguém que não existia.

Jack tomou a mão dela e a levantou da cadeira.

– Venha aqui. Quero segurar você um pouquinho.

Era o que ela queria também.

Eles sentaram no sofá, e ele a puxou para o colo.

– Sabe que o mau julgamento do seu pai não foi culpa sua, não é?

– Eu sei.

– Você merecia muito mais do que isso.

Ela nunca pensara muito sobre a questão. Quando criança, tinha se preocupado demais em agradar. Quando adulta, se ocupara em tentar esquecer.

– Então estou perdoada? – ela disse contra o ombro dele.

– Claro.

– Não quero perder você.

– Não vou a lugar nenhum.

A mão dele acariciou o pescoço dela.

– Queria ter falado, mas...

Ele a silenciou com um beijo suave.

– Não se preocupe. Entendo completamente. E sobre a eleição, não quero que fique ansiosa. Isso não será um problema.

Ela se afastou.

– Como assim?

– A imprensa só se importaria se seu pai fosse conhecido. Podemos proteger você facilmente e dizer que não há nada digno de noticiar no seu passado.

– Não posso estar ouvindo direito – ela murmurou, não acreditando.

– Callie, não estou menosprezando o efeito que isso teve em você – ele disse. – De modo algum.

Ela começou a abanar a cabeça. Tinham voltado à estaca zero.

– Você não entende. Não quero responder às perguntas de ninguém, muito menos de jornalistas.

– Mas não precisa se preocupar. Vai ficar tudo bem. A mídia não vai se importar.

Callie apertou os ombros dele.

– Vai, sim.

Os olhos de Jack se estreitaram.

– Quem exatamente era seu pai?

Ela abaixou as mãos. Não podia ir tão longe, mesmo com Jack.

– Não basta saber o que aconteceu?

– Pelo visto, não. Quem era ele, Callie?

Ela se levantou e atravessou o cômodo.

– Você está me afastando de novo – ele disse, o tom sombrio.

– Pare de me pressionar!

– Callie – a voz dele era ríspida –, se estou pressionando você, é porque só tenho metade da história. Está deixando a parte mais importante de fora.

Ela se voltou.

– Pensei que a parte mais importante fosse eu!

– Não foi isso que eu quis dizer.

– Foi, Jack. Foi, sim. Está tentando me adequar aos seus planos.

– Porque quero você na minha vida – ele disse, jogando as mãos para o alto.

– Nas *suas* condições.

– Não diga isso, Callie. Estou tentando fazer isso funcionar e você está criando obstáculos. Algo que me parece um tanto arbitrário, devo dizer, a não ser que esteja disposta a me contar a história toda.

– Não pode só confiar em mim? – ela sussurrou.

Ele pôs a mão no peito.

– Por que *você* não confia em mim?

Ela desviou o olhar, e ele xingou.

– Então o que está dizendo? Que se eu me candidatar, estamos terminados?

Ela fechou os olhos. Era isso que eles estavam fazendo?

– Não sei, Jack. Não sei.

Callie não o viu pelo resto do dia, e ele não apareceu no seu quarto à noite. Ela imaginou que Jack estivesse se acalmando e lhe dando uma oportunidade de fazer o mesmo. Mas quando dois dias se passaram sem mais do que encontros rápidos na cozinha ou corredor, soube que Jack a estava evitando.

Abaixou a vareta enrolada em algodão com a qual estava trabalhando e verificou o relógio. Já era noite, e Jack ainda não tinha voltado do escritório. Ele passara a voltar para casa bem tarde e desaparecia no estúdio assim que entrava pela porta dos fundos, mesmo que fossem nove ou dez horas. Callie continuou torcendo para que ele subisse ao seu quarto, mas toda manhã acordava sozinha.

Na noite anterior, não tinha aguentado mais. Sentara na cozinha, distraidamente, fazendo palavras cruzadas e preparada para esperar até a aurora. Quando ele enfim entrara, ela o seguira no corredor, tentando fazê-lo falar sobre alguma coisa, qualquer coisa. Ele ficara em silêncio, mas pelo menos fizera contato visual enquanto se servia de um bourbon.

Ela estivera prestes a desviar o assunto para eles quando ele se sentou e começou a folhear as pilhas de documentos que haviam surgido na escrivaninha. Quando ela perguntou o que estava fazendo, ele lhe dera uma resposta seca, algo sobre o negócio da companhia do sangue em que ele estivera trabalhando.

Callie se demorara na porta, querendo que ele a olhasse outra vez, mas Jack ficara perdido em seus papéis. A julgar pela testa franzida e pelo foco determinado, ele claramente não estava disposto a ser interrompido por qualquer coisa. Ou qualquer pessoa.

Quando ele parecia já ter esquecido que estava lá, ela foi embora, à beira de lágrimas.

Callie fechou o pote de solvente e desligou as luzes, sabendo que tinha à frente outro jantar solitário. Mais uma noite se virando de um lado para o outro na cama vazia. Outra manhã com a promessa de um dia que, na melhor das hipóteses, se arrastaria.

Ela não podia continuar assim. Aquela noite não seria sutil. Exigiria que eles conversassem. Ela podia ter dificuldade em se abrir com Jack, mas ele a estava ignorando completamente.

Ela voltou à casa, e preparava algo para comer na cozinha quando a porta dos fundos foi aberta e um homem alto entrou.

Era Jack. Ela estreitou os olhos. Bom, não. O cabelo longo e a jaqueta de couro gasta não tinham nada a ver com o homem que amava, mas todo o resto era igual.

– Olá – ele disse em um tom baixo e apreciativo. – Quem é você?

Ela olhou para as janelas atrás dele e viu um Saab estacionado torto entre as lâmpadas da entrada.

– Sou Callie. Você deve ser...

– Nate – ele ofereceu a mão. – Irmão de Jack. Ele está por aqui?

Quando apertaram as mãos, ela pensou que havia algo instantaneamente simpático nele. Talvez o sorriso despreocupado. Ou talvez fosse o fato de estar olhando para um par de olhos castanhos familiares, sem ver frieza neles.

– Ele deve chegar a qualquer minuto.

– Trabalhando até altas horas, como sempre. Preciso achar um jeito de fazê-lo relaxar – Nate inclinou a cabeça e a examinou seriamente. – Você é a nova...?

A questão pairou entre eles e ela forçou-se a sorrir, tentando manter as emoções sob controle.

– Bem, depende do substantivo que iria usar. Funcionária serve. Estou trabalhando num retrato.

– Ah, sim, o Copley.

Ela assentiu e ele sorriu.

– E há quanto tempo está com meu irmão?

Nate cortou os balbucios dela, balançando a cabeça.

– Não se dê ao trabalho de negar. Está usando uma das camisas dele embaixo do suéter. Dá pra ver o monograma no punho.

Ela abaixou os olhos e soube que tinha sido pega. Vestira a camisa de manhã, pensando que ninguém notaria se ela a cobrisse. Jack deixara a peça em seu quarto antes das coisas ficarem ruins, e ela a colocara porque era o mais próximo que parecia conseguir chegar dele.

– Sem ofensas – Nate disse –, mas você não parece ser o tipo de Jack. O que é ótimo, na verdade.

Ela estava balançando a cabeça e sorrindo quando o Jaguar da sra. Walker entrou na garagem. Callie ficou tensa e tentou fingir indiferença enquanto via Jack andar até a casa. Quando ele entrou na cozinha, parecia exausto, mas sorriu assim que viu o irmão.

Os dois se abraçaram, um batendo nas costas do outro. Jack deu um aceno para ela e então se focou no irmão.

– É bom ter você em casa, Nate.

– Fico feliz por estar de volta. Pelo visto, se meteu em confusões – ele indicou o gesso.

– Ah, nem dói mais. E é uma arma excelente. Ameacei um advogado imobiliário com ele hoje. Já comeu?

– Um cachorro quente e um pacote de alcaçuz desde Rhode Island.

Jack revirou os olhos.

– Pensei que era um *gourmand!*

– Tenho que manter os níveis de nitrato altos e Twizzlers são um substituto aceitável para *sorbet* quando se precisa limpar o palato na estrada. Thomas está por aqui?

Quando Jack acenou para o teto, Nate gritou para cima:

– Ei, cadê o cozinheiro desse lugar?

Thomas desceu depressa as escadas e Callie encontrou os olhos de Jack.

Estava determinada a fazê-lo falar aquela noite. Já estava cansada do silêncio.

Enquanto Nate e Thomas conversavam na cozinha e Callie comia, Jack colocou um par de shorts de corrida e uma camiseta velha e desceu para o porão. Ele instalara uma academia lá dez anos antes, quando sua agenda começou a ficar realmente agitada. Exercitava-se com regularidade de manhã e às vezes à noite, em especial quando tinha muita coisa na cabeça.

E com certeza tinha agora. As coisas iam mal na vida pessoal e profissional e a tempestade de desastres o fazia sentir que estava perdendo o controle das coisas.

O que não era algo que ele tolerava, mesmo nas melhores circunstâncias.

Da série de problemas que tinha, seu afastamento de Callie o incomodava mais que tudo. Ele não esperara que ela tivesse algo a esconder ou que haveria problemas entre eles quanto à eleição. Tinha pensado que a parte difícil havia acabado. Ele a amava, ela o amava, e mesmo que ele ainda hesitasse em pensar em casamento, estava fazendo planos para o futuro com ela em mente.

Entretanto, agora tudo estava uma bagunça. Ele queria conversar com Callie, mas suas emoções estavam tão descontroladas quanto seu temperamento. Um minuto estava tão irritado que queria desistir do relacionamento, dali a pouco, precisava se controlar para não bater na porta dela e implorar para segurá-la nos braços. Sabia que a primeira opção não era o que queria. Só pensava aquilo porque estava frustrado e...

Machucado, era a palavra. O fato de que Callie não confiava nele para cuidar dela, para manter seu segredo, doía demais.

Considerando o futuro, ele precisava imaginar que eles terminariam se ele se candidatasse. A não ser que a mantivesse em segredo, o que seria não só desrespeitoso como também impraticável. Então, não parecia haver outra alternativa. Deus sabia que ele vinha buscando algum tipo de solução há dias.

Subiu na esteira, escolheu uma velocidade alta e correu até ficar esgotado. Quarenta e cinco minutos e nove quilômetros depois, estava coberto de suor, suas coxas queimavam, e os ombros gritavam por ter de aguentar o peso do gesso. Ele aumentou um pouco mais a potência e fez o último quilômetro a uma velocidade de perder o fôlego.

Quando saiu da esteira, tomou meio litro de água e sentou-se em um banco. Encostou a cabeça na parede e sentiu o suor escorrer, torcendo para que a exaustão física lhe desse um pouco de claridade mental.

Manter a cabeça fria estava sendo difícil ultimamente. Graças aos seus sentimentos por Callie e à situação deles, Jack estava encarando as coisas de modo muito estranho. Era como se não pudesse desligar mais seus sentimentos sobre qualquer coisa, e a objetividade irrestrita pela qual era conhecido lhe escapava.

Em um estágio anterior da vida, teria pensado que estava perdendo sua vantagem competitiva.

Pela primeira vez na vida profissional, estava indeciso sobre a ação apropriada em um negócio quando todos os indicadores financeiros eram claros. Era a maldita empresa de processamento de sangue. A tecnologia que os irmãos McKay tinham patenteado de fato poderia melhorar a entrega de plasma em todo o mundo, ajudando milhares, talvez milhões de pessoas. Mas os dois inventores tinham diluído seriamente a empresa ao distribuir ações para quase todos os membros da família.

Os McKay precisavam de um grande afluxo de dinheiro para ser bem-sucedidos, mas se Jack colocasse dinheiro em uma empresa com tantos acionistas, seria melhor enterrá-lo no jardim, porque não receberia retorno algum. Havia dedos demais na mesma torta.

Ele sabia que nenhum outro investidor chegaria perto deles pelo mesmo motivo, mas o apoio de entidades sem fins lucrativos e fundos governamentais só os levariam até certo ponto. Para ser bem-sucedidos, os irmãos precisavam do tipo de dinheiro que só um Fundo Walker poderia fornecer.

Seis meses atrás, a solução teria sido óbvia para ele. Não precisaria nem pensar. Simplesmente rejeitaria o negócio e encontraria outro que lhe desse os retornos que queria. Agora, porém, estava dividido.

Mas talvez não fosse só Callie que o fizesse pensar diferente. A filha doente do funcionário da gerência tinha piorado. A menina estava recebendo cuidados em casa agora e Jack ocasionalmente passava lá à noite, antes de voltar para Buona Fortuna.

Entre ver aquela família sofrendo, lidar com o dilema dos irmãos do sangue, tentar decidir sobre a candidatura a governador mesmo se isso destruísse seu relacionamento com Callie, Jack sentia que explodiria.

Merda, voltara até a ranger os dentes à noite. Um dos molares tinha começado a doer e ele reconheceu o sinal. Dois anos atrás, quando tinha brigado por causa de uma firma de bioengenharia e quase perdera tudo, moera tanto o dente que fora forçado a colocar duas obturações do lado esquerdo.

Jack abriu a boca e cutucou o dente, sentindo-o responder à investigação com uma pontada de dor na mandíbula.

Deus. A última coisa de que precisava agora era uma visita ao dentista!

– Ei, mano! – Nate disse, enfiando a cabeça sob a entrada baixa. – Como você está?

Jack limpou o rosto com a camisa, deu de ombros e mentiu.

– Tudo bem. E você? A que devo a visita? Thomas te chamou para ajudar na festa?

– Thomas me chamou, é verdade – Nate sentou ao lado dele no banco –, para falar sobre você.

Jack franziu o cenho.

– Ah, é?

– Ele está um pouco preocupado.

– Com o quê? – Jack tomou um longo gole de água, sentindo vontade de simplesmente sair dali.

– Diz que você está se matando de trabalhar.

Jack abaixou a garrafa.

– E isso é novidade?

Nate deu de ombros, mas estava obviamente escolhendo as próximas palavras.

– Disse que você terminou o noivado. Teve um acidente de carro. Não dorme no seu quarto há dias, porque fica no escritório até de manhã. O que está acontecendo?

Jack olhou para a esteira, imaginando se suas pernas aguentariam mais alguns quilômetros.

– Fale comigo, Jack. Ou vou ter que dar uma de irmão mais velho e tirar as respostas de você.

Jack finalmente o olhou.

– Estou apaixonado.

Nate sorriu devagar.

– Sério? Pela ruiva?

Ele assentiu.

– Muito bom, mano.

Jack se alongou e jogou a garrafa de água vazia através da academia. Ela bateu na borda da lixeira e por um momento ele achou que iria entrar. Quando a garrafa rolou e caiu no chão, ele viu as gotas cintilando dentro do plástico.

– Não sei se as coisas vão dar certo. Atingimos um impasse – ele limpou a garganta. – Quero ficar com ela. Mas talvez tenha que mudar o curso da minha vida para mantê-la.

– Que merda.

– É mesmo.

Jack levantou e foi até a garrafa. Jogou-a no lixo e olhou para o irmão.

– Quero me candidatar para governador.

– Ouvi dizer. Acho que seria muito bom, por sinal.

– Eu também – ele passou uma mão pelo cabelo, sentindo o suor. – Quando pensei nisso pela primeira vez, anos atrás, era mais para irritar o pai. Pensei que ele ficaria louco da vida. Minhas ambições saindo de controle e tudo o mais. Mas quando contei para ele, ficou encantado.

– E você não perdeu o interesse?

– Nem um pouco. Foi aí que soube que realmente queria isso. Planejo concorrer há anos. Construí uma base de apoio. Apertei muitas mãos. Quero ganhar.

– Mas ela não quer ser a esposa de um político?

– Não chegamos tão longe. Ela não quer passar pela eleição... que vai ficar feia.

Jack foi ao banco e pegou a tipoia que tirara antes de correr. Colocou-a de volta ao redor do pescoço. Enquanto ajeitava o gesso nela, disse:

– Já esteve com alguém que fez você sentir como... como se Deus existisse?

– Não.

– É, bem, eu também não. Até ela. Deixá-la sair da minha vida parece errado.

– Parece que você já se decidiu.

Meu Deus, será?

Ele pensou por um minuto e percebeu que sim, havia tomado sua decisão.

Por Callie, desistiria de tudo. Mesmo da maldita mansão de governador. Para ter um amor de verdade com ela, Jack desistiria do seu sonho.

Para viver outro.

Ele expirou com força quando a solução se tornou clara, pelo menos da sua parte.

Desistiria de suas aspirações políticas por Callie, não tinha dúvidas. Mas isso era só metade do problema. Se entraria num compromisso como aquele, ela teria de ser completamente honesta. Ele precisaria saber de tudo.

Ele olhou para o irmão.

– Obrigado, Nate. Ajudou bastante.

Nate pareceu um pouco confuso, mas bateu as mãos nos joelhos e se levantou.

– Fico feliz. Mesmo que só tenha ouvido.

Eles foram até a porta.

– Então, por quanto tempo vai ficar? – Jack perguntou.

– Pensei em ficar para a festa e depois ir a Montreal para ver Spike e Louie.

Jack apagou as luzes e subiu as escadas.

– E aqueles dois loucos estão bem?

– Ainda fora de controle. Então claro que estou considerando virar sócio deles. Estamos pensando em abrir um restaurante juntos.

– O primeiro passo para se estabelecer de vez?

– Nem um pouco. Só estou comprando um lugar, irmão – Nate deu de ombros. – De qualquer jeito, tenho um pouco de dinheiro guardado.

– É mesmo?

– Não pareça tão surpreso. Não é dinheiro como o seu, mas é suficiente para começar.

Jack parou quando eles emergiram no corredor.

– Olha, se encontrar um lugar, me diga. Ficarei feliz em dar...

– Nem comece. Já tem sua cota de dependentes, e não quero ser seu projeto de caridade.

Jack hesitou, lembrando que Callie lhe dissera as mesmas palavras no Plaza. Parecia uma vida atrás.

– Bem, me mantenha em mente se quiser um empréstimo.

– Pode deixar, mano – Nate sorriu. – Mas espere sentado.

Callie abriu a porta do quarto e espiou o corredor. O único som que ouvia era Artie lambendo os beiços depois de um bocejar e se acomodar no chão.

Ela rapidamente atravessou o corredor e bateu na porta de Jack. Não houve resposta.

– Procurando por ele?

Ela se virou. Nate caminhava até ela, um livro na mão e um sorriso no rosto.

– Ah… sim.

– Ele está no escritório. – O homem parou e sussurrou: – Não se preocupe, sou discreto. Ah, e evite o terceiro degrau de baixo pra cima, ele range se pisar com força.

Ele deu uma piscadela e foi para o próprio quarto.

Movendo-se depressa, Callie desceu as escadas, cuidadosamente evitando o degrau sobre o qual Nate a avisara.

Quando chegou ao escritório de Jack, a porta estava aberta. Ele estava sentado em um foco de luz, encarando a janela atrás da mesa. A mão estava no telefone, que ele parecia ter acabado de desligar.

Ele inclinou a cabeça, como se estivesse vendo o reflexo de Callie na janela. Quando o silêncio se prolongou, ela disse:

– Precisamos conversar.

– Agora? – a voz dele era tão baixa que mal dava para ouvir.

Ela limpou a garganta.

– Sim.

Houve uma longa pausa e, então, ele disse:

– Certo.

Callie franziu a testa e percebeu que algo estava muito errado.

– Jack? O que aconteceu?

Ele virou a cadeira devagar e a encarou. Seu rosto estava congelado, a boca apertada em uma linha fina.

– Ela morreu hoje à tarde.

Quem? Callie se perguntou.

Ah, não. A menina.

– Ah, Jack…

A voz dele estava inteiramente desprovida de emoção, como se estivesse se controlando com aquela vontade de ferro pela qual era conhecido.

– O enterro será amanhã à tarde, na tradição judaica. Estarei lá, é claro, e decidi fechar o escritório. Todo mundo vai. E a família passará a próxima semana em luto Shivá.

Sem uma palavra, Callie contornou a mesa, esperando poder abraçá-lo. Quando se encostou nele, Callie o sentiu tremer.

Ele respirou fundo.

– Tenho visitado ela e a família à noite. É por isso que volto tão tarde. Eles contrataram uma enfermeira incrível da clínica. O tratamento era muito bom. – Ela sentiu o peito dele erguer-se de novo. – Vou fazer uma doação à clínica no nome dela. Vai ser... – ele limpou a garganta. – Vai ser a primeira doação de caridade que faço.

Callie o segurou com força, desejando poder fazer mais. Quando finalmente levantou a cabeça, Jack a olhou.

– Sei que precisamos conversar sobre algumas coisas. Mas fica comigo hoje? – ele perguntou.

Quando ela concordou, ele tomou sua mão e se ergueu.

Capítulo 20

Logo cedo na manhã seguinte, Callie sentou-se no seu banco e abriu um dos potes de solvente. Depois de ajustar a máscara respiratória, enfiou uma vareta com algodão no isopropanol e cuidadosamente passou a solução sobre a superfície da pintura. Ela estava bem no centro do retrato agora, na borda do espelho, depois de trabalhar horas incontáveis enquanto ela e Jack estavam afastados. Não havia muito mais a limpar.

Ela ergueu os olhos. Lá fora, o sol brilhava no céu limpo de New England.

Ela não conseguia parar de pensar sobre a noite anterior. Eles tinham feito amor e Jack a abraçara por muito tempo. Não tinham conversado muito, mas fora o bastante estar com ele, diminuir a distância entre eles mesmo que só fisicamente. E ela ficara aliviada por Jack permitir sua companhia em um momento vulnerável, e por ter tido a oportunidade de consolá-lo.

De manhã, ao sair do quarto, ele lhe prometera que conversariam à noite.

Ela esperava que fosse dizer que não concorreria à eleição e que tudo voltaria a ser como era. No fundo, ambas as coisas eram improváveis e

Callie tentou, mais uma vez, considerar as consequências se ele de fato se candidatasse.

O resultado não foi melhor do que todas as outras vezes em que ela tinha pensado sobre a situação. Jack tinha razão; se o pai dela tivesse sido uma pessoa qualquer, os jornais não teriam motivo para perseguir a história. Infelizmente, a infidelidade de Cornelius Woodward Hall seria um escândalo.

Se Jack concorresse, ela teria que sair da vida dele. Era o único jeito de evitar que o passado viesse à tona. Mas a ideia de que não ficaria em Boston, ao lado dele, era intolerável. Sempre que se imaginava voltando a Nova York para nunca mais o ver, seu coração se partia.

Callie respirou fundo, olhou para a pintura e, então, pulou em pânico, derrubando o banco. Mal ouviu o barulho dele atingindo o chão ou o uivo assustado de Artie, que se afastou dela.

– Não, não, não!

Ela jogou a vareta e pegou um pano, embora fosse improvável que pudesse desfazer aquilo.

Olhando horrorizada para a pintura, não acreditava no que fizera: um buraco bem no meio do verniz e na camada de tinta. Ela se inclinou mais um pouco, esperando que a maior proximidade revelasse que se tratava apenas de um dano superficial. Mas não. Sobre a superfície do espelho, em uma área de uns seis centímetros quadrados, a pintura original de Copley fora corroída.

Callie xingou, olhando para o pote. Por engano, escolhera seu solvente mais forte e tinha agravado o erro deixando o algodão parado enquanto olhava para fora. A substância teve tempo de se infiltrar, espalhando-se para os lados e afetando uma área maior do que apenas a parte em que estivera o algodão.

Uma onda de calor passou pelo seu corpo, trazendo suor às palmas, axilas e testa.

Tinha arruinado uma grande obra de arte. Nunca trabalharia de novo. Jack a mataria.

E tudo porque tinha se distraído.

De todos os erros estúpidos, de principiante...

Mas não era hora de se recriminar. Haveria muito tempo para isso enquanto esperasse na fila do seguro-desemprego.

Ela precisava se focar, considerar a situação e as soluções. E, então, ligaria para Gerard Beauvais.

Callie pairou sobre a pintura, os olhos se movendo desesperadamente da área danificada para todo o trabalho que realizara tão bem.

Não. Ela precisava ligar para Beauvais naquele instante.

Callie pegou o cartão dele na caixa de ferramentas e discou o número do verso, torcendo para que sua voz funcionasse se ele atendesse. E do que ela não rompesse em lágrimas. Parecer fraca, além de incompetente, seria o toque final em um pesadelo completo.

A ligação caiu no correio de voz e Callie deixou uma mensagem, pedindo que ele retornasse assim que possível.

Depois de respirar fundo algumas vezes, e determinada a não se imaginar sem carreira e entregando pizzas para sobreviver, ela se inclinou sobre a pintura outra vez. O apetite do solvente não tinha diminuído. A parte danificada estava aumentando.

Era como assistir uma onda maléfica.

E o caminho de destruição estava apagando, além da tinta, seu futuro profissional.

Ela apoiou a cabeça nas mãos e disse a si mesma que a oficina de Beauvais poderia repintar o espelho, assim como fizera no Fra Filippo Lippi. Eles refariam os tons e pinceladas com tanta precisão que seria praticamente impossível perceber que algo dera errado.

O que não é um grande conforto, ela pensou. Mesmo que o dano fosse escondido magistralmente, ela ainda tinha diminuído de forma irrevogável o valor da pintura.

De repente, Callie franziu a testa. Piscando algumas vezes, disse a si mesma que estava vendo coisas.

Não podia ser.

Inclinou-se tanto que sentiu o calor da reação química e seus olhos queimaram.

Do meio daquela bagunça, uma forma estava emergindo. Sob as camadas derretidas de tinta, ela podia ver o contorno de... um rosto!

Esfregou os olhos.

Definitivamente, um padrão estava aparecendo. Atrás dos tons pálidos da superfície do espelho, parecia haver... a forma de um rosto.

Seu coração bateu por outro motivo além de suicídio profissional.

Quando o telefone tocou ao seu lado, ela agarrou o receptor, esperando atender antes que outra pessoa na casa o fizesse.

A voz educada de Gerard Beauvais foi o som mais lindo que ela já tinha ouvido.

– Ah, meu Deus, eu estraguei tudo! – ela começou, as palavras se misturando como a tinta derretida. – Estava trabalhando no espelho e usei um solvente forte demais e derreti parte da camada de tinta e...

– Certo, certo, *chérie*. Calma.

De algum modo, a calma na voz de Beauvais chegou ao seu ouvido e ela se obrigou a parar de balbuciar.

– Agora – ele disse, quando ela se controlou –, me diga exatamente o que aconteceu, do começo ao fim. E qual a composição química do seu solvente.

Depois que terminou de explicar, ela sentiu um nó na garganta enquanto esperava a resposta dele.

– Preciso saber – ele disse em voz baixa –, o que estava embaixo do espelho?

– Uma figura escura, na verdade – a voz dela reduziu-se a um sussurro. – Na forma de uma cabeça.

Beauvais deu uma risada tensa.

– Bem, talvez seu erro tenha sido fortuito. A camada de tinta aí reagiu de modo diferente ao solvente do que outras partes do retrato?

– Bem, não queimei nenhuma outra parte, graças a Deus, então é difícil dizer. Mas acho que não. Saiu facilmente, mas isso pode ser explicado pela maior força do solvente.

Beauvais ficou em silêncio por um momento.

– Preciso analisar a situação pessoalmente. Mas não mova a pintura. Vou até aí amanhã. Minha família está aqui agora e não posso sair. Enquanto isso, não diga nada para Jack ou para a mãe dele. Não acho que deva falar com eles até termos um plano para remediar a situação. Não há porque chateá-los, se podemos evitar.

Callie soltou o ar e estremeceu.

– Me sinto péssima. Jack vai me demitir. Nunca mais vou...

Beauvais riu.

– Jack não vai demiti-la. E você vai trabalhar de novo, acredite. A ciência da restauração é administrada por mãos humanas e todos cometemos erros. Não há nada que não possamos consertar juntos, mas não sejamos apressados. Ligo para você amanhã e decidiremos o que fazer.

– Como posso agradecê-lo?

– Isso, minha querida, é simples.

Ela deu uma risada abafada, achando difícil imaginar o que poderia oferecer a ele.

– Você, Callie Burke, vai fazer a mesma coisa para alguém quando tiver uma carreira de sucesso e um colega mais jovem tiver um problema. Vinte e cinco anos atrás, eu estava trabalhando num Ticiano e derrubei aguarrás num canto da pintura. – Quando a ouviu ofegar, Beauvais riu com gosto. – Foi terrível. Depois de uma ida à *salle de bains*, onde revisitei meu almoço de maneira bastante desagradável, voltei, disse ao meu mentor o que tinha feito e nós dois cuidamos do problema. A pintura está pendurada na Galeria Uffizi até hoje, e toda vez que vou ao museu, faço questão de olhar para aquela tela. Ainda enxergo a faixa que tivemos que repintar. São poucos os que conseguem, mas sempre me lembra do meu erro. Vou dizer uma coisa: na nossa área de trabalho, egos são muito mais danosos que erros. Então, quando alguém ligar para você daqui a anos, lembre-se dessa experiência e faça a coisa certa. Ajude, sem julgar.

– Sinto-me tão envergonhada – ela sussurrou – por ter ligado pra você com algo assim.

– Isso é bom. Seus próprios arrependimentos causarão mais dor que as palavras duras de outra pessoa. Todos passamos por isso, *chérie*. Só certifique-se de que seja apenas uma vez.

Quando Callie desligou, enxugou os olhos e olhou para Artie, que se aproximara para oferecer seus pêsames. Ele abanou o rabo devagar e encostou a cabeça na perna dela.

A sensação de fracasso lutava dentro dela com o alívio por Beauvais estar disposto a ajudar, e ela precisou de um tempo até conseguir voltar à casa e encarar alguém. Não dizer nada a Jack a deixou desconfortável, mas confiava em Beauvais e sabia que ele estava certo.

Seria bem mais fácil apresentar o problema se a solução fosse oferecida junto.

Assim que abriu a porta dos fundos, Callie foi envolvida por aromas de comida. Era como ser abraçada.

– Chama isso de massa? – Thomas estava dizendo a Nate enquanto gesticulava com uma colher de pau. – Parece algo para colar papel de parede!

Nate sorriu enquanto continuava sovando a massa no balcão.

– Por que não mexe aquelas cebolas, velho? Antes que tenham que ser tiradas da panela com um martelo.

– Ei, Callie! – Thomas sorriu. – Bem-vinda ao meu pesadelo. Dois chefs, uma cozinha.

Ela se sentiu tão agradecida pela amizade descomplicada deles que seus olhos lacrimejaram. Então Callie soube que estava vulnerável. Se fosse esperta, subiria ao seu quarto e ficaria lá. Não era uma boa hora para ficar perto de outras pessoas. Especialmente as simpáticas.

Quando a campainha tocou, ela se ofereceu para abrir a porta e soltou um grito de alegria ao ver Grace e o guarda-costas.

Ela abraçou a meia-irmã.

– Estou tão feliz por ver você!

O abraço que recebeu de volta foi igualmente forte.

Quando se separaram, Grace indicou o homem imponente atrás dela.

– Lembra do Ross?

Callie sorriu e sentiu a mão ser tomada em um aperto firme.

– É bom vê-lo outra vez – ela disse, erguendo os olhos para o rosto severo de Ross. O sorriso que ele lhe deu o fez parecer quase acessível, apesar da jaqueta de couro preta e dos olhos semicerrados.

Ela guiou o par para dentro da casa.

– Entrem, está frio aí fora.

Ross se abaixou e pegou algumas malas de couro como se não pesassem nada.

– Onde está Jack? – Grace perguntou, tirando o casaco.

– Acho que ainda não chegou. Mas Nate está aqui.

– Só pode ser brincadeira!

Enquanto Callie abanava a cabeça, Nate apareceu em pessoa, limpando as mãos em um pano de prato.

– Gracie!

Grace riu e correu para abraçá-lo.

– É bom ver você, sumido!

– Você também. Quem é esse? – Nate olhou para o outro homem.

– Meu noivo, Ross Smith.

Callie ofegou em surpresa.

– Parabéns!

– Obrigada. Aconteceu ontem à noite. Não poderíamos estar mais felizes.

Grace e Ross se sentaram na cozinha e tomaram uma bebida enquanto Thomas e Nate cozinhavam, e Callie sentiu que as risadas altas e piadas intensas eram mais do que ela podia suportar.

Dando uma desculpa, foi para seu quarto, prometendo voltar quando o jantar estivesse na mesa.

Jack estacionou o Jaguar da mãe, desligou o carro e encarou a parede da garagem. De repente sentia-se exausto, mas não queria fechar os olhos, porque só veria cenas da sinagoga e do cemitério. Não conseguia tirar da cabeça a imagem do pequeno caixão, não importava em quantas coisas práticas tentasse pensar para se distrair.

Quando finalmente foi até a casa, viu Grace e o irmão através da janela, rindo enquanto ele jogava molho na salada e ela mexia. De pé na escuridão completa, olhando para as duas pessoas que mais amava no mundo, ficou agradecido por estar em casa. Agradecido por seus entes queridos não terem sofrido como a família daquela menina. Como ela havia sofrido.

Jack abriu a porta e franziu a testa quando não viu Callie.

– Aí está ele! – Grace exclamou, correndo até ele. Ela parou de repente quando viu o gesso. – Fiquei sabendo do acidente. Fico feliz que esteja bem!

– E melhor agora que você está aqui.

Ele lhe deu um abraço rápido, mas quando se afastou, ela continuou segurando o braço bom.

– Ei, como está de verdade? – ela sussurrou, dando-lhe um olhar astuto. – Também ouvi sobre você e Blair. Sinto muito.

– Obrigado – Jack sorriu e fez um aceno ao homem grande e silencioso no canto. – John Smith, certo?

– O nome do meu noivo é Ross – Grace interviu.

Jack ergueu uma sobrancelha com a mudança de nome e a novidade.

– Bom, parabéns – ele disse sinceramente. Enquanto apertava a mão do noivo da amiga, aprovou o modo como Smith colocou o braço ao redor de Grace e a trouxe para perto de si.

– Ei, mano, vá chamar Callie – Nate disse do fogão. – O jantar vai estar na mesa daqui a dez minutos. Ela subiu pro quarto.

Jack pôs a maleta no chão e subiu. Quando bateu na porta, Callie respondeu baixinho.

Ele entrou e a encontrou sentada na cama grande, um travesseiro no colo. Ela sorriu.

– Estava torcendo pra ser você.

Ele fechou a porta, uma onda de risos subindo da cozinha.

– Não a culpo por querer um pouco de paz. Está bem animado lá embaixo.

Ele se sentou ao lado dela. A mão de Callie sobre a sua era como um bálsamo.

– Como foi lá?

– A cerimônia foi bonita e incrivelmente triste. Depois fui à clínica e dei um cheque para eles.

– Devem ter ficado agradecidos.

– Ficaram.

Ele colocou a mão dela sobre sua perna e começou a alisar a palma. Callie abriu a boca, mas ele a interrompeu.

– Falei com Gray – ele podia sentir a tensão nos dedos dela. – Chegou a hora de eu declarar meus planos para a eleição.

– O que você vai fazer? – ela perguntou.

Ele a encarou, como se isso pudesse ajudá-la a entender o que tinha a dizer.

– Sabe, quando fui à clínica hoje, lembrei exatamente por que queria me candidatar – ele abanou a cabeça. – Não estou dizendo que tive uma experiência mística. Na verdade, foi algo muito prático. Acabei indo ao escritório do diretor executivo e examinando umas planilhas de ganhos e perdas. Quando vi os números, soube onde eles podem melhorar as operações para ganhar mais dinheiro. Soube o que precisava mudar. Entendi como eu poderia ajudar.

Ela o ouviu com uma intensidade silenciosa, mas seus olhos estavam tristes.

– Minha visão para o estado está começando a tomar forma, Callie. Minha cabeça está girando com maneiras de balancear os gastos e aumentar os lucros. Sei onde as coisas precisam mudar. Não vou conseguir fazer tudo que quero, não vou poder financiar todo programa nem salvar todo centro ou abrigo. Mas posso tentar ajudar alguns deles. E quero tentar. Isso é importante para mim – seus olhos desceram às mãos deles e ele entrelaçou os dedos com os de Callie. – Quero entrar na briga porque é o único jeito de chegar aonde quero... e fazer a diferença.

– Fico feliz por você – ela disse, embora parecesse arrasada. – De verdade.

– E falei com Gray sobre nossa situação.

– Contou tudo pra ele? – ela perguntou, claramente horrorizada.

– Precisava da perspectiva dele.

– Mas o que eu disse pra você era particular! Entre você e eu – ela tirou o cabelo da frente do rosto, impaciente. *Ansiosa*, ele pensou.

– Ele não vai dizer nada.

– Não interessa. Eu não esperava que fosse contar para ele. Ou para qualquer outra pessoa.

Jack franziu a testa, frustrado.

– Quem você está protegendo? – quando ela não respondeu, ele apertou sua mão. – Quem? Conte-me.

– A única família que tenho – ela disse urgentemente. – E não me sinto nem um pouco confortável em ter conversas particulares espalhadas em todo o planeta.

– Gray não é um desconhecido.

– Talvez não pra você.

Jack se controlou, tentando superar a resistência dela. Escolheu as palavras com cuidado.

– Também disse a Gray que talvez eu não concorresse.

Ela arregalou os olhos em choque.

– Disse?!

Ele assentiu devagar.

– Mesmo querendo ser governador, desistiria da eleição num instante. Por você.

Callie hesitou, como se não conseguisse acreditar naquilo, e então jogou os braços ao redor do pescoço dele.

– Ah, Jack...

Ele a afastou.

– Eu desistiria de qualquer coisa por você, mesmo uma chance de liderar o estado. Mas não irei fazê-lo a menos que saiba de toda a verdade. Não abandonarei essa meta para a qual estou me preparando há anos, se você não for honesta comigo. Um relacionamento só com parte de você não vale o sacrifício.

Ela fechou os olhos e abaixou as mãos.

– Entendo perfeitamente. Só preciso de um pouco de tempo. Preciso... falar com uma pessoa.

– Meu comitê exploratório se encontrará em segredo no meu escritório essa semana. Quero poder dar uma resposta definitiva a eles sábado à tarde – Jack se levantou, não muito incentivado pelo fato de ela não o encarar nos olhos. – Fale com quem precisar e me diga o que decidir. Mas vou dizer uma coisa: se não confia em mim, não posso ficar com você. Por mais que a ame.

Ela assentiu sem erguer a cabeça.

Jack hesitou.

– Nate pediu para avisar que o jantar está pronto. Quer descer?

– Diga que eu estava dormindo.

Quando fechou a porta atrás de si, ele estava exausto.

Sem querer falar com ninguém, vestiu shorts de corrida, deu uma desculpa às pessoas na cozinha e foi à academia.

Capítulo 21

No dia seguinte, a chegada de Gerard Beauvais foi a única coisa que motivou Callie a subir para o ateliê. Enquanto olhava para o ancestral de Jack, analisando e reanalisando o estrago feito, ficou convencida de que nada em sua vida jamais daria certo de novo.

E não estava ansiosa para conversar com Grace.

Contudo, parecia ser sua única escolha. Grace tinha o direito de saber o que estava acontecendo com Jack e o que ele mesmo queria saber.

Callie teria gostado de se livrar daquela conversa o quanto antes. Mas quando descera à cozinha de manhã, determinada a ter uns momentos a sós com a meia-irmã, descobrira que Grace e Ross ficariam fora o dia todo em uma turnê de coleções particulares de arte norte-americana. Como a festa seria naquela noite, Callie precisaria falar com Grace assim que chegasse.

Para passar o tempo antes de Beauvais chegar, Callie decidiu examinar a última caixa de documentos, mas logo se viu indo de uma janela a outra, como se uma delas pudesse, contra todas as possibilidades, lhe fornecer uma visão que lhe desse alguma paz de espírito.

Às nove em ponto, Beauvais subiu as escadas.

– Graças a Deus – ela suspirou.

Eles mal se cumprimentaram e já se inclinaram sobre a pintura para discutir as opções. Finalmente, Gerard tirou os óculos de leitura, mordeu uma das ponteiras, e encarou Callie com seus olhinhos brilhantes.

– Tem que sair. A camada superior de tinta do espelho terá que ser completamente removida.

Callie se sentou. A conclusão não a surpreendeu, mas a atingiu como um soco mesmo assim.

– Certo.

– Pelo menos vamos descobrir o que há embaixo – Beauvais sorriu. – Que é algo que quero saber há bastante tempo.

– Você viu a imperfeição na superfície do espelho quando examinou o quadro para os Blankenbakers, não viu?

Ele assentiu.

– Aconselhei-os a restaurar o retrato e eles prometeram fazer isso. Infelizmente, não fizeram.

Callie olhou para o Copley.

– Tenho que contar para Jack.

– Me contar o quê?

Ela o olhou no ateliê, surpresa. Jack tinha uma expressão calma enquanto se aproximava. Ele estava usando um terno, a manga do casaco solta ao lado do braço engessado.

– Então aquele era o seu carro, Gerard – ele disse. – Estava me perguntando por que havia um Audi prata na entrada. Como está?

Os dois apertaram as mãos.

– O que traz você a Wellesley? – seu tom era mais exigente que curioso.

Callie olhou para Beauvais, que inclinou a cabeça para ela de leve.

– Cometi um erro – ela disse de uma vez.

Os olhos de Jack se estreitaram e, então, passaram para a pintura.

– Que tipo de erro?

Ela explicou rapidamente e apontou a área no retrato. A expressão de Jack não revelou nada enquanto ele estudava os danos.

– E o que vocês propõem que seja feito?

– Decidimos que remover a camada superior de tinta é a melhor saída. Faremos outra análise depois, mas provavelmente precisaremos repintar.

– Como isso afeta o valor da pintura?

Jack dirigiu a questão a Beauvais e o homem inclinou a cabeça, com a haste dos óculos entre os dentes.

– Depende do que for revelado – Jack franziu a testa, e o restaurador explicou: – Há uma imagem bastante curiosa sob a tinta.

Jack inclinou o rosto para a tela.

– Aquela forma escura pode ser alguma coisa?

– Sim.

– E se não for? – ele quis saber.

Beauvais limpou a garganta.

– Depois da restauração, não acho que teremos uma queda grave no valor. É uma pintura tão importante que a desvalorização será relativamente pequena comparada com o valor total.

– Quão pequena?

– Eu diria de cem a duzentos mil dólares.

Callie sentiu o chão sob os pés balançar. Se Jack exigisse uma restituição, seria o fim da poupança que ela planejava fazer depois que o projeto terminasse. A maioria dos restauradores fazia um seguro, mas ela não tinha tomado essa precaução. Nem teria como bancar um seguro até que Jack a pagasse, de todo modo.

– Quanto tempo levará até vocês saberem o que há embaixo? – Jack perguntou a ela.

– Umas duas horas.

– Volto depois, então. Obrigado por vir – Jack disse, estendendo a mão a Beauvais. – Callie, conversamos depois.

Só depois que Jack saiu, ela percebeu que ele mal olhara para ela. Perdida em pensamentos, ficou surpresa quando Beauvais tirou seu casaco de *tweed.*

– Vamos começar? – ele perguntou animado, olhando as ferramentas.

Beauvais foi embora quatro horas depois. Tinha oferecido ficar até que Jack voltasse para ver a pintura, mas Callie recusara. O projeto era dela e ela precisava falar com o dono sobre o futuro da obra.

Callie olhou para o trabalho que realizara com Beauvais. A revelação era extraordinária.

Na superfície plana do espelho, havia um retrato em miniatura de uma mulher de cabelos escuros. Callie e Beauvais tinham concordado que a pintura da mulher também era de Copley. Primeiro, porque as pinceladas estavam obviamente no estilo do mestre. Segundo porque, depois que retiraram a primeira camada de tinta, ficou claro que a camada inferior era composta exatamente dos mesmos elementos que o resto do retrato.

Também era interessante que a tinta que derretera, sob o microscópio, possuía a mesma composição e idade do resto da obra. Uma inferência razoável, portanto, era que Copley tinha pintado a imagem e, então, alguém, talvez ele mesmo, a cobrira, contemporaneamente.

Beauvais tinha ficado encantado com a descoberta.

Callie estava fascinada, porque sabia sobre as cartas e estava tentada a encontrar uma conexão entre a mulher misteriosa e o caso que ficara implícito na correspondência antiga. A data do retrato era 1775, então poderia ter sido pintado enquanto Nathaniel estabelecia um romance com a linda sra. Rowe, porque a batalha de Concord fora em setembro daquele ano. Para estabelecer que a mulher era de fato a esposa do general, bastava comparar a representação dela no espelho com outro retrato seu.

Quanto ao resto do projeto de restauração, Jack precisava ver o rosto da mulher e considerar se queria a imagem do espelho coberta de novo. Talvez ele decidisse preservar a reputação impecável de seu ancestral, e Callie o apoiaria. A vontade de esconder o passado imoral da família era algo que ela conhecia bem. Considerando sua própria dedicação e os sacrifícios que fizera para proteger o pai, ela não poderia julgar Jack por fazer uma escolha semelhante.

Enquanto esperava, ela olhou pela janela. Caminhões e vans tinham estacionado nos fundos da casa o dia inteiro, entregando comida para a festa. Ela tinha imaginado que muitas pessoas viriam, mas parecia que suprimentos suficientes para alimentar um exército estavam entrando na cozinha de Thomas.

Depois de olhar o relógio, Callie decidiu trabalhar na segunda caixa de documentos. Tinha terminado metade da caixa. Se queria separar todos os papéis antes de ir embora, precisava fazer isso logo, porque estava quase concluindo o retrato.

Era difícil acreditar, mas uma pequena parte da mão de Nathaniel era tudo o que faltava limpar. Dependendo do que Jack decidisse fazer com o rosto da mulher, Callie poderia terminar o trabalho em um dia ou dois. Se não houvesse repintura a fazer, o passo final da restauração seria apenas a aplicação de uma camada fresca de verniz, o que não levaria muito tempo.

Sentada no sofá, começou a separar metodicamente, página a página, os documentos restantes. Estava lendo uma carta de crédito de 1929 quando Jack e Grace apareceram no topo das escadas. Ela soltou o papel e se levantou.

– Então, o que temos? – Jack perguntou depressa.

Ainda estava de terno, mas tirara a jaqueta e a gravata. A camisa rosa pálido que estava usando fazia o cabelo e os olhos parecerem especialmente dramáticos.

– Veja por si mesmo – ela disse baixinho, indicando a pintura.

Quando olharam o retrato, Grace exclamou:

– Meu Deus! É um rosto de mulher!

Callie examinou a reação de Jack. Suas sobrancelhas se franziram enquanto ele estudava a tela, não dava para dizer se estava chateado ou intrigado.

– Bem, é um tanto surpreendente, não é? – ele disse de modo casual. Então, olhou para ela. – E lança um pouco de luz sobre aquelas cartas.

– Cartas? – Grace perguntou. – Há outra além daquela de que você me falou?

Callie assentiu e Jack explicou.

– Encontrei uma com um tom parecido uns anos atrás, e se forem mesmo um par, parece que Nathaniel pode ter se envolvido ou pelo menos tido um interesse romântico na esposa do general Rowe.

Ele olhou de novo para a pintura.

– O que vai fazer? – Callie perguntou. – Quer repintar o espelho?

Houve uma longa pausa.

– Mesmo que seja a esposa do general, acho que não – quando ela o olhou com surpresa, ele deu de ombros. – Quaisquer que sejam as implicações, creio que o retrato não seria autêntico sem ela.

Grace franziu a testa.

– Aquelas cartas... tem certeza de que eram dele e da esposa do general?

– Você pode ler depois – ele disse –, mas os indícios sugerem que sim.

– E você acha que era por essa mulher – Grace apontou para o retrato – que ele estava apaixonado? Sarah Rowe?

Callie interveio.

– A esposa do general era uma conhecida de Copley, não era? Quer dizer, há notas nos diários de Copley dizendo que ela visitava seu ateliê com frequência antes de ele ir para Londres, porque ela pintava um pouco também. Nathaniel encomendou o retrato. Não é inconcebível que quisesse ter o rosto da amante ali, mas, como era um amor clandestino, tenha pedido para Copley cobrir o espelho. Uma prova secreta de seus sentimentos, talvez. Bem romântico, na verdade. E a data está certa, 1775.

Grace riu suavemente.

– É uma boa teoria e, sem dúvida, tem seus méritos. Só há um problema: a esposa do general era loira.

Tanto Callie como Jack se viraram para Grace.

– Como sabe? – ele indagou.

– Sei um pouco de História Americana – Grace respondeu com um sorriso seco. – Há poucos retratos da esposa do general. Talvez dois, no máximo, um dos quais é uma miniatura que está na Hall Foundation. Não há dúvida que ela era loira.

– Então, quem é essa? – Jack perguntou.

– Tem certeza de que as cartas se referem ao general?

Quando Jack assentiu, Grace disse:

– Então pode ser a filha dele, Anne. Era morena, como o pai.

– Sério?

Grace olhou para o teto, batendo no chão com o salto do sapato.

– Deixa eu ver se consigo fazer as contas. O retrato foi pintado em 1775. Anne teria uns dezesseis anos, e Nathaniel Walker, uns vinte. Parece meio jovem para um caso, mas na época muitas garotas se casavam na adolescência – ela olhou para Jack. – As anotações do general Rowe sugerem que era protetor em relação à filha. Ele queria que Anne adotasse uma vida espiritual, e penso que pode até ter insistido para que ela se juntasse a uma ordem religiosa. Posso ver por quê, se ela estava realmente se apaixonando por Nathaniel, gostaria de esconder isso do pai. Pelo menos até que houvesse um noivado e fosse tarde demais para rompê-lo. – Os olhos de Grace passaram para o rosto de Nathaniel. – Mas Anne morreu no outono de 1775, se me lembro corretamente. De tifo. Uma tragédia... o pai nunca se recuperou.

Todos olharam para a pintura.

– Talvez – Callie disse baixinho – Nathaniel achasse difícil demais olhar para a imagem dela, então pediu que fosse coberta.

– Explicaria bastante coisa – Grace disse. – Especialmente por que Nathaniel demorou tanto para se casar. Só vinte anos depois, ele finalmente se casou com Jane Hatte.

– Meu Deus – Jack murmurou. – Que história!

Grace pôs a mão no braço dele.

– Mas você deveria mostrar aquelas cartas a outras pessoas. Só temos uma teoria por enquanto.

– Mas sinto que estamos certos – ele disse em voz baixa.

Grace consultou o relógio e sorriu.

– Bem, a não ser que tenhamos outros mistérios a resolver, é melhor eu me trocar. A festa começa em uma hora, certo?

Jack assentiu e lhe deu um beijo no rosto.

– Obrigado, Grace.

– Sem problemas. Só lembre-se de atender o telefone a próxima vez que eu ligar precisando de conselhos de investimento.

– Fechado.

Depois que Grace saiu, Jack voltou a olhar o retrato.

– Você fez um trabalho incrível!

Callie soltou uma risada desconfortável.

– É gentil da sua parte, considerando o erro que cometi.

– Mas transformou a pintura. Ele está tão vivo agora! Antes, parecia soturno, mas agora o vejo de outro modo. Parece mais jovem, mais vibrante. Fez um ótimo trabalho.

– Só revelei o que Copley pintou.

Ela foi até Jack, sentindo o aroma da sua loção pós-barba. Apenas o cheiro já a fazia sofrer.

– Olha, se o valor da pintura diminuir, vou completar o que falta pra você.

– Completar o que me falta – a risada dele foi curta. – Escolha interessante de palavras, considerando que recentemente concluí que uma conta bancária cheia não me satisfaz como costumava.

Seus olhos estavam tão escuros que era como se não houvesse nenhuma cor neles.

– Esqueça o problema com a pintura e fique com seu pagamento – ele indicou o retrato. – Agora só falta colocar uma nova camada de verniz, certo?

Ela confirmou.

– E então terá terminado.

– Sim – um desejo forte apertou no peito de Callie. – Jack, realmente quero ficar em Boston depois que terminar o trabalho.

Ela esperou uma resposta, mas ele só se virou.

– Vejo você na festa – disse.

Capítulo 22

Depois das seis, um fluxo constante de carros começou a chegar a Buona Fortuna. Da janela do quarto, Callie os viu imbicar na entrada iluminada, desaparecer sob o pórtico e então ser estacionados por atendentes uniformizados. Eram uma frota de luxo; cada modelo e marca custava os olhos da cara. Até achou ter visto um ou dois Bentleys.

Todos aqueles carros chiques não a inspiravam a se juntar à festa. Ela supôs que as pessoas saindo deles eram tão glamorosas quanto sua escolha de veículo. Como ela já evitava multidões de modo geral, ser jogada no meio de especuladores corporativos e rainhas de beleza era como estar no segundo círculo do inferno, e Callie considerou a possibilidade de se esconder no quarto. Era covardia, é claro, mas ela tinha quase certeza de que ali teria uma noite melhor.

Além disso, não estava se sentindo festiva. Quando saíra da garagem, tinha procurado por Grace. A porta da meia-irmã, no entanto, estivera fechada, e a risada masculina escapando dos painéis não a encorajou a bater. Callie voltara então ao seu quarto parar se trocar, decidindo falar com Grace assim que a festa terminasse.

Ela olhou para a saia preta que vestira, a mesma que havia usado para jantar com Gray. Duas vezes.

A saia que Jack tinha tirado do seu corpo na primeira noite em que fizeram amor.

Pensou em queimar a peça só para fugir das lembranças.

Houve uma batida na porta e então Grace enfiou a cabeça dentro do quarto.

– Tudo certo? Ross e eu estamos prontos.

Callie se levantou, alisou a saia e enfiou os pés em sapatos de salto.

– Você está linda – ela disse a Grace, sorrindo.

A meia-irmã usava um vestido vermelho-escuro apertado que caía dos seus ombros pálidos. Com o cabelo loiro caindo pelas costas, era quase linda demais para ser real.

– Bem, obrigada. Você também. Esse corte simples fica bem em você – Grace foi à janela e olhou os carros. – Eu costumava vir às festas de Jack religiosamente, mas nos últimos anos tive que recusar os convites. Há tantos amigos com quem preciso conversar! E gostaria de apresentá-la a alguns solteiros, se não se importa.

Ah, não. Isso não.

Grace se virou, mas o sorriso no rosto se desfez quando a viu.

– Callie? O que foi? Você não parece bem.

Engraçado. Ela não se sentia bem.

– Não é nada. Mas preciso falar com você.

As sobrancelhas perfeitas de Grace se ergueram com preocupação.

– Está tudo bem?

– Não, não está. Depois que sobrevivermos a essa noite, podemos falar a sós?

– É claro – Grace olhou para Ross, que esperava no corredor. – Quer conversar agora?

– Acho que mais tarde é melhor. – Ela não queria a pressão de afastar Grace da festa e não tinha ideia de quanto tempo duraria a conversa. – Só prometa que nos falaremos até o fim da noite.

Descendo as escadas atrás de Grace e Ross, Callie sentia como se usasse sapatos de concreto. Ou talvez roupas com costuras de chumbo. O corpo estava impossivelmente pesado e ela agarrou o corrimão enquanto se aproximava do amontoado de pessoas na entrada. Havia uma aglomeração de convidados dando os casacos a funcionários uniformizados. O saguão estava cheio dos sons da festa e o excesso de conversas e risadas fez Callie estremecer, seus sentidos sobrecarregados. Havia barulho, luz e perfumes demais competindo pelo mesmo espaço.

Enquanto Grace era abraçada por uma mulher, Callie entrou na sala de estar e soube imediatamente que fizera a escolha errada. Estava perdida em um mar de pessoas. Devia haver uma centena lá e mais continuavam a entrar, vindos do saguão. Movendo-se pela multidão, foi até um dos bares que foram montados ali e pediu uma taça de vinho, não porque estava com sede mas porque sentia que precisava fazer alguma coisa.

Ela acabara de aceitar um Chardonnay quando uma mulher usando um vestido dourado dramático entrou na sua frente e disse rispidamente:

– Ah, que bom! E meu marido quer um Martini.

A mulher tomou a taça da mão de Callie e se virou para o homem com quem estivera falando.

Pra mim chega, pensou Callie.

Mas antes de sair, cutucou o ombro da morena.

A mulher se virou e sorriu para o homem ao seu lado.

– Querido, sua bebida está aqui.

–Não – Callie disse educadamente, pegando a taça de volta. – E essa é minha. Se quer ser servida, peça a um dos homens de uniforme andando por aí com bandejas. Ou pode ficar na fila do bar.

A mulher ficou vermelha de indignação e Callie se afastou, deixando a taça em uma mesa lateral a caminho das escadas. No entanto, a aglomeração na entrada havia piorado, e ela decidiu ir para os fundos da casa. Atravessava a sala de jantar, que estava cheia de pratos com comidas maravilhosas, quando viu Jack em um canto. Ele ouvia alguém atentamente, as costas viradas para ela.

Callie parou, se esquecendo das pessoas que esbarravam nela.

Jack usava um smoking e o traje formal lhe caía bem. A jaqueta se alongava sobre os ombros amplos e o branco do colarinho contrastava com seu cabelo escuro.

Ele se virou para apertar a mão de um homem e ela viu que estivera conversando com uma mulher. Como muitas mulheres lá, a loira de cabelos compridos usava um vestido recém-saído das passarelas e tinha completado o visual com joias caras. Jack se virou para ela quando terminou de falar com o homem e a mulher disse algo em seu ouvido, um sorriso nos lábios enquanto passava a mão sobre seu peito. Jack riu e deu um passo definitivo para trás.

Podia ser algo inocente – provavelmente tinha sido, pelo menos da parte de Jack – mas, naquele momento, Callie não estava inclinada a permanecer ali. Sua cabeça girava com o barulho e as pessoas e tantas coisas mais. Se ela não saísse da festa, desabaria e faria algo ridículo, como dar uma cotovelada naquela mulher. Assim que pôde, fugiu para a cozinha e saiu pelos fundos.

A noite estava fria e ela ficou agradecida porque o ar gelado ajudou a diminuir o zumbido nos ouvidos. Abraçando-se, atravessou a entrada da casa e subiu ao ateliê. Não suportaria voltar para a casa até que a festa acabasse. Ela não fazia parte do mundo de Jack e não conseguiria fingir. Não aquela noite.

Ela foi ao sofá e sentou com o resto dos documentos. Um por um, apanhou pedaços de papel da caixa, em busca da verdade sobre Nathaniel.

Jack viu Gray através da multidão na sala de jantar e pediu licença de uma conversa sobre fundos rodoviários. Havia muitas pessoas querendo discutir problemas sobre o estado. Era evidente que boatos sobre a candidatura dele haviam se espalhado.

Acenando, ele atraiu a atenção de Gray e gesticulou para o amigo se aproximar.

– Que bom que veio – Jack disse quando eles se encontraram em frente a uma bandeja de salmão escalfado.

– Acabei de falar com o senador McBride. Acho que você ficará contente – Gray ergueu a taça para um congressista que acabara de entrar. – Os relatórios preliminares do comitê exploratório são altamente favoráveis. Você saberá de tudo amanhã, mas já temos alguns patrocinadores de peso e o reconhecimento do seu nome está explodindo. Temos força, Jack.

– Isso é ótimo – ele disse, para o bem do amigo.

– É mais que ótimo. E ouvi umas notícias interessantes. Sabia que Butch Callahan ameaçou fisicamente sua diretora adjunta, quando ela não o apoiou naqueles prêmios de construção ano passado? Sabe, os que foram metade para a família dele?

– Meu Deus! Não sabia disso.

– É, ninguém mais sabe.

– Gray, como descobre essas coisas?

– Você não quer saber. Enfim, isso significa que teremos de barganhar com...

– Depois – Jack indicou a mãe, que tinha acabado de entrar na sala e os observava com uma expressão determinada.

Mercedes estendeu os braços ao se aproximar.

– Gray, querido, como está?

– Senhora Walker, está encantadora!

Enquanto a mãe aceitava o beijo que Gray lhe dava no rosto, Jack a analisou objetivamente. Ficava bem no vestido azul-escuro e ele notou o colar de diamantes e safiras, presente de casamento que ela recebera dos avós de Jack. Uma das poucas peças no cofre dela de que ele teoricamente não era dono.

– Agora, Gray, sei que você e Jack têm tramado muito ultimamente. Quero que saiba que aprovo por completo – Gray murmurou alguma coisa vaga e ela tomou o braço dele. – Nem posso dizer quantas pessoas aqui estão preparadas para votar em meu filho. Eles vão apostar corrida até as urnas!

Enquanto Gray fazia a dança social com a mãe, Jack perscrutava a sala. Procurara por Callie a noite toda, mas ela não estava em lugar algum. Ou talvez o evitasse de propósito. Afinal, o prazo que Jack lhe dera era amanhã. Talvez não quisesse falar com ele até lá.

– Jack? – a mãe perguntou.

– O quê?

Mercedes soltou sua risada social, aquela que soava como sinos de vento e que passou pelo pequeno grupo que se reunira ao seu redor.

– Não é a cara do meu filho? Sempre perdido em pensamentos. Jack tem tanta coisa em que pensar... Agora, se nos dão licença, meu filho e eu precisamos de um momento a sós.

– Precisamos? – ele perguntou.

Ela estava sorrindo e acenando enquanto agarrava seu braço bom e o arrastava à despensa. Fechou a porta e lhe deu um olhar furioso.

– O que aconteceu com a pintura?!

Embora soubesse exatamente do que ela estava falando, ele murmurou:

– Pode ser mais específica?

– Ela a destruiu!

– E de quem você ouviu isso?

– Gerard me contou tudo.

– Então tenho certeza de que não usou essas palavras.

Mercedes endireitou os ombros e começou sua ladainha costumeira.

– Jackson, não entendo o que essa mulher fez com você. Ela entra na sua casa, destrói seu relacionamento com Blair, e comete danos incalculáveis àquela obra de arte inestimável... e você a defende?

– Mãe, relaxa. Grace e eu vimos a pintura com Callie hoje à tarde. Está tudo bem.

Isso fez Mercedes hesitar.

– Grace viu a devastação?

Ele crispou os lábios.

– Pela última vez, a pintura não está arruinada.

– E o rosto? De quem é?

– Temos uma teoria, e se estiver correta, o valor da pintura provavelmente subirá.

Os olhos da mãe se estreitaram.

– Ah.

Ele ergueu uma sobrancelha e esperou para ver se ela encontraria outro modo de exagerar a seriedade da situação.

Em vez disso, ela o atingiu de um ângulo novo.

– E a festa no Museu? – ela perguntou. – Pensei que faríamos uma recepção quando a pintura fosse exposta ao lado do *Paul Revere*. Já comecei a convidar pessoas, mas Gerard diz que você está sendo evasivo.

– Se houver uma recepção, será aqui. Não importa o quão bom meu ancestral ficaria ao lado do *Revere*, a pintura voltará ao lugar a que pertence: o espaço acima da minha lareira.

– Mas seu pai está lá!

Como se o homem em pessoa, não um retrato dele, estivesse pendurado na parede.

– Vou mudar aquele quadro de lugar.

A mãe o olhou como se ele tivesse dito uma blasfêmia, e Jack verificou o relógio. Sete horas na Costa Oeste. *Perfeito*, ele pensou.

– Se me dá licença, tenho negócios para resolver.

Ele sabia que era o único jeito de a mãe deixá-lo ir. Ela perdoaria qualquer coisa que tivesse a ver com o Fundo Walker. Mercedes sempre mantinha os olhos no prêmio. E o prêmio vinha quase sempre em cédulas.

Mas ela agarrou o braço de Jack em um aperto forte.

– Estou muito preocupada com você.

– Não sei por quê. O gesso vai ser tirado em umas duas semanas.

– Não brinque! – Os olhos dela faiscaram. – Não sei mais no que está pensando, Jackson. Mas me recuso a deixá-lo esquecer do que importa.

– Que sorte a minha – ele disse, abrindo a porta.

Atravessando com rapidez a festa, Jack se fechou no escritório, apanhou um cartão da escrivaninha, e discou o número nele.

A voz do outro lado da linha foi ríspida.

– Alô? – houve um som abafado. – Não, não, querida, papai está no telefone.

Uma criança começou a chorar.

– Bryan McKay? – Jack perguntou.

– Sim – houve um suspiro profundo. – Olha, não aceito ligações de telemarketing...

– É Jack Walker.

Silêncio total. Então:

– Ah, meu Deus. Ah, olá, como conseguiu meu número de casa? Quero dizer, deve conhecer pessoas que... ah, meu Deus. O que posso fazer por você?

– Respire fundo primeiro.

Jack riu quando o doutor realmente fez aquilo.

– Dr. McKay, vou investir na sua companhia. Financiarei toda a sua operação pelos próximos três anos, cobrindo até o custo das lâmpadas e das vassouras.

Houve outro silêncio e então:

– Ah-meu-d-Deus. Ah-meu-Deus!

Jack sorriu, sentindo-se bem com sua decisão.

– Mas precisamos combinar alguns detalhes – ele disse depressa. – Não estou apenas investindo, vou ajudá-los a ser bem-sucedidos. Sua família e eu seremos sócios.

Callie enfiou a mão na caixa, pegou um pedaço de papel e sentiu-o escapar dos dedos. A página deslizou sob o sofá e ela xingou baixinho enquanto se agachava, levantava a cobertura do sofá e enfiava a mão na escuridão.

Quando sentiu a folha, sentou-se e tirou a poeira da página escurecida e rasgada.

Perdeu o fôlego ao notar sua cor marrom escura. Era velha, muito velha. Cuidadosamente segurando os dois lados da folha, ela mal conseguia entender as palavras, de tão esvanecida que estava a tinta.

Ela se inclinou para a luz e tentou ler a caligrafia inclinada.

Querido Nathaniel,

É com grande pesar que devo lhe informar o falecimento da minha amada filha Anne. Ela foi tomada pelas mãos gentis do Senhor no dia 15 de setembro. Minha dor é infinita, afligindo-me tanto à noite como sob a luz do sol. Nos pertences dela, encontrei suas cartas e as devolvo para seus cuidados como questão de discrição. Tivesse sabido dos seus sentimentos por ela e dos dela por você, teria ficado contente com a ideia de um casamento. Amava-a mais que tudo na Terra, mas teria permitido que entrasse em sua casa porque sei que tipo de homem é. É uma dor dupla no meu coração que tenha chegado tão perto de chamá-lo de filho. Nosso anjo está com os outros.

Seu,

J. J. Rowe

Callie ergueu os olhos. Sobre a borda rasgada do papel, viu o retrato.

Ela releu a carta e foi até a pintura. Passou os dedos de leve sobre a bochecha de Nathaniel e então viu o reflexo da garota que ele tinha amado e perdido.

Quinze de setembro.

A batalha de Concord acontecera no começo de setembro. O que queria dizer que o encontro noturno entre Nathaniel e Anne teria acontecido meras semanas antes da sua morte. Temendo a reação do pai, Anne perdera a última chance de ver o homem que amava, mas sem motivo. Se a carta do general realmente refletia seus sentimentos, ele teria aprovado a união.

Callie olhou nos olhos de Nathaniel, balançando a cabeça tristemente e pensando no que ele tinha perdido. No que poderia ter tido.

Meu Deus! Perder tanto por um medo que, no final, era infundado!

Anne ainda teria morrido, provavelmente, mas quem sabe o que poderia ter acontecido no encontro? Um pedido de casamento? Talvez Nathaniel a tivesse levado consigo de algum modo e ela não tivesse contraído tifo na cidade.

Callie imaginou os arrependimentos que Anne teria sentido. Quando a garota ficou doente, teria sido tarde demais para informar Nathaniel, então seu destino foi nunca se despedir dele. Seu pai e seu amado estavam lutando longe de Boston. Mesmo que ela enviasse alguém atrás de Nathaniel, era duvidoso que tivesse conseguido atingi-lo a tempo, dadas as limitações de comunicação da época e a confusão da batalha. Era difícil não imaginar a garota doente desejando ver o homem que tanto amava.

Callie soltou a carta e foi até as janelas que davam para Buona Fortuna. A mansão estava maravilhosa em sua glória iluminada. Para uma casa que parecia sombria à luz do dia, à noite, com luzes em todos os quartos, era deslumbrante.

E a festa estava a todo vapor. Através das janelas do primeiro andar, ela podia ver silhuetas passando enquanto pessoas em roupas de festa socializavam.

Jack está em algum lugar entre eles, ela pensou. E lá estava ela, outra vez, olhando de fora.

Lembrando-se da noite em que ficara fora da mansão do pai com a mãe, observando pessoas que eram amigos dele e desconhecidos dela, Callie percebeu que sua vida voltara ao mesmo ponto.

A diferença era que agora ela *escolhera* não entrar. Não havia nada que a segurasse, nada a mantinha longe da vida de Jack a não ser ela mesma.

Ela imaginou Anne outra vez, em seu leito de morte.

E com uma claridade súbita e nauseante, Callie reviveu os últimos momentos entre seus pais. Viu a mãe, fraca, incapaz de falar, somente os olhos se movendo. Viu o pai, inclinado sobre ela, o rosto contorcido em uma angústia genuína. As palavras que ele dissera voltaram a Callie e trouxeram de novo a dor súbita e aguda. Uma dor imutável.

Enquanto relembrava o que o pai havia dito, percebeu que não era só Grace que ela estava protegendo ao manter o passado afastado da sua vida. Ela mesma se escondia da pior verdade de todas. Era como se, ao evitar o nome do pai, o que tinha acontecido, especialmente no fim, não tivesse sido real.

Mas aconteceu. Foi real.

E Callie sabia, com total convicção, que se não pudesse reconhecer o passado abertamente, perderia sua única chance de ter tudo que sempre quis. Um homem que a amava. Uma família. Um lugar ao qual ela pertencia.

Alguém que era *dela*.

Ela sabia o que tinha de fazer.

Apanhou a carta e, segurando-a com cuidado, se dirigiu para a casa.

Capítulo 23

Quando Jack saiu do escritório, meia hora depois, ficou surpreso por como se sentia, considerando que estava jogando 100 milhões de dólares em um negócio que, na melhor das hipóteses, não lhe daria prejuízos. Mas parte da sua satisfação era a reação de Bryan McKay. O doutor estava felicíssimo, e tão entusiasmado que ainda estava gaguejando quando eles desligaram.

Se Jack não conseguia fazer as coisas darem certo para si mesmo, podia muito bem ser a fada madrinha de outras pessoas. Só faltava uma varinha e um tutu.

Isso sim seria um bom anúncio de campanha.

– Jack! Como está? – o CEO de uma das maiores empresas de seguro do estado estava vindo até ele. – Queria falar com você sobre seguro de vida.

– Sou todo ouvidos.

Ele e o homem conversaram um pouco até que a mãe de Jack apareceu no corredor. Nate estava com ela, usando sua roupa branca de chef e parecendo ansioso para voltar à cozinha.

– Está na hora – ela disse.

Tomando a mão dos filhos, Mercedes os levou à sala de estar até a frente da lareira, bem embaixo do retrato de Nathaniel VI. Caiu um silêncio na festa e as pessoas começaram a se aproximar para ouvi-la.

Olhando a multidão, Jack avistou Gray encostado contra uma coluna do outro lado da sala, os braços cruzados e os olhos estreitados para Mercedes.

– Posso ter a atenção de vocês por um minuto? – ela começou.

Jack torceu para o discurso ser rápido este ano. Em toda festa, Mercedes fazia uma homenagem ao pai dele, numa litania de elogios que eram quase um culto fúnebre. Ela parecia determinada a manter viva a lenda de Nathaniel VI. Quando Jack estava se sentindo caridoso em relação à mãe, tentava ver amor no gesto, mas nunca tinha se convencido totalmente de que as motivações dela eram puras. Suspeitava que Mercedes só queria lembrar a todos com quem fora casada.

Mas que mal há nisso? ele pensou, olhando para o irmão sobre o penteado chignon dela. Nate parecia tão desconfortável quanto ele.

– Meu marido...

Jack ouviu as palavras distraidamente e olhou a sala, prestando atenção só quando viu Callie e Grace entrando do saguão. Estavam subindo as escadas, até que pararam para ouvir o discurso.

Ele olhou através da aglomeração de pessoas. Só tinha olhos para Callie.

No meio da multidão de mulheres altas e homens de smoking, ela estava vestida de modo simples, em um conjunto preto e branco que ele já vira antes. Seu cabelo caía sobre os ombros em uma gloriosa onda ruiva, e ao contrário de tantas das mulheres ali, a maquiagem era suave, natural.

Para ele, era de longe a mulher mais linda da festa.

Ao pé das escadas, viu dois homens a olhando e conversando. Um deu de ombros, como que para indicar que não sabia quem era, e então ambos encararam-na sobre os ombros.

A apreciação curiosa e intensa na expressão deles fez Jack fechar a mão em punho. Queria atravessar a sala e chutá-los para fora da casa, mesmo que um deles fosse seu parceiro de *squash,* e o outro ele conhecesse desde o jardim de infância.

Callie não pareceu notar, no entanto. Ela observava algo em sua mão, e quando finalmente ergueu a cabeça, os olhos deles se encontraram. Desejo passou pelo corpo de Jack e ele precisou se controlar para não dar um passo na direção dela.

Com um sorriso suave, Callie ergueu um pedaço de papel rasgado e o acenou lentamente no ar.

Será que tinha encontrado a resposta?

A voz de Mercedes interrompeu seus pensamentos.

– E temos meu filho, Jackson. Como sabem, ele deixou o pai e eu muito orgulhosos com tudo que realizou, e está prestes a embarcar em um novo desafio. Estou simplesmente encantada em anunciar que Jackson vai concorrer a governador do nosso estado em novembro!

Jack se virou depressa. Uma onda de aplausos se ergueu no ar, e ele encarou a mãe, incrédulo.

– O que você fez? – ele disse entredentes.

Mas ela estava ocupada demais absorvendo a adulação para ouvi-lo.

Freneticamente, ele olhou na direção das escadas, mas não conseguia ver através das mãos levantadas. *Merda.* Só podia imaginar o que estava passando pela cabeça de Callie.

– Discurso! Discurso! Discurso!

Sabendo que não conseguiria escapar até dizer alguma coisa, ergueu as mãos e acalmou os convidados.

– Ainda não tenho nada a declarar formalmente – gritos de apoio abafaram sua voz. – Mas agradeço o voto de confiança de todos.

Quando os aplausos começaram de novo, ele encontrou os olhos de Gray. O amigo abanava a cabeça, sabendo exatamente o que aconteceria em seguida. Mercedes tinha anunciado sua candidatura às trezentas pessoas mais influentes de Massachusetts. E quase todas tinham um celular no bolso. A notícia estaria no *Globe* e no *Herald* na manhã seguinte.

Quando o fervor começou a diminuir, a mãe se virou para ele, toda sorrisos, e exclamou:

– Não é fabuloso? Eles amam você!

Jack se aproximou dela, de modo que mais ninguém o ouvisse.

– Mãe, você vai se arrepender disso.

Ela recuou, surpresa, mas ele já estava se afastando. *Tinha* que encontrar Callie.

Ela desaparecera; provavelmente fora para o quarto.

Jack estava a caminho das escadas, se esquivando de apertos de mão, quando Gray apareceu na sua frente.

– Precisamos lidar com isso. Agora.

Antes que ele pudesse responder, Gray disse:

– Você sabia quc cla iria fazer isso?

– Claro que não!

O celular de Gray tocou e ele franziu o cenho quando viu o número.

– Precisamos fazer uma reunião com o partido e preparar uma declaração à imprensa. Então vamos ter que falar com todos os membros do comitê exploratório, incluindo os que não estão aqui. Irritar as pessoas que estão ajudando você é a última coisa que deve fazer agora. Nenhuma delas esperava esse anúncio.

Bem-vindo ao clube, Jack pensou.

Ele estava irado. Tinha de lidar com essa situação agora porque a mãe não sabia se comportar, e tudo o que queria era encontrar Callie.

Quando a mãe de Jack fez o anúncio e a multidão foi à loucura, Callie fechou os olhos.

– Não acredito! – Grace exclamou. – Que emocionante!

Callie forçou um sorriso.

– Sim. Ele realmente quer concorrer.

Tanto que nem tinha esperado a resposta dela.

No canto, ele viu Gray com um celular no ouvido.

Tinha de dar crédito a Jack e ao amigo. Fazer a sra. Walker anunciar a candidatura na frente do retrato do pai de Jack era uma manobra brilhante. Um ato de espontaneidade perfeito em um cenário que enfatizava a história da família e seu serviço ao estado e ao país. E anunciar em uma festa particular, sem a imprensa, era ideal. A notícia estava se espalhando rápido – os celulares já estavam nas mãos de todos. Os repórteres seriam obrigados a procurar Jack para mais detalhes, dando-lhe a oportunidade de conceder entrevistas como uma forma de favor. Como estratégia de marketing, era magnífica.

Ele tinha arranjado a situação a seu favor maravilhosamente.

Enquanto Jack erguia as mãos e sorria, assumindo uma pose típica de político, ela desviou o olhar. Não tinha interesse no que ele iria dizer.

Não conseguia acreditar que ele não tinha esperado. Ele prometera que não faria nada até amanhã, mas agora estava tudo acabado. Ele concorreria. E ela estava fora da vida dele.

Distraída, ela ouviu os convidados ficarem em silêncio obedientemente, a voz grave de Jack e então uma erupção de aplausos e gritos.

– Callie? – Grace gritou sobre o tumulto.

Ela voltou à realidade.

– Sim?

– Quer subir para conversarmos?

Agora não, ela pensou. Pelo menos não para a conversa que ela pensou que teria.

– Só quero mostrar o que encontrei – ela respondeu.

– Encontrou outra carta?

– *A* carta, na verdade.

Callie seguiu Grace até o quarto da meia-irmã.

Lá, sentou-se em uma *chaise longue* no canto. Tirando os sapatos, dobrou as pernas sob o corpo enquanto Grace tomava a carta e a lia sob a luz de um abajur.

Ela estivera tão preparada para dar aquele passo. Para dizer tudo a Jack e implorar a ele que encontrasse um jeito de ficarem juntos. E decidira fazer aquilo mesmo se Grace ficasse desconfortável com a revelação de seu passado a Jack. Não importava. Ela contaria a verdade de qualquer jeito e escolheria Jack acima de tudo que protegera a vida toda. Acima da pouca família que tinha.

Só que demorara demais. Ou talvez ele não tivesse falado sério sobre não concorrer.

– Isso é extraordinário – Grace ergueu os olhos. – Estávamos certas!

Callie olhou para o papel.

– *Você* estava certa.

– Mostrou isso para Jack?

Ela abanou a cabeça.

– Vou esperar até amanhã. Ele tem mais o que fazer agora.

– Isso é verdade – Grace pôs a carta em uma mesa lateral. – Quanto trabalho ainda tem a fazer no retrato?

– Terminei a limpeza hoje à tarde. Só preciso aplicar a camada nova de verniz e o projeto acaba.

Grace sentou-se ao pé da *chaise longue* e começou a mexer nos diamantes que usava nas orelhas.

– E depois?

Callie riu baixinho.

– E depois volto para Nova York.

Naquele momento, a porta se abriu e Ross entrou. Estava arrancando a gravata-borboleta como se a odiasse, e parou quando viu Callie.

– Estou interrompendo alguma coisa?

Callie se levantou e pegou a carta.

– Nem um pouco. É melhor eu ir, está tarde. Que horas vocês saem amanhã?

Grace a seguiu até a porta.

– Logo depois do café da manhã.

– Vejo você de manhã, então. Boa noite, Grace. Ross.

Atravessando o corredor, ela pensou que na manhã seguinte mostraria a carta a Jack, colocaria o verniz na pintura, e então estaria tudo acabado.

Ficou surpresa ao perceber que estava ansiosa para voltar ao seu apartamento. Por mais modesto que fosse, tudo lá pertencia a ela. Callie não sabia exatamente em que trabalharia, mas pensou que cedo ou tarde resolveria o problema.

Depois que entrou no quarto, hesitou. Então, lentamente trancou a porta.

Ela suspeitava que Jack viria até ela e não tinha a energia para lidar com ele aquela noite. Só queria paz.

E nunca a encontraria, com Jack Walker em sua vida.

Capítulo 24

Eram duas da manhã quando Jack finalmente pôde sair do escritório. Membros do comitê exploratório e Gray haviam transformado o cômodo em uma central de comando e passaram horas pendurados em todas as linhas de telefone disponíveis. Receberam ligações de repórteres, legisladores e contatos comerciais. Ele dera oito entrevistas à imprensa antes da meia-noite.

E não era como se tivesse muito a dizer.

Apesar do consenso majoritário no escritório, Jack tinha mantido firmemente uma posição descomprometida. Até Gray discordara, convencido de que era uma boa ideia capitalizar o momento.

Mas Jack se recusava a oficializar a candidatura antes de falar com Callie. Mesmo que fosse difícil, não era tarde demais para desistir e ele tinha esperança de que ela ainda o aceitaria. Por menor que fosse essa esperança.

Depois de agradecer Gray e os dois conselheiros que ainda estavam no escritório, ele foi atrás dela.

Atravessando o corredor, pensou que deveria ter suspeitado de que a mãe faria algo do tipo. Uma mulher que podia mudar totalmente sua identidade e abandonar mãe, pai, irmãos e irmãs sem olhar para trás era capaz de qualquer coisa, se quisesse.

E ela deixara muito claro seu desejo de que ele fosse governador.

A primeira coisa que faria na manhã seguinte era dar um jeito na mãe.

Jack parou em frente à porta de Callie e se preparou para o que quer que fosse acontecer. Ele bateu e, quando não houve resposta, tentou abrir. A maçaneta não virou.

Sem entender o problema, ele balançou a maçaneta, xingando.

E então a soltou.

Não conseguia acreditar. Ela o trancara para fora.

Pronto a esmurrar a porta até derrubá-la, ergueu o punho e se inclinou para a frente, e então parou.

Abaixou a mão. Agachou-se. Encarou a porta.

Callie não apenas não confiava nele, claramente também não tinha nenhuma fé nele. Sequer permitira que ele explicasse que o anúncio da mãe fora precipitado, inesperado e *errado*.

De repente, Jack ficou sem fôlego. Com uma mão instável, desamarrou a gravata-borboleta e afrouxou o colarinho. Abrindo a boca, encheu os pulmões de ar.

Então é assim que acaba, ele pensou.

Que fim apropriado, com ele trancado para fora do quarto dela.

Jack pôs a mão contra a porta.

Ele não soube por quanto tempo ficou ali, mas por fim percebeu que precisava encarar a realidade.

Não importava o que dissesse, Callie não o amava o suficiente. Fizera a sua escolha. Não o queria na sua vida.

Era o fim.

Jack tirou a mão da porta e se afastou. Não sabia para onde estava indo nem por quê. A única coisa que sabia era que, quando o sol nascesse, não queria estar de pé em frente ao quarto trancado de Callie.

Quando desceu as escadas, garçons ainda rodavam pela casa. Os homens e mulheres carregavam bandejas com taças sujas para a cozinha e tiravam os restos de comida da sala de jantar. Ele percebeu que não se despedira dos hóspedes.

Provavelmente foi melhor assim, ele pensou, indo para o escritório. Não teria aguentado todos os parabéns pela candidatura.

Gray estava sozinho no cômodo, guardando papéis.

– Que noite, hein – o amigo murmurou.

Você não tem ideia, ele pensou.

Ele encarou Gray por um minuto e então falou rispidamente:

– Amanhã de manhã quero os membros do comitê no meu escritório na cidade logo cedo.

– Tudo bem, mas não deve levar mais que umas duas horas para ouvir os relatórios...

– Diga a eles que vai levar o dia todo. Temos uma campanha para lançar.

Gray ergueu os olhos da pasta que estava segurando.

– Do que você está falando? Achei que ainda estava decidindo. *Dissemos* a todo mundo que você ainda estava decidindo.

– Já decidi.

– Jesus Cristo, Jack! – Gray jogou a pasta na mesa. – Perdemos uma oportunidade ótima hoje!

Jack deu passos rápidos até a mesa.

– Não preciso disso hoje, tá bom? Faça seu trabalho, ligue para aquelas pessoas, e vamos começar essa campanha.

Ele se sentou e esperou Gray se controlar.

– Se importa se eu perguntar o que inspirou a mudança? – a voz do amigo estava calma agora.

Mas Jack não tinha nenhuma intenção de expor sua dor.

Porque seus sentimentos não eram problema de mais ninguém.

– Não tenho mais nada a perder.

Jack ainda estava sentado na escrivaninha quando o sol nasceu. Quando os primeiros raios da aurora caíram sobre o jardim, mexeu-se na cadeira e mudou o gesso de posição. Sentia uma dor constante no ombro, mas era a dor no peito que comandava sua atenção. Pensou que era ou angina ou um coração partido, e era difícil decidir o que seria pior.

Embora essa dor provavelmente se devesse ao fato de ele estar sozinho, assistindo a um lindo nascer do sol, e sentindo-se pateticamente melodramático.

– Bom dia, governador.

Jack avistou Nate na porta. Sorriu, mesmo se sentindo meio morto.

– Não seja apressado com esse título. Falta um longo caminho até a linha de chegada.

– E por acaso você já perdeu alguma coisa?

Jack não conseguiu continuar a brincadeira.

– Me surpreende que esteja de pé tão cedo, considerando tudo o que você e Thomas fizeram ontem à noite. A comida estava fantástica.

Reparando na mochila no ombro de Nate, Jack perguntou:

– Está de partida?

– Sim, quero estar no Canadá antes do anoitecer. Spike, Louie e eu temos hora marcada para ver um restaurante que está à venda.

– Sabe, eu estava falando sério quando ofereci dinheiro. Mesmo que você insista que seja um empréstimo.

– Obrigado.

Jack se levantou, afrouxando a tensão nas costas.

– Quando nos veremos de novo?

– No Natal.

– Bom.

Eles saíram juntos, indo para a cozinha, e Jack fez um desvio para pegar o *Globe* na entrada. Quando abriu o jornal, viu uma foto de si mesmo abaixo da dobra na primeira página. O artigo citava que Jack ainda estava se decidindo, mas o repórter especulava que era uma questão de tempo até que um anúncio oficial de sua candidatura fosse lançado.

O editor do cara vai ficar feliz, Jack pensou. A campanha Walker provavelmente anunciaria algo até o final da semana.

– Então vai mesmo concorrer – Nate disse por sobre o ombro.

– Vou.

Enquanto entravam na cozinha, ele passou os olhos sobre o artigo. A resposta de Butch Callahan era o que eles estavam esperando: "minimamente civil".

Jack jogou o jornal na mesa.

E a batalha começa, pensou.

– Vai tomar café? – perguntou a Nate.

– Não. Como algo na estrada.

Jack acompanhou o irmão até o velho Saab que Nate dirigia desde que se formara em Harvard.

– Espero que essa coisa não pare no meio do caminho.

– Eu também – Nate jogou a mala no carro e entrou. Com umas cuspidas e um ronco, o motor acordou e Nate se inclinou através da janela. – Cuide-se e lembre-se, meu celular tem correio de voz, então sempre pode me encontrar. Ligue se precisar conversar.

– Pode deixar, mano.

Jack acenou enquanto Nate se afastava.

Antes de entrar de novo na casa, olhou para a garagem e se perguntou se algum dia seria capaz de olhar para lá e não pensar em Callie.

Rapidamente, imaginou cenários possíveis: o que teria acontecido se a mãe não tivesse feito o anúncio surpresa, ou se Callie lhe desse a chance de se explicar. Ou se ela tivesse confiado nele, para começo de conversa.

Mas então refreou os pensamentos e voltou ao escritório. Sabia que tinha muito trabalho a fazer.

Sentou-se à escrivaninha e ligou para um agente imobiliário que conhecia. Deixou uma mensagem autorizando uma oferta a preço integral, em dinheiro vivo, para comprar um apartamento no hotel Four Seasons. Sabia que havia um disponível, pois vira uma oferta no jornal na semana anterior. A próxima ligação foi para uma empresa de mudança. Se os advogados agissem rápido, ele imaginou que podia fechar o negócio em até duas semanas, e queria se certificar de que o serviço de mudança estaria a postos.

Estava desligando o telefone quando a mãe se materializou na porta em um vestido de seda claro que caía até o chão, e com o cabelo frouxamente preso em um coque, parecia jovem, mesmo na sua idade.

– Falando do diabo...

O sorriso da mãe era conciliatório, mas os olhos revelavam certa satisfação. Ela sabia exatamente o que tinha feito. Mas por que ele estava surpreso? Ela era uma mulher muito esperta.

– Jack, querido, não tive a chance de dizer boa noite depois da festa – ela entrou no escritório. – Queria agradecer por tudo que você fez para que a noite fosse um sucesso.

– Diga, mãe – ele disse, mexendo distraidamente em alguns papéis: – Quando está pensando em ir a Palm Beach para a temporada?

– Depois de amanhã.

– Talvez prefira adiar por uma semana.

– Não está com pressa de se livrar de mim? Que mudança agradável! – ela censurou, o sorriso se tornando mais genuíno.

– Só pensei que vai precisar de tempo extra para se adaptar.

Ela lhe deu um olhar curioso.

– Adaptar-me a quê?

– Você vai sair desta casa.

Mercedes pareceu parar de respirar.

– O que disse?!

– Estou comprando um apartamento pra você no Four Seasons. Então imagino que queira estar lá para orientar a mudança quando colocarem as coisas na sua casa nova. A não ser que queira que um decorador faça isso.

A mãe ficou pálida.

– Meu Deus, Jack, o que você fez?

– Estou cortando o cordão umbilical.

Mercedes foi até o sofá e se sentou. Pareceu desabar, de repente pequena demais, envolta em toda aquela seda luxuosa.

– Você não pode fazer isso. Não pode me mandar embora. Eu moro aqui. Não posso deixar Buona Fortuna para viver num hotel.

– Não estou mandando você para um motel de estrada, pelo amor de Deus. É o Four Seasons.

– Mas esta é a nossa casa!

Ele se levantou.

– Vamos esclarecer uma coisa. Esta é a *minha* casa. E você vai sair dela. Fim de história.

O lábio da mãe tremeu.

– Jack, não faça isso.

– Sinceramente, me arrependo de não ter feito antes. Agora – ele disse rispidamente – vou para a cidade e duvido que chegue para o jantar.

Quando ele passou ao seu lado, Mercedes agarrou sua mão. Ele notou, sem compaixão, as lágrimas nos olhos dela.

– Mas por quê? – ela perguntou.

Ele a encarou por um longo momento.

– Você sabe exatamente por quê. Tem ideia do que fez comigo ontem à noite?

– Só queria ajudar – ela sussurrou energicamente. – E Jack, você precisa de mim.

– Talvez se você se comportasse menos como uma inimiga. Mas desse jeito, não. Não preciso.

Callie entrou na cozinha e imediatamente desejou ter ficado no quarto um pouco mais.

A mãe de Jack estava chorando e Thomas olhava a mulher como se fosse precisar segurá-la caso ela desmaiasse.

– Ele não pode fazer isso! – a sra. Walker gritou. – Você precisa falar com ele. Faça-o entender que eu não posso ir embora. Ele ouve você.

– Não sei se... – Thomas parou de falar quando percebeu que não estavam sozinhos.

A sra. Walker se virou. Assim que viu Callie, tentou se controlar, erguendo o queixo e levando um lenço ao nariz. Movendo-se com paciência nobre, enxugou os olhos rapidamente e, quando falou, a voz tremeu só um pouco.

– Gostaria do meu café na cama hoje, Thomas. Peça a Elsie para trazê-lo quando ela chegar.

E então a sra. Walker passou por ela como se não tivesse estado histérica um momento antes.

Callie olhou de volta para Thomas. Ele estava encostado contra o fogão e balançava a cabeça.

– Eu devia ter imaginado – ele murmurou.

– O que aconteceu?

O homem ergueu os olhos.

– Jack expulsou a mãe de casa.

– *O quê*?!

– Expulsou a própria mãe. Embora eu entenda por que ele ache que ela mereça.

– Mas, por quê… – Callie sentiu-se empalidecer.

O anúncio da noite anterior.

– Thomas, preciso saber. Por quê? – ela perguntou, mesmo que já suspeitasse da resposta e estivesse horrorizada pelas implicações.

– O discurso que ela deu. Pelo visto, Jack não estava pronto a anunciar nada.

– Ah, não – ela sussurrou.

– A sra. Walker disse que tentou se desculpar, mas que ele nem quis saber. Sinceramente, não sei qual é o problema. E daí que ela se adiantou um pouco? A não ser que ele não fosse concorrer, no fim das contas, não há problema.

Uma onda de náusea passou por Callie quando ela percebeu o erro que cometera. Tinha de encontrá-lo e se explicar – mas talvez já fosse tarde. A candidatura já fora anunciada. Ele não podia voltar atrás agora, podia? Ou talvez…

– Me dá licença? – ela não esperou uma resposta antes de sair.

Correu ao escritório de Jack, e quando o encontrou vazio, subiu as escadas e bateu no quarto dele. A porta estava aberta, mas ele não estava lá também.

Ela disse a si mesma que o comitê exploratório não se reuniria até a tarde. Ela teria tempo de encontrá-lo antes que ele saísse. Mas onde ele estava?

Ela foi brevemente atrasada no corredor quando Grace e Ross saíram do quarto com as malas.

– Grace! Preciso falar com você.

Os olhos da meia-irmã se arregalaram.

– Claro. Onde quer…

Callie puxou a mulher para dentro do seu quarto e fechou a porta.

– Não tenho muito tempo, mas preciso… Estou apaixonada por Jack e cometi um erro terrível. Um erro horrível, medonho…

– Você está apaixonada por Jack!

– Sim, e imaginando que não tenha estragado tudo, preciso que você entenda algo. Contei a ele um pouco sobre meu passado, mas ele não sabe da história toda porque eu não podia dizer toda a verdade sem expor você. Agora ele acha que não o amo e não confio nele.

Os olhos de Grace se arregalaram ainda mais.

Callie respirou fundo antes que perdesse a voz.

– Você precisa entender. Tenho que contar tudo pra ele, mesmo que você não queira. Se não contar, não teremos nenhum futuro juntos. E não posso deixar que isso aconteça.

Ela esperou uma resposta, mas não houve nenhuma. Grace parecia totalmente congelada.

– Desculpe – Callie disse, apanhando a mão dela. – Sei que prometi. Mas não posso mais esconder isso dele. Não quando tenho tanto a perder ficando em silêncio.

Ela ouviu um clique e olhou para baixo. Grace tinha começado a mexer no relógio, abrindo e fechando o trinco. Quando ela se levantou e atravessou o quarto, Callie segurou a respiração. Não estava preparada para ficar em silêncio, mas não queria machucar Grace.

– Eu… sinto muito, Grace. De verdade. Nunca esperei…

Grace se virou e a congelou com um olhar firme.

– Não peça desculpas. Nunca peça desculpas. Isso tudo é culpa do nosso pai. Não sua.

Houve um silêncio demorado. Callie viu o rosto da meia-irmã ficar cada vez mais sombrio. A profundidade da raiva de Grace a surpreendeu.

E então Grace foi até ela, pegou suas mãos e disse:

– Conte para Jack. Conte tudo pra ele.

Callie piscou.

– Tudo? E você vai ficar…

– Ficarei perfeitamente bem.

Callie sentiu-se imensamente agradecida, mas a sensação passou quando se lembrou de que ainda não sabia onde estava Jack.

Nem *se* ele a ouviria. Sua única esperança era de que, caso ela se desculpasse o bastante, ele a perdoaria. Talvez.

Mas onde estava ele?

Ela pensou sobre a comoção na noite anterior. Podia apostar que ele se encontrara com o comitê exploratório mais cedo. Considerando tudo que havia acontecido, Jack provavelmente adiantara a reunião. Ele e os conselheiros teriam muito o que discutir.

– Ele já deve ter saído! – ela olhou para Grace. – Você vai voltar pra cidade agora?

Grace assentiu.

– Me dá uma carona até o escritório dele?

– Claro, sei onde é.

Callie abriu a porta, e ela e Grace agarraram Ross e saíram correndo com ele. Logo depois de confirmar com Thomas que Jack fora ao escritório, entraram em um Ford Explorer preto, com Ross na direção.

Eles entraram na Mass Pike e estavam no caminho de Boston quando Grace olhou para o banco de trás, franzindo a testa.

– E o que acontecerá quando você contar pra ele?

– Não faço ideia. Espero que ele me perdoe – Callie sorriu fracamente. – Pode ser tarde demais, de qualquer jeito. Mas tenho que tentar.

– Mas se não for tarde demais, o que acontece?

Amor, família, e tudo o mais, ela pensou, não tendo coragem de colocar tanto otimismo em palavras. Mas o seu "felizes para sempre" provavelmente não era o que estava preocupando Grace.

– Quer dizer sobre a candidatura? – Callie disse. – Não se preocupe. Ele disse que, se eu contasse a verdade, desistiria da eleição.

Grace a considerou, pensativa.

– Realmente quer que ele desista de tudo isso? Você mesma disse o quanto ele quer concorrer.

Parecia prematuro discutir o futuro deles enquanto Jack ainda estava tão magoado com ela. Mas Callie respondeu mesmo assim.

– Claro que não quero que ele desista. Odeio pensar no que estaria abandonando e tenho medo de que depois fique ressentido. Mas não temos escolha.

– Temos, sim.

Callie a olhou, sem acreditar no que Grace estava sugerindo. Talvez só não tivesse entendido.

– Mas, Grace – ela explicou pacientemente –, se eu estiver com Jack e ele concorrer, meu passado, o *nosso* passado, virá à tona. Algum repórter juntará as peças e revelará tudo. Acha que os livros de revelações estão ruins agora? Espere até ver nossas manchetes!

Grace a considerou seriamente. E então disse a coisa mais inesperada.

– Talvez. Mas não estou mais a fim de manter o segredo do nosso pai. Você está?

Callie estava pasma. Ela estava disposta a superar qualquer coisa para estar com Jack, até a exposição à imprensa. Mas Grace? Por que se colocaria naquela posição? Ela não tinha nada a ganhar e tudo a perder.

Callie balançou a cabeça.

– Mas as consequências pra você, pra sua mãe... seriam tremendas. Não posso imaginar tudo com que teriam que lidar.

Grace olhou para Ross, encontrando os olhos do noivo. E, então, se voltou para ela outra vez.

– Em outro momento da minha vida, talvez não conseguisse lidar com tudo isso. Mas eu mudei e as circunstâncias também. Com o sucesso do baile desse ano, minha posição na Hall Foundation está segura. Tenho um homem que me ama e que não tem medo de nada.

Ross apertou a mão dela.

– E tenho você, Callie – Grace hesitou. – Nosso pai traiu a nós duas e não posso brigar com ele por isso, uma vez que ele mentiu pra mim até a morte. Não tenho vontade de protegê-lo, não considerando como isso afetará sua vida e a de Jack. Deixe que fique tudo às claras. Deixe toda essa história maldita ser revelada. Passaremos pela tempestade juntas e quando sairmos do outro lado, estaremos livres.

– Faria isso por mim? – Callie sussurrou.

Os olhos verdes de Grace brilhavam com determinação.

– Por você, sim. Não tenho nada a esconder. Tenho orgulho de ter você como irmã.

Callie levou as mãos à boca, fechando os olhos com força. A possibilidade de um reconhecimento daqueles, de um apoio como aquele, nunca lhe ocorrera.

Ela sentiu a mão de Grace alisar seu cabelo, mas não conseguia encarar ninguém no momento.

– Somos *família*, Callie. E famílias ficam juntas.

Família.

Quando Callie finalmente falou, estava rouca.

– Ele tinha tanta vergonha de mim. Mal podia me olhar a maior parte do tempo. Quando estava vivo, eu morria de medo que a verdade escapasse e ele se afastasse ainda mais. E depois que nos conhecemos, fiquei com medo de perder você.

A voz de Grace estava forte.

– Isso não acontecerá. Não vou a lugar nenhum.

Callie lentamente abriu os olhos e viu as lágrimas da irmã através das suas próprias.

– Ouça, Callie. Não vamos mais deixar nosso pai nos controlar do túmulo. O tempo de esconder a verdade já passou.

Capítulo 25

Jack estacionou no One Financial Center e subiu de elevador até os escritórios do Fundo Walker. Enquanto uma campainha eletrônica marcava a passagem dos andares, ele pensou que tinha tanto interesse em sua candidatura quanto em qualquer outro aspecto da vida. Havia telefonemas para fazer, documentos a ser revisados, o negócio com os McKay para finalizar – e ele não poderia se importar menos com tudo aquilo.

Estava destruído e não era porque passara a noite inteira em claro.

Quando finalmente se afastara da porta trancada de Callie, achou que estava dando o primeiro passo para aceitar uma vida sem ela, e se convenceu de que eventualmente voltaria ao normal. Mas indo para a cidade, percebeu que não havia considerado o comprimento da estrada à sua frente. Não iria esquecê-la em uma noite, ou em um dia. Ou um mês. E suspeitava que isso levaria um bom tempo.

Talvez para sempre.

O que é ridículo, ele disse a si mesmo. Não havia "para sempre" nesse tipo de coisa. Havia cinco – não, quatro – estágios da dor, não era? E ele parecia ter passado direto pela negação, já que se sentia terrível. Mais três e talvez se sentisse decente outra vez.

As portas do elevador se abriram e ele foi direto à recepcionista do fim de semana.

– Algumas visitas vão chegar para mim. Uma lista de nomes deve ter sido deixada para você. Pode por favor enviá-los à grande sala de conferências?

– Claro, sr. Walker. E arranjei o café da manhã pra vocês também.

– Bem pensado, Latasha. Obrigado. Almoçaremos aqui também.

Ele atravessou o corredor e acenou para alguns de seus funcionários que estavam sentados em suas mesas, trabalhando de suéter e calças cáqui. Chegou na sala de conferências e abriu as portas duplas. Por motivos de confidencialidade, as únicas janelas no cômodo davam para fora do prédio, e ele foi até elas.

Tentou imaginar como se sentiria dali a um ano. Ainda estaria pensando em Callie?

Gray foi o próximo a chegar e, então, um por um, os membros do comitê começaram a entrar.

Quando todos estavam sentados à mesa polida, Gray se inclinou e sussurrou:

– Vai fazer o anúncio primeiro?

Jack olhou para o grupo reunido. Os homens e mulheres na sala pertenciam a todos os setores da vida política de Massachusetts e havia dois com contatos de nível nacional para ajudá-lo a planejar a longo prazo. Era uma equipe poderosa e inteiramente capaz de levá-lo aonde ele queria.

Engraçado como ele estivera preparado a desistir de tudo e nunca olhar para trás.

– Jack? – Gray insistiu. – Está pronto?

Ele assentiu, forçando-se a continuar com a vida.

Estava se levantando quando ouviu vozes no corredor e a porta abriu.

– Com licença, a senhorita não faz parte desta reunião! – Latasha exclamou.

Jack ia perguntar o que estava acontecendo quando Callie entrou na sala. Ela congelou quando todos os olhares se voltaram para nela.

Estranhamente, o primeiro pensamento de Jack era que o cabelo dela estava solto, do jeito que ele gostava. E então fez um favor a si mesmo e se lembrou de que o modo como Callie usava o cabelo não era mais problema dele.

Embora o lugar onde ela estava importasse, se fosse propriedade dele.

– Esta é uma reunião particular – ele disse, tentando não a encarar. Não queria ver aquele tom especial de azul de novo.

– Vou chamar o segurança – Latasha murmurou, estendendo a mão para um telefone.

– Não será necessário. Tenho certeza de que a srta. Burke já está indo embora.

– Não estou, na verdade.

Ele levantou uma sobrancelha, sem pressa de acomodar-se ao desejo dela. Mas quando Callie pôs as mãos nos quadris, Jack sentiu que ela não sairia a não ser que fosse arrastada ou tivesse a chance de dizer o que viera dizer.

Jack deu de ombros. Não mandaria um guarda arrastá-la para fora. E não havia motivo para brigarem na frente de três juízes, um senador, o presidente da Câmara de Deputados, um promotor, quatro CEOs e um clérigo.

Embora talvez o padre Linehan fosse um bom árbitro.

– Senhoras e senhores, podem me dar licença por um segundo?

Gray lhe lançou um olhar divertido enquanto saía da sala com o resto dos membros do comitê.

Quando estavam sozinhos, Callie juntou as mãos e respirou fundo.

– Então – Jack disse –, o que foi?

– Desculpe interromper, mas é importante. Preciso falar com você.

– Quer se sentar?

Ela abanou a cabeça.

– Jack, cometi um erro terrível ontem à noite. Sinto muito. Devia ter adivinhado que você manteria sua palavra. Sempre fez isso. Eu tirei a conclusão errada sobre aquele anúncio.

Ele se sentou e a olhou através da mesa comprida. Se ela achava que isso era o que mais o incomodava, Jack não iria corrigi-la. Já tentara aproximar-se dela o suficiente. Agora, estava mais preocupado em superá-la.

– Obrigado – ele olhou para o relógio.

– Eu não estava pensando direito. Estive tão dividida!

Ele assentiu, mas ficou quieto, não tendo muito a dizer.

Houve um momento de silêncio.

– Se é só isso... – ele se levantou, ciente de que se sentia decepcionado. Ele tinha esperado o quê? Que idiota!

– Jack, não vim aqui para dizer que te amo e que espero perdão.

– Que bom.

– Porque dizer que te amo não seria suficiente.

Ele se focou no rosto de Callie. Podia ver que ela tinha dificuldade em escolher as palavras.

Ela limpou a garganta.

– Um pouco antes de minha mãe morrer, meu pai veio ao apartamento. Trouxe uma dúzia de rosas com ele. No momento em que vi seu rosto, sabia que ele vinha se despedir. Ela estava piorando. Ele sabia que era hora.

Jack lentamente se sentou. Suspeitava que agora ela contaria tudo.

– Eu estava ao lado, mas sabia que queriam ficar sozinhos. Fui para a sala, mas o apartamento era tão pequeno que dava para ouvir. Mesmo quando falavam baixo – ela o encarou. – Ouvi meu pai dizer que teria se casado com ela. Que teria deixado a esposa e casado com ela. Se não... se não fosse por mim.

Ela respirou fundo e estremeceu.

– Ele... disse para ela que era impossível, comigo por perto. Não podia se casar com uma mulher que já tinha uma filha de vinte e tantos anos, parecida com ele. Sua indiscrição teria sido óbvia. Fui eu – ela bateu no peito – quem ele culpou por mantê-los separados. Eu.

Jack se ergueu e contornou a mesa, não conseguindo suportar o tom da voz dela. Queria tomá-la nos braços, mas ela começou a andar de um lado para o outro.

– Depois que ele saiu, voltei pra minha mãe. Ela me olhou e eu sabia que ele não era o único que se arrependia do meu nascimento. Quer dizer, tinha sido o sonho dela. Ser a esposa dele. Eu odiei os dois naquele dia. Odiei os dois pelo que tinham feito um com o outro, e comigo.

Ela parou e o encarou.

– Há vários motivos para eu não ter contado a você o que aconteceu. Um deles era nobre, porque eu queria proteger minha meia-irmã. Mas o verdadeiro motivo era... – ela endireitou os ombros, quebrando o coração de Jack ao tentar ser forte. – O verdadeiro motivo era eu mesma.

Ela tirou um fio de cabelo do rosto. Ou talvez fosse uma lágrima.

– Não queria reviver nada daquilo e tinha me convencido de que, com os dois mortos, nunca teria que fazer isso. Contar a história pra você já foi difícil. Mas contar quem ele era traria tudo de volta. Mal consegui aguentar essas coisas quando aconteceram. Não achei que poderia...

A voz dela falhou.

– Callie – Jack foi até ela e ficou aliviado quando ela se deixou abraçar. Queria fazer mais alguma coisa para ajudar a reduzir a dor, mas sentia-se impotente.

O que quer que tivesse esperado, a verdade era mais difícil do que ele imaginava.

Ele ouviu uma fungada e, então, ela recuou rapidamente, ergueu a cabeça, e o encarou. Sua voz estava firme.

– Então não vim aqui para dizer que te amo. Vim aqui dizer que o nome do meu pai é – ela respirou fundo – Cornelius Woodward Hall.

Jack sentiu uma pontada no peito, convencido por um momento de que não podia ter escutado bem.

Ela limpou a garganta de novo e repetiu:

– Meu pai era Cornelius Woodward Hall.

Como se estivesse se acostumando a dizer as palavras em voz alta.

– Meu Deus! – Jack examinou o rosto dela e seu cabelo ruivo. Não tinha notado a semelhança antes, mas tendo conhecido bem o homem, podia percebê-la agora.

– Grace é minha meia-irmã. Até onde sei, eu e ela somos as únicas que sabem a verdade. Bem, e o noivo dela também – ela soltou um suspiro. – É a única família que eu tenho, na verdade. Eu estava com medo... não sei. Imaginei que ela ficaria magoada se eu contasse pra você, mesmo que seja amigo dela. Isso sempre foi um segredo, Jack. Meu pai nunca quis que nada fosse dito sobre mim. Só me aproximei de Grace depois que ele morreu porque estava desesperada. Sozinha.

A cabeça de Jack estava girando. Ele conhecera e respeitara Hall, mas aquilo ia pelos ares agora que sabia tudo o que Callie havia sofrido.

– Como ele pôde fazer uma coisa dessas?

– Decidi parar de me fazer essa pergunta.

Jack a puxou contra si de novo, pensando que nunca, nunca a deixaria partir.

Lembrou-se de Hall, passeando no Congress Club em Nova York, todo sorrisos com a esposa e a filha. O homem sempre falara sobre a importância da família com tanta convicção. E fora tudo uma mentira. Tudo!

Aquele *filho da puta*.

Jack tinha vontade de chutar a lápide do homem.

Callie falou contra seu peito.

– Ontem à noite, finalmente percebi que Grace não era a única que eu estava protegendo. E decidi contar tudo pra você. Mas então sua mãe fez o anúncio e eu perdi a noção de... tudo. De quem você é, do que tinha me prometido. Gostaria de poder voltar e destrancar aquela porta, Jack. De verdade.

– Tudo bem.

O perdão, ele pensou, *é tão fácil. Tão simples. Tão completo.*

– Hoje de manhã, quando descobri que você tinha expulsado sua mãe de casa, percebi que eu tinha entendido a situação de forma completamente errada. E então falei com Grace – ela se afastou dele. – Mas, quero que fique claro, não pedi a permissão dela para contar a você a verdade. Expliquei que contaria tudo, porque precisava fazer isso ou perderia o homem que amo. E nada é mais importante que isso.

Ele gentilmente tomou o rosto dela nas mãos. Quando seus lábios se encontraram, Jack teria feito qualquer coisa para vingá-la, mas o momento já tinha passado. Agora, só podia protegê-la. O que significava que a candidatura estava cancelada.

Callie estava absolutamente certa. Um repórter descobriria sobre Hall e a história seria um escândalo que roubaria dela a privacidade que tanto desejava.

Ela respirou fundo.

– E não consigo parar de pensar em Anne.

Jack franziu a testa.

– Anne?

– Ontem à noite encontrei uma carta do general Rowe para Nathaniel. Estávamos certos. Era Anne no espelho. E o pai dela teria apoiado um casamento entre eles, no fim das contas – ela abanou a cabeça. – Anne perdeu a última chance de se despedir do homem que amava. Ontem eu estava determinada a não deixar isso acontecer com a gente, mas depois pensei que tudo tinha mudado. Pensei que era o fim.

Ele encostou a cabeça no ombro dela, e pensou que tinham sorte. Sorte por terem se encontrado e por terem superado os obstáculos, mesmo que tivesse doído.

Quase perdemos tudo, ele pensou, e então riu.

– Você chegou em um ótimo momento – ele disse. – Eu estava prestes a anunciar minha candidatura formalmente, mas é claro que não...

– Não. Não desista!

Ele se afastou.

– Mas como posso concorrer agora?

– Não vou mais me esconder. Nem Grace nem eu queremos continuar protegendo nosso pai. Se você não achar que vou prejudicar demais as suas chances, quero estar ao seu lado quando concorrer. Nós não queremos sacrificar qualquer coisa por aquele homem. Ele não merecia quando estava vivo, e agora... me recuso a pensar que tudo isso importa.

– Callie, tem certeza de quer isso? Não será fácil.

– Não há nada que eu não faria por você. Só gostaria de não ser um risco tão grande.

Jack a encarou, sem acreditar.

– Você *não é* um risco para mim. Além disso, os eleitores vão ter que me escolher por acreditar na minha visão para o estado. Deus sabe que tenho escândalos próprios suficientes. Se minha plataforma e minhas convicções não forem suficientes para que esqueçam meu passado, não vai importar quem era seu pai ou o que ele fez.

Houve uma pausa e Callie sorriu para ele.

– Então, vai concorrer? Porque acho que seria um governador fantástico.

Jack não conseguia acreditar em como ela o estava olhando. Tão firme, tão segura, e ele sentia que ela sabia no que estava se envolvendo.

– Está certo, eu vou concorrer.

No saguão, Gray Bennet se virou quando o promotor público de Suffolk County o cutucou no ombro.

– Olha, Bennett, tenho um jogo de futebol do meu filho hoje à tarde e estamos perdendo tempo aqui fora. Quanto tempo você acha que ele ainda vai ficar lá dentro?

Gray abriu a porta da sala de conferências. Viu Callie e Jack se beijando e a fechou com um sorriso.

– Acho que pode demorar um pouquinho. Quer que eu ligue?

O homem sorriu devagar e então deu um aceno.

– Boa ideia. Na verdade, se aquela ruiva quisesse me ver, eu acharia um tempinho também.

Epílogo

– *Mon Dieu*! Callie, olha a hora! – a voz de Gerard Beauvais cortou o silêncio do laboratório de restauração. – Vai se atrasar!

Callie olhou para o relógio e pulou da cadeira.

– Ah, de novo não! Perdi totalmente a noção do...

Ela começou a fechar tampas e guardar pincéis rapidamente.

– Deixe que eu faço isso – Gerard disse, afastando-a. – Você tem que ir.

Ela apanhou o casaco e a mochila. Quando estava na porta, falou com Gerard por sobre o ombro.

– Sobre o Tintoretto, precisamos...

– Falamos sobre isso amanhã! Vá!

Ela correu para as escadas e saiu voando pela porta dos fundos do Museu de Belas-Artes. Pegou as chaves e foi até uma perua Volvo prata.

Quando estava passando pela Huntington Avenue, ligou o rádio.

– *Com a contagem dos votos fechando agora, teremos o resultado da eleição deste ano em alguns minutos. A acirrada corrida para governador entre Jack Walker e o atual governador Butch Callahan...*

Ela desligou a coisa, não conseguia aguentar a tensão.

Depois de entrar na cidade e passar por alguns sinais amarelos, tentou prestar atenção na estrada. Não queria, em uma noite como aquela, bater o primeiro e único carro que já comprara para si mesma.

Oito minutos depois, chegou à frente de um prédio comercial perto de Chinatown. Deu a volta no quarteirão procurando uma vaga e acabou estacionando o Volvo nos fundos ao lado de uma lixeira, esperando que o carro não fosse rebocado.

Entrou correndo no prédio e ouviu uma aglomeração animada no saguão. Foi direto para uma placa em que se lia "Jack Walker para governador". Abriu a porta sob ela e bateu contra uma parede de pessoas.

A sala era grande, mas estava apinhada. No fundo, ela podia ver o palco que tinham construído. Havia uma enorme TV passando as notícias locais e um pódio com microfone. Ao lado da plataforma, havia várias mesas com pessoas se movimentando furiosamente. Ela viu Gray sem a jaqueta do terno e com as mangas arregaçadas, tampando uma orelha enquanto tentava falar no celular. Ao seu lado, estava Cookie Sanchez, a diretora da campanha.

Perto de toda aquela ação, ela viu Nate, Thomas e a sra. Walker. Estavam em pé, afastados da multidão. Thomas parecia um pouco impressionado e a sra. Walker apalpava as luvas nervosamente. Nate sorria, como se não tivesse dúvidas de qual seria o resultado.

E, então, ela viu Jack. Ficou sem ar, como sempre ficava quando entrava em uma sala e o avistava. Ela se encheu de orgulho por tudo que ele fizera no ano anterior, pelo modo como se portara, por tudo em que acreditava, e por como ele ficara ao seu lado quando a história sobre o pai fora revelada. Aquele fora um ano exaustivo para Jack, cheio de viagens por Massachusetts, encontros com milhares de pessoas, definições e redefinições da sua visão para o estado. E durante tudo aquilo, ela tivera seu amor e apoio incondicionais. Mesmo cinco minutos antes do debate final, na semana passada, ele estivera segurando sua mão e a olhando como se não houvesse mais nada acontecendo em sua vida.

Ele estava examinando a sala quando Gray o agarrou, encarou-o intensamente e sussurrou algo no seu ouvido. Jack pareceu momentaneamente chocado.

E, então, o repórter disse:

– E agora é oficial. Jack Walker venceu a eleição para governador por uma pequena margem de...

Callie gritou de alegria enquanto a sala explodia ao seu redor. As pessoas soltavam gritos de vitória e todos começaram a se abraçar. Ela perdeu Jack na confusão, mas só podia imaginar como ele se sentia.

Ele tinha ganhado. Tinha conseguido.

Balões azuis e brancos começaram a cair do teto e ela se apoiou na parede, com um sorriso tão largo que seus lábios começaram a doer. Uma música começou a sair dos alto-falantes, e, então, Gray e Cookie empurraram Jack para o palco. Ele parecia estar lutando com eles e virando o pescoço enquanto flashes de câmeras o atingiam de todos os cantos.

Quando Jack ficou à vista de todos, a sala ficou em completo silêncio. Todo mundo queria ouvir as primeiras palavras do governador.

Quando ele se aproximou do microfone, alguém gritou:

– O que tem a dizer, governador?

Jack sorriu.

– Alguém viu minha esposa?

Houve risadas e as pessoas começaram a procurá-la.

– Ela está aqui! – um homem ao lado de Callie disse, apontando sobre a cabeça dela.

A multidão lhe abriu passagem, e assim que ela começou a andar até o palco, Jack pulou da plataforma e foi até ela, chutando vários balões no caminho.

Eles se encontraram no meio da sala e ele pôs os braços ao seu redor, recebendo a aprovação entusiasmada da plateia.

– Não teria conseguido sem você – ele disse no ouvido dela.

– Estou tão orgulhosa. Sabia que você conseguiria! E desculpe pelo atraso, eu...

– Esqueceu de olhar o relógio? – ele terminou, indulgente.

Ela assentiu, tentando não chorar de tanta alegria.

As pessoas ainda estavam aplaudindo quando ele lhe deu um beijo apaixonado.

O resto da noite passou em um borrão frenético. Houve uma festa logo depois do resultado da eleição, mas Jack e Gray passaram a maior parte do tempo falando com a imprensa. Já eram duas da manhã quando Callie e Jack voltaram para Buona Fortuna.

Quando entraram no Quarto Vermelho, Jack abanou a cabeça.

– Acho que todo mundo vai ter que me chamar de governador agora – ele disse, como se ainda estivesse chocado.

Callie se aproximou dele. Jack estava sorrindo daquele jeito ligeiramente torto que reservava para ela.

- Bem, governador, tenho outro título pra você – ela colocou a mão dele sobre sua barriga. – O que acha de "papai"?

Jack congelou e então quase caiu pra trás.

- Callie?

- Sim – ela riu baixinho quando ele pareceu derreter na frente dela. Encanto, amor e alegria passaram pelas feições sérias dele.

Quando ele tomou seu rosto gentilmente e a beijou, Callie perguntou:

- Se for uma menina, podemos chamá-la de Anne?

Para as românticas...

Este livro foi composto nas fontes Caflisch Script Pro e Adobe Garamond Pro
e impresso em papel *Norbrite* 66,6 g/m² na Imprensa da Fé.